dtv

Sommer, das heißt Unterricht im Freien, Wanderungen in den Hügeln um Fairacre und Spiele auf Nachbars Wiese. Schüler und Lehrerinnen haben gleichermaßen ihre Freude daran. Doch in diesem ganz besonderen Sommer hat Miss Read alle Hände voll zu tun: Die Mutter eines ihrer Lieblingsschüler muß plötzlich ins Krankenhaus – wohin mit dem kleinen Joseph? Ihre einzige Kollegin schmiedet Hochzeitspläne, eine Fernsehgesellschaft interessiert sich für einen Dorfpoeten, das alljährliche Sportfest ist zu organisieren, und zu allem Überfluß verschwindet auch noch Freundin Amy ... Für Langeweile ist da kein Platz.

Miss Read, eigentlich Mrs. Dora Saint, war von Beruf Lehrerin und begann nach dem Zweiten Weltkrieg zu schreiben. Sie lebt heute in einem kleinen Dorf in Berkshire. Ihre zahlreichen Bücher erfreuen sich wegen ihrer humorvollen und offenen Schilderung des englischen Landlebens größter Beliebtheit.

Miss Read

Ein herrlicher Sommer

Roman

Mit Illustrationen von
John S. Goodall

Deutsch von
Isabella Nadolny

Deutscher Taschenbuch Verlag

Von Miss Read
sind im Deutschen Taschenbuch Verlag erschienen:
Dorfschule (20027)
Dorfgewitter (20127)
Miss Read macht Sommerferien (20247)
Der Blick auf die Kornfelder (20307)
Ein böses Gerücht (20351)
Die Hundertjahrfeier (20560)
Das Weihnachtskind (25147)
Dorftagebuch (25180)

Deutsche Erstausgabe
April 2003
Deutscher Taschenbuch Verlag GmbH & Co. KG,
München
www.dtv.de

Titel der englischen Originalausgabe:
›Summer at Fairacre‹ (Michael Joseph, London 1984)

Umschlagkonzept: Balk & Brumshagen
Umschlagbild: © Gordon Beningfield
Gesetzt aus der Bembo 10/11,75· (3B2)
Gesamtherstellung: Druckerei C. H. Beck, Nördlingen
Gedruckt auf säurefreiem, chlorfrei gebleichtem Papier
Printed in Germany · ISBN 3-423-20611-X

Für Dotti in Liebe

I

Der erste Frühlingstag

»Was zum Kuckuck halten Sie davon, Miss Read?«

Mr. Willet nahm die Mütze ab und schüttelte den Schnee davon ab, wobei er den Boden des Klassenzimmers mit dunklen Flecken tüpfelte.

»Und das am einundzwanzigsten März«, fuhr er fort. »Dem ersten Tag im Frühling. Und überall liegt ein guter Zoll Schnee.«

»Er wird sich schon nicht halten«, entgegnete ich. »Auf dem Spielplatz taut er bereits weg.«

Eimerklirren aus der Diele zeigte die Anwesenheit von Mrs. Pringle an, unserer Schulputzfrau. Sie und Bob Willet, der Hausmeister, kommen jeden Morgen kurz nach acht und sorgen dafür, daß in der Schule alles in Ordnung ist und man mit dem Tag anfangen kann.

»Und wie geht's unserer Madam Sonnenschein heute?« fragte Mr. Willet und nickte in Richtung des Lärms. Immerhin war er vorsichtig genug, seine Stimme zu dämpfen.

Mir, der Leiterin der Dorfschule, ist Mrs. Pringle als Kreuz auferlegt, und ich muß sie aushalten. Mrs. Pringle liebt die Schattenseiten des Lebens und ist nie zufriedener, als wenn sie über quälende Leiden, anderer Leute Fehltritte, bevorstehende Katastrophen oder ein feudales Begräbnis sprechen kann, am liebsten einschließlich der Summe, die der Verstorbene hinterließ, und an wen sie gehen wird.

Mrs. Pringle ist vierschrötig, stämmig und um die sechzig, so zäh wie ein alter Lederstiefel, hat aber »ein schlimmes Bein«, unter dem ganz Fairacre zu leiden hat. Wenn sie beschließt, überarbeitet zu sein – und das geschieht recht oft –, neigt das befallene Bein dazu, sich rasch zu verschlimmern, und seine Besitzerin beginnt deutlich zu hinken. An der Heftigkeit von Mrs. Pringles Gehumpel kann man stets erkennen, in welcher Stimmung sie ist. Unsere Putzfrau und Mr. Willet können sich nicht leiden, und ich muß im Umgang mit beiden sehr vorsichtig sein. Das ist oft keine leichte Aufgabe, da beide Parteien überempfindlich auf das Verhalten des jeweils anderen reagieren.

Üblicherweise ist es Mrs. Pringle, die auf eine gelegentliche Kränkung geradezu lauert. Man braucht nur ganz nebenbei die Schmutzmenge zu erwähnen, die Kinder auf ihren Händen ansammeln können, da beginnt Mrs. Pringle bereits das Gefieder zu sträuben und mit unnötiger Schärfe darauf hinzuweisen, daß in der Diele immer genügend Seife liegt. Und noch mehr, daß sie eben diese Seife mit ihren beiden überarbeiteten Händen zurechtgelegt hat und die Waschbecken so gründlich gereinigt worden sind – mit ebendenselben Händen –, daß man daraus essen könnte.

Am Anfang meiner Karriere als Dorfschulmeisterin in Fairacre habe ich versucht, diese Flut von Übelnehmerei durch Entschuldigungen und Erklärungen einzudämmen. Heute weiß ich es besser. Es ist weit wirksamer, Mrs. Pringle gewähren zu lassen und sich nicht gegen den Strom zu stemmen. Sie genießt es, und ich bin mittlerweile so abgehärtet, daß es mir kaum noch Eindruck macht. Im Lauf der Jahre haben wir uns gut aneinander gewöhnt, und gelegentliche Zusammenstöße können keinen von uns mehr ernstlich erschüttern.

An diesem Morgen hatten wir alle drei Grund für Mißstimmung. Einem extrem kalten Winter folgte ein ebenso unangenehmer Frühjahrsanfang. Die Öfen waren noch immer nötig, um die Schule zu wärmen, und die Kinder trugen weiter ihre Wintersachen. Meine Tweedröcke und dicken Pullover waren jetzt seit Monaten in Gebrauch, und wir sehnten uns alle nach Sonne, Blumen und leichteren Kleidern.

»Als Junge«, sagte Mr. Willet, »bin ich um diese Zeit Vogelnester ausnehmen gegangen, und es hat Primeln und Veilchen in den Hecken gegeben. Und der Rhabarber von meinem alten Vater wuchs in die Höhe. Und nun schauen Sie sich das heute an! Kein bißchen, das der Rede wert wär, und bis Mai rührt sich gar nichts. Neulich am Abend war im Fernsehn ein Knilch, der hat behauptet, die Jahreszeit wär wie immer. Der hat ja keine Ahnung!«

»Das ist wahr«, stimmte ich ihm zu.

»Und ein andrer hat gesagt, daß die Erdachse oder so was sich verschoben hat, und darum hat die Witterung sich geändert. Ich denk mir, das stimmt schon eher.«

Er zog ein altmodisches, rotweiß getupftes Taschentuch aus der Hosentasche und putzte sich eindrucksvoll trompetend die Nase.

»Meine Weihnachtserkältung bin ich auch immer noch nicht los«, teilte er mir mit und stopfte das Taschentuch wieder zurück. »Ach, fast hätt' ich es vergessen: Können Sie Winterwirsing brauchen? Bei dem Wetter tut was Grünes gut. Das gefrorne Zeug ist zwar besser als nichts, aber an was Frisches kommt es doch nicht ran.«

»Sehr gern«, sagte ich.

In diesem Augenblick wurde die Tür aufgerissen und herein stürmten Joseph Coggs und vier weitere Jungen, in den Armen eine fauchende Katze.

»Hat sich verlaufen, Miss«, riefen sie im Chor. »War unter Mr. Roberts seiner Hecke, Miss. Halbverhungert, Miss.«

Die Katze wand sich in Josephs Griff wie irre. Sie war reichlich wütend, schien mir aber keineswegs abgemagert.

Mr. Willet besah sie sich genauer.

»Das ist eine von Mr. Roberts' Katzen«, erklärte er. »Die kenn ich gut. Sieht aus wie die Mutter mit einem weißen Bein. Bringt sie sofort wieder hin, Jungens, sonst gibt's Ärger.«

Fünf Paar Augen wandten sich ängstlich in meine Richtung.

»Tut lieber, was Mr. Willet sagt«, wies ich sie an. »Bringt sie wieder dorthin, wo ihr sie gefunden habt, und wenn sie in der Pause noch da ist, könnt ihr ihr Brot und Milch mitnehmen.«

Durch diesen Kompromiß besänftigt, verschwand die Abordnung mit ihrem Opfer.

Mr. Willet sah mich kopfschüttelnd an.

»Sie sind viel zu weich für die Bande«, teilte er mir mit. »Zu meiner Zeit hätten sie von Mr. Hope alle eine Ohrfeige gekriegt, weil sie ihm mit so einem Trick gekommen sind.«

»Heutzutage dürfen Lehrer die Kinder nicht mehr schlagen«, sagte ich.

»Sehr schade«, entgegnete Mr. Willet und strebte zur Tür.

Eine massige Gestalt versperrte ihm den Weg. Es war die gewaltige Mrs. Pringle, die mit ausgestreckter Hand näher kam. Darauf lagen Fragmente eines kleinen Malerpinsels.

»Und was ist das hier?« dröhnte sie.

»Man braucht nicht genau schauen, um zu sehn, daß das mal 'n Malerpinsel war«, meinte Mr. Willet mit vernichtendem Sarkasmus.

»Und wie kommt er dann in den Abfluß vom Waschtisch?« fragte Mrs. Pringle gebieterisch und starrte mich mit strengem Blick an.

»Jemand hat versucht, ein Beweismittel zu beseitigen«, sagte ich. »Legen Sie es auf mein Katheder, ich werde der Sache nachgehen.«

Mrs. Pringle legte das Mitgebrachte ab, wobei eine Anzahl Seifenwassertropfen gefährlich nahe am Klassenbuch niederfielen, und wandte sich mit in die Seiten gestemmten Armen an mich.

»Was diese Kinder nötig hätten«, verkündete sie, »ist ein bißchen altmodische Disziplin.«

»Hab ich auch grade gesagt«, meinte Mr. Willet.

Dann verabschiedeten sich die beiden in seltener Eintracht, und ich ging die Schulglocke läuten.

In der Pause war der Schnee schon fast verschwunden. Unter der Hecke hatte sich ein wenig Weiß gehalten, und die Ziegel auf dem nördlichen Teil des Daches waren noch oberflächlich schneegerändert.

Die Kinder waren ganz enttäuscht.

Ein kleines Schneegestöber – und sie geraten total aus dem Häuschen. Dann nämlich sind Freuden in Reichweite wie Schneemännerbauen mit Pfeife, Hut und Kieseln als Augen, Rodeln am Hügel bei Beech Green und das Bewerfen alter Feinde mit gutgezielten Schneebällen. Aber gewöhnlich ist alles schon bald zerschmolzen.

Joseph Coggs und sein Rettungstrupp erinnerten mich an mein Versprechen, daß sie hinüberlaufen und in der Hecke nachschauen dürften, ob die Katze noch immer dort schmachtete.

Wie erwartet, kamen sie ziemlich geknickt wieder.

»Der Mr. Roberts war im Hof«, sagte Patrick, »und wir haben ihm von der armen alten Streunerin erzählt, und da hat er gesagt, es wär gar keine Streunerin, sondern eine Seinige –«

»Eine von den seinen«, verbesserte ich automatisch.

»Jawohl, Miss. Eine Seinige. Und da sind wir rumgekehrt.«

»Umgekehrt.«

»Sag ich ja«, bestätigte Patrick. Ich ließ es dabei.

Hätte ich Fünfpfundnoten bekommen für jeden derart verbesserten Satz, hätte ich mich längst vom Unterrichten zurückziehen können und wäre wohlversorgt.

Bis zum Eintreffen des Essens gab es Bruchrechnen. Kalter Hammel, rote Bete und Krautsalat, gefolgt von eingekochten Pflaumen und rosa Pudding ist nicht meine Vorstellung eines aufheiternden Festmahls an einem trostlosen Märztag, aber die Kinder fielen mit gewohnter Begeisterung darüber her, rannten anschließend ins Freie und ließen sich von dem stürmischen Wind der Downs hin- und herschubsen.

Als ich am gleichen Abend am brennenden Kamin saß, als hätten wir Dezember statt Frühlingsanfang, kam überraschend meine alte Freundin Amy zu Besuch.

Vor vielen Jahren waren wir zusammen auf dem College. Jetzt ist sie mit einem Geschäftsmann verheiratet, der anscheinend sehr gut verdient, dafür aber viel reisen muß. So bleibt Amy oft allein, während er im In- und Ausland herumkutschiert.

James ist ein Charmeur und dem zarten Geschlecht gegenüber schwach. Ich bin zwar überzeugt, daß er Amy zärtlich liebt, aber nicht so sehr davon, daß er ihr unerschütterlich treu ist. Amy ist viel zu loyal, um ihre Zweifel in Worte zu fassen, aber schlau genug, um sehr wohl zu wissen, daß manche dieser sogenannten Geschäftsreisen auch noch andere Interessen umfassen.

»Der Kamin brennt, wie wundervoll«, sagte sie und streckte ihre sorgsam manikürten Hände in die Wärme. »Was kann man am ersten Frühlingstag Besseres tun als ein tüchtiges Holzfeuer machen.«

»Kaffee oder Sherry?«

»Was für eine Sorte Sherry? Bietest du noch immer das Zeug an, das du auf der letzten Tombola gewonnen hast?«

Wer Amy so lange kennt wie ich, nimmt eine solche Bemerkung nicht krumm.

»Das war sehr ordentlicher Sherry. Gut und fruchtig. Der Vikar und ich haben ihn vorige Woche ausgetrunken.«

»Also, dann wohl doch Kaffee.«

»Pulverkaffee, und du hast noch Glück, daß du den kriegst.«

Amy lachte gluckernd und angelte in ihrer eleganten italienischen Handtasche nach Zigaretten. Sie folgte mir in die Küche.

»Ich frage mich oft, wieso du dir nicht Küchenmöbel anschaffst, die zusammenpassen«, sagte sie mit einem Blick auf meine Einrichtung.

»Für so was habe ich kein Geld«, sagte ich und löffelte den Kaffee in die Becher. »Sahne oder heiße Milch?«

»Sahne bitte.«

»Gut, dann muß ich keinen Topf auswaschen. Wieder eine Arbeit gespart.«

»Wenn du deine Küche durchorganisieren würdest, könntest du eine Menge Arbeit einsparen. Erstens einmal hättest du dann alle Arbeitsflächen auf gleicher Höhe.«

»Aber ich will sie gar nicht alle auf gleicher Höhe«, protestierte ich. »Wenn ich etwas schneide, tu ich es auf dem Tisch, wenn ich Salat wasche, brauche ich den Ausguß, weil er tiefer ist. Das Abtropfbrett hat genau die richtige Höhe, um Kohl zu hacken –«

»Schon gut, schon gut. Du brauchst nicht weiter aufzuzählen. Du hast dich an diese primitive Umgebung gewöhnt und willst es nicht anders.«

»Stimmt«, sagte ich friedfertig. »Möchtest du ein Ingwerplätzchen?«

»Sehr gern. Ich habe seit Jahren keine mehr gegessen, aber ich warne dich, ich muß sie eintauchen. Ich habe eine defekte Plombe.«

»Ich glaube, wir sind jetzt beide in dem Stadium, in dem es zulässig ist, Ingwerplätzchen einzutauchen. Es wird nicht mehr lange dauern, ehe wir unseren Haferbrei ganz zahnlos knatscheln.«

»Bitte sprich nur für dich«, sagte Amy.

Wir setzten uns an den Kamin.

»Ich hab dir das Programm für die Caxley-Festspiele mitgebracht. Ich dachte, wir könnten einige der Veranstaltungen besuchen.«

»Was wird denn geboten?«

»Ein Konzert in der Pfarrkirche. Hauptsächlich moderne Musik. Viel Bartók.«

»Ohne mich, liebe Amy. Die dortigen Kirchenbänke haben mich beim Weihnachtssingen fast zum Krüppel gemacht, und dabei konnten wir sogar zwischendurch aufstehen. Außerdem kann ich mit Bartók nichts anfangen.«

»Das Schlimme bei dir«, sagte Amy streng, »ist, daß du dich allem Fortschrittlichen verschließt. Wie wäre es denn mit der Ausstellung moderner Plastiken?«

»Wie ist die denn?«

»Gewaltige Freiluftfiguren, wie ich höre. Sie haben einen Teil der Gemeindewiese dafür abgesperrt.«

»Klingt hübsch und friedlich. Aber wenn es regnet?«

»Wie es der Herzog von Norfolk mit bewundernswerter Knappheit formulierte, als man ihn wegen der Krönungsfeierlichkeiten befragte: ›Dann werden wir naß.‹«

»Erzähl weiter.«

»Dein Henry Mawne scheint ein paar Vorträge über einheimische Vögel zu halten.«

»Er ist nicht *mein* Henry Mawne, wie ich dankbar betone, aber ich habe diese Vorträge schon mehrmals bei uns im Gemeindesaal gehört.«

»Silberausstellung des 18. Jahrhunderts? Handgewebte Stoffe? Drei mitteleuropäische Theaterstücke über den Aufstieg des Bauernstandes?«

»Die Silberausstellung klingt sympathisch«, sagte ich vorsichtig.

»Du lebst gern gefährlich, was?« sagte Amy. »Ich sag dir was: Ich laß das Programm hier, und du schaust es noch mal durch und rufst mich dann an. Ich bin für alles zu haben. James wird fast die ganze Zeit weg sein.«

»Wohin fährt er denn?«

»Zuerst nach Holland, glaube ich. Hat was mit Diamantenhändlern zu tun. Nicht daß James viel von den Diamanten sehen wird, das Geld wird in andere Dinge investiert.«

»Ich glaube, die Holländer sind sehr schlau im Handeln.«

»Ist mir bekannt. Hat denen nicht einmal die Ostindische Compagnie gehört? Die mit den vielen Gewürzen und Juwelen?«

»Meine Kenntnisse sind da recht nebelhaft. Ich weiß nur, daß sie prima Seefahrer waren und frech genug, die Themse heraufzuschippern oder vielleicht war es auch der Medway, und von jemand verjagt worden sind, der einen Besen am Mast hatte.«

»Ich kann's nicht glauben. Wieso denn am Mast?«

»Amy, ich weiß im Ernst nichts über die Holländer, außer daß Holland oft überflutet wird und die Hausfrauen außergewöhnlich sauber sind. Ich würde James darüber befragen, wenn er wieder da ist. Schließlich wird er es dann aus erster Hand wissen.«

»Hoffentlich nicht das mit den Hausfrauen«, sagte Amy ungewöhnlich scharf und drückte heftig ihre Zigarette aus.

»Wenn es tatsächlich schon so spät ist, muß ich weg. James startet morgen sehr früh nach Edinburgh.«

»Er ist wirklich immer unterwegs«, sagte ich und begleitete sie zur Tür.

»Manchmal zu oft«, erwiderte Amy und stieg in ihren glänzenden Wagen. »Ich hab ihm gesagt, er soll sich nicht wundern, wenn ich eines Tages seinem Beispiel folge und mich mal absetze.«

Es war leichthin gesagt, aber mit einem verbissenen Unterton, der mich beunruhigte.

Sie warf mir eine Kußhand zu und fuhr los. Ich kehrte an meinen Kamin zurück und hatte über vieles nachzudenken.

Für den Rest des März blieb das Wetter frostig. Einige Primeln hatten im Garten den Elementen getrotzt, und ein paar Traubenhyazinthen duckten sich zwischen ihre glänzenden Blätter, sichtlich nicht bereit, mehr zu tun, bevor es nicht wärmer würde.

Auf den Bäumen waren die Blätter noch fest eingerollt. Noch immer hoben sich die winterlichen Umrisse der Buchen und Linden tiefschwarz vom grauen Himmel ab.

Abends war ich froh über mein behagliches Feuer und legte mir auch wie bisher eine Wärmflasche ins Bett. Es herrschte strenger Frost und es würde noch viele langweilige Wochen dauern, ehe ich die auf meiner Fensterbank gezogenen Geranienableger ins Freie pflanzen konnte.

Die Kinder husteten und schnieften weiter, wie bereits den ganzen Winter hindurch, versuchten aber trotzdem, ohne Mantel auf den kahlen Spielplatz hinauszugehen, bis die Erwachsenen sie zwangen, etwas überzuziehen. Winterkrankheiten herrschten überall in der Gemeinde, und die Märzversammlung des *Women's Institute,* eine Ansammlung robuster weiblicher Wesen, wurde abgesagt, weil der Ofen im Gemeindesaal streikte und keine den arktischen

Zuständen dort – hinter von innen und außen mit dünnem Eis überzogenen Fenstern – standhalten wollte.

Eines kalten Abends, als ich am Kamin saß und Aufsätze korrigierte, klingelte es an der Haustür.

Beim Gang durch die Diele fielen mir die vielen Warnungen ein, nie einem Fremden die Tür zu öffnen, besonders dann nicht, wenn man allein im Hause war. Ich rate anderen immer, in den ersten Stock zu steigen und durch ein oberes Fenster festzustellen, wer es ist, aber natürlich tue ich es selber nie und es fällt mir erst ein, wenn die Tür weit offen steht.

Glücklicherweise war es nur Henry Mawne, der Lose verkaufen wollte. Er kam gern mit herein.

»Das wollte ich eigentlich nicht«, sagte er und trat sich die völlig sauberen Schuhe energisch auf dem Fußabstreifer ab. »Aber um die Wahrheit zu sagen, finde ich es doch ein gut Teil kälter, als ich beim Weggehen dachte, und sonst gehe ich nirgends mehr hin.«

Ich machte großmütig fünfzig Pence locker für ein Vogelschutzprojekt, das Henry am ornithologischen Herzen lag, und bot ihm einen Drink an, den er aber ablehnte.

Er streckte seine Beine vor dem Kaminfeuer aus und machte den Eindruck, als gedächte er es sich für den ganzen Abend gemütlich zu machen.

Ich packte meine Hefte beiseite und holte eine Tafel Pfefferminzzucker.

»Dann gönnen Sie sich wenigstens das«, sagte ich und brach die Tafel unter Kraftaufwand auseinander. »Es soll bei erfolgreichen Polarexpeditionen Verwendung finden. Ich nehme an, die erfolglosen haben einfach vergessen, so was mitzunehmen.«

»Ah, meine Lieblingsleckerei«, sagte er und nahm sich das größte Bruchstück. »Wo kriegen Sie so was denn noch?«

»Mr. Lamb im Postamt führt es.«

»Das habe ich nicht gewußt.« Er knusperte fröhlich, und

ich fragte mich, ob er wohl wirklich vorhatte, länger zu bleiben. Ich mußte noch zwei Telefongespräche führen und hatte vorgehabt, mir die Haare zu waschen, aber Gastgeberpflichten gehen vor.

Wieso nimmt man eigentlich allgemein an, eine alleinstehende Frau sehne sich nach Gesellschaft? Eine Frau, die allein lebt, hat genausoviel im Haushalt zu tun wie eine verheiratete. Im Grunde sogar mehr, weil sie alles selber machen muß.

Wenn ich vom Unterrichten heimkomme, muß ich meinen Haushalt versorgen, Briefe schreiben – viel zu viele – und andauernd waschen, bügeln und stopfen. Im Garten arbeiten, einkaufen und ein bescheidenes Bewirten von Gästen müssen auch sein, und ich bemühe mich nach Kräften, bei dörflichen Anlässen das Meine zu tun, auch wenn ich nur auf Garderobe und Schuhe aufpasse, während die eigentliche Garderobiere gerade mal auf eine Teepause gegangen ist. Auch bin ich immer bereit, für wohltätige Zwekke zu sammeln, und halte mir einen Vorrat selbstgekochter Marmeladen, um sie für einen Basar spenden zu können.

Ich bin durchaus nicht kontaktscheu, aber wenn ich den Großteil des Tages mit einer Horde anspruchsvoller Kinder, mit Mitarbeitern, ganz zu schweigen von Mrs. Pringle, Mr. Willet und verschiedenen Besuchern mehr pädagogischer Art zugebracht habe, bin ich dankbar für die köstliche Einsamkeit des Lehrerhauses und ein paar Stunden Ruhe.

»Wie geht es Elizabeth?« fragte ich höflich. Mrs. Mawne ist ein energisches Mitglied der Gemeinde Fairacre und sorgt streng für die Pflichten ihres Ehemannes als rechte Hand des Vikars und Vogelkundler.

»Oh, die ist in Irland«, sagte Henry. »Besucht eine alte Tante. Die Arme war immer schon schwierig und hat eine Gesellschafterin nach der anderen verbraucht, seit ihr Mann Roderick gestorben ist. Elizabeth ist hingefahren und versucht, ihr zuzureden, daß sie in ein Pflegeheim geht. Soweit ich sehe, hat sie kaum eine Chance. Höchstens mit Dynamit kriegt man die Tante aus dem alten Schuppen heraus, den sie jetzt bewohnt.«

»Hat sie denn immer schon dort gewohnt?«

»Ja, seit sie vor ungefähr sechzig Jahren geheiratet hat. Es ist eins von den verschimmelten viktorianischen alten Schlössern mit Türmchen wie die Pfefferstreuer und seltsamen Pilzen in den Speicherräumen. Es ist immerhin eine Herberge für seltene Eulen und Fledermäuse, aus diesem Grunde täte es mir leid, wenn der alte Kasten abgerissen würde.«

»Ist das denn wahrscheinlich?«

»Sehr wahrscheinlich, wenn man sie dazu überreden könnte, zu verkaufen. Meine Hauptsorge ist, daß Elizabeth sie mit zu uns bringt. Es gäbe eine ganz unmögliche Situation. Wir haben derzeit wirklich genug damit zu tun, uns selbst zu versorgen, wie sollten wir das mit der guten alten Tante Thora in unserer Mitte fertigbringen?«

»Wie alt ist sie denn?«

»Dreiundneunzig und hat bestimmt noch zehn Jahre vor sich.« Er seufzte tief auf und legte zwei lange Scheite in meinen Kamin. Ich beobachtete ihn schweigend und amüsiert.

»Wann erwarten Sie Elizabeth zurück?«

»Weiß der Himmel«, sagte er grämlich. »Das Haus ist totenstill ohne sie. Das ist einer der Gründe, warum ich heute abend weggegangen bin, um ein bißchen Gesellschaft zu haben.«

Plötzlich stand er auf.

»War nett von Ihnen, mich hereinzubitten«, sagte er und kämpfte sich in seinen Mantel. »Ich schau mal wieder vorbei, wenn ich darf. Sie heitern mich immer auf und sind sicher so einsam wie ich.«

Ich lächelte höflich und begleitete ihn zur Tür.

Als er gegangen war, sagte ich zu Tibby: »Haarewaschen fällt aus!«

2

Kleine Ärgernisse

Zu meinem Verdruß konnte ich nach Mr. Mawnes Besuch nicht einschlafen.

Ich hatte vergessen, meine Wärmflasche ins Bett zu legen, weil mich mein Gast im gewohnten Tagesablauf gestört hatte, vielleicht war das der Grund.

Nachdem ich mich zwei, drei Stunden lang herumgewälzt hatte, wurde mir klar, daß ich einen Wolfshunger hatte.

Um ein Uhr früh war es ungewohnt still in der Küche. Das Mondlicht hatte die Teller im Regal über der Spüle versilbert und helle Rechtecke auf den Fliesenboden gezaubert. In der Ferne hörte ich den zittrigen Schrei einer Eule, und ich blieb einen Augenblick stehen und genoß diese Stimmung, ehe ich das Licht anknipste und alles wieder in gewohnte Prosa verwandelte.

Jahrelang hatte Fairacre sich ohne elektrisches Licht behelfen müssen. Als es endlich im Lehrerhaus installiert wurde, war ich ganz entzückt und werde nie aufhören zu bewundern, wieviel es im Alltag bedeutet.

Trotzdem ist es gut, in wenigen stillen Mondscheinminuten daran erinnert zu werden, wie es früher war, als ich hierher kam, und wie es für Generationen von Fairacre-Bewohnern gewesen sein muß.

Während ich auf dem Herd Milch wärmte, sammelte ich mir einige Leckerbissen auf ein Tablett. Was würde wohl ein Schlankheitsfanatiker sagen zu einer Banane, einem Zwieback und einem Löffel Pflaumenkompott?

Ich trug meine Beute zurück ins Bett und aß sie mit Genuß, während ich in meinem unvermeidlichen Nachttischbuch las, dem ›Tagebuch eines Landpfarrers‹. Der gute

Mann des achtzehnten Jahrhunderts hört nie auf, mich zu amüsieren, zu belehren und zu verzaubern. Ich kam mir mit meinem bescheidenen Tablett ganz asketisch vor, als ich las, daß Pfarrer Woodforde am 24. November 1795 folgendes Abendessen genoß: Gehackten Kalbskopf, ein gekochtes Huhn und einigen Speck, eine gebratene Hammelkeule und einen Norfolk-Pudding mit Schmalz, danach gebratene Ente, Makkaroni und Törtchen. Als Dessert weiße Korinthen, Birnen, Äpfel und Haselnüsse.

Im Februar des folgenden Jahres gab er »einem alten, heruntergekommenen Fischer« einen Shilling und vermerkte dazu: »Es war dies der Mann, der mir einmal einige recht mittelmäßige Sprotten gebracht hatte.«

Diese letzte Eintragung brachte mich so zum Lachen, daß ich meine letzten Krümel aufaß, meine segensreiche Nachttischlampe ausknipste und nach zehn Minuten einschlief.

Am nächsten Morgen sah ich vor dem Unterricht zu meinem Schrecken, daß Mrs. Pringle sehr deutlich hinkte. Was konnte passiert sein? Hatte ich unabsichtlich irgend etwas angestellt, etwa rote Tinte auf ihre makellosen Dielenbretter vergossen? War der Ausguß übergelaufen, der Abfluß mit dem verflixten, allgegenwärtigen Bubblegum verstopft, den Fairacres Kinder so lieben? War der Ofen ausgegangen? Alle diese schrecklichen Möglichkeiten blitzten in mir auf wie die Lebensstationen eines Ertrinkenden.

Zum Glück war es ausnahmsweise nicht meine Schuld, daß Mrs. Pringles Bein »aufgeflammt« war. Der Grund war, wie schon oft, ihre Nichte Minnie Pringle.

Minnies I. Q. ist außergewöhnlich niedrig. Sie kann nicht lesen, hat Schwierigkeiten, ihren Namen zu schreiben, und ist faktisch unfähig, auch nur die primitivsten Arbeiten zu verrichten, wie ich bitter erfahren mußte. In einem schwachen Moment habe ich sie einmal bei mir im

Haus putzen lassen, und es bedürfte einer stärkeren Feder als der meinen und viel übriger Zeit, um aufzuzählen, was alles an Schäden sie angerichtet hat. Ich erwähne nur zwei Beispiele:

Sie hielt einen Kissenbezug für schmuddelig und weichte ihn samt dem Kissen in Bleichmittel im Ausguß ein. Der Ausguß sah nachher aus wie neu, doch im Geruch der Küche erstickte man fast.

Ihre zweite Leistung war das Auseinanderbauen des elektrischen Kochers, »um den mal gründlich sauber zu kriegen«. Zum Glück traf Mrs. Pringle rechtzeitig ein, um den Hauptschalter umzulegen, sonst hätte ich zweifellos Minnie tot zwischen den Trümmern auf dem Küchenboden vorgefunden. Mr. Willet und ich brauchten einen ganzen Abend, um das Ding wieder zusammenzusetzen, und ich habe noch bei keiner anderen Gelegenheit von diesem aufrechten Glaubensbruder so viele geflüsterte Flüche gehört.

Dieses Mal war Minnie gezwungen gewesen, eines ihrer Kinder ins Krankenhaus zu bringen, und sie hatte alle übrigen ohne Vorwarnung bei Mrs. Pringle abgesetzt.

»Kommt ganz unverschämt daher mit vier Fratzen, wie ich grade den Küchenboden wischen will.«

»Aber was war denn mit dem fünften los?«

Minnies Kinder stammen von den verschiedensten Vätern. Sie ist zwar verheiratet, wenn auch noch gar nicht lange, aber mit einem ältlichen Mann namens Ern, der selber Kinder hat. Die Ehe verläuft stürmisch, was kein Wunder ist, und Bert, ein früherer Liebhaber, scheint immer wieder aufzutauchen und Minnies zerstreute Aufmerksamkeit von ihren Ehepflichten abzulenken.

»Na ja, Ern ist zu den Potters rauf und wollte nachsehen, ob der Rasenmäher imstande ist für den Sommer, und hat den kleinen Basil mitgenommen. Warum, dürfen Sie mich nicht fragen!«

Ich hatte es gar nicht vor, besonders weil es schon fast

Zeit war, die Kinder hereinzulassen, und Miss Briggs, meine Mitarbeiterin, sich in der Nähe aufhielt, als warte sie auf etwas.

»Jedenfalls hat der Ern das Ding laufen lassen, als er die Ölkanne holte, und dieser Trottel hat mit der Hand reingelangt. Hat sich drei Fingerspitzen abgesäbelt.«

»O Gott, nein!«

»O ja. Und dieser blöde Ern und Minnie hatten nicht Verstand genug, die Fingerspitzen ins Krankenhaus mitzunehmen, damit man sie dort wieder annäht.«

Miss Briggs tat einen kurzen Aufschrei. Ich setzte mich rasch auf meinen Stuhl und konzentrierte mich auf eine ziemlich schmächtige späte Hyazinthe, die auf Wasser gezogen war. Ich kann blutrünstige Details nicht aushalten, und Mrs. Pringle erspart einem kein einziges.

»Ich glaube, es ist Zeit zum Läuten«, sagte ich beklommen zu Miss Briggs, und diese eilte fort.

»Erzählen Sie mir nichts mehr«, bat ich Mrs. Pringle. »Ich meine, über die Verletzung. Das Kind tut mir so leid. Bleibt es lange in der Klinik?«

»Nein, und das ist recht schade. Minnie holt es heute nachmittag, und ich hab gesagt, sie können alle noch bei mir Tee trinken, und dann soll sie sie sofort heim ins Bett bringen.«

»Das ist aber sehr nett von Ihnen«, sagte ich. »Sie sind der kleinen Familie eine rechte Stütze.«

Dann fiel mir etwas Schreckliches ein.

»Sie denken doch nicht etwa daran, die Schulpflichtigen bei sich zu behalten?« Das war schon einmal geschehen, und sie gingen vorübergehend in meine Schule und waren eine schwere Last.

»Kommt nicht in Frage«, sagte meine Putzfrau lakonisch.

Sie erhob sich von der vordersten Bank und ging in die Diele. Ich glaube, meine Anerkennung hatte sie gefreut.

Sie hinkte nicht mehr.

In der Pause, während die Kinder draußen fröhlich herumtobten, kam Miss Briggs auf das Thema, von dem sie mich hatte in Kenntnis setzen wollen, erfolglos, da Mrs. Pringles gräßlicher Bericht über den Unfall des kleinen Basil in vollem Gange war.

Miss Briggs war jetzt schon eine ganze Weile mit einem vergnügten jungen Bauarbeiter namens Wayne verlobt. Er arbeitete für Reg Thorn, den örtlichen Baumeister, als er unser undichtes Oberlicht erneuerte – nicht völlig erfolgreich, wie sich jetzt zeigte –, und dabei hatten die beiden jungen Leute sich kennengelernt.

Die Hochzeit ist für den Sommer geplant, bald nach dem Ende des Schuljahres, und Miss Briggs' akutestes Problem war das Anprobieren ihres Hochzeitskleides. Ob sie wohl, bat sie mich flehentlich, morgen eine halbe Stunde früher gehen dürfe, um die Schneiderin in Caxley aufzusuchen, die eben erfahren hatte, daß sie ins Krankenhaus mußte, und mit dem Kleid anfangen wollte, ehe sie sich ins Klinikbett legte.

»Kein Problem«, versicherte ich ihr. »Die ganze Schule kann miteinander Fuchs und Gans und Drittenabschlagen spielen. Wir machen überhaupt zu wenig Spiele.«

»Und wenn es regnet?« fragte sie ängstlich.

»Vorlesen kann ich immer noch«, sagte ich.

Ganz erleichtert kehrte sie in ihre Klasse zurück, und ich mußte an die Zeit denken, als ich sie hatte darauf aufmerksam machen müssen, daß sie zu bleiben hatte, bis alle Kleinen am Ende des Nachmittags versorgt waren, und daß es kein Zeichen für sofortigen Aufbruch sei, wenn die Uhr halb vier zeigte. Sie hatte sich beträchtlich gebessert, ob gereift durch die Liebe oder einfach durch die Entdeckung, daß sie ihr Lehramt recht gut versah, konnte man nur mutmaßen. Sie beabsichtigte nach ihrer Heirat weiter zu unterrichten, und dafür war ich dankbar. Neueinstellungen sind immer riskant, und in einer Schule mit nur zwei Lehrkräften wie der unseren ist es unbedingt notwenig, daß die beiden gut harmonieren.

Natürlich konnten Babys dazwischenkommen, aber sie konnte immer auf Mutterschaftsurlaub gehen und danach zurückkommen, wenn sie wollte.

Das hieß denn doch den Ereignissen weit vorauseilen. Schließlich hatten wir noch nicht einmal das Brautkleid probiert.

Außerdem sah ich in diesem Augenblick eine Reihe Köpfe vor dem oberen Fenster auftauchen: Eine ganze Prozession Kinder lief den Kokshaufen entlang, und es wurde höchste Zeit, dem ein Ende zu machen.

Ich griff nach der Handglocke und trat hinaus auf den Spielplatz.

Noch am gleichen Nachmittag machte sich der erste warme Wind auf. Die Wetterfahne auf dem Turm von St. Patrick drehte auf Südwest, die Wolken jagten fröhlich dahin, und dazwischen zeigte sich manchmal ein Sonnenstrahl, vergoldete die kahlen Äste und hob unsere Stimmung. Kam jetzt endlich der Frühling?

Die Kinder schnüffelten die Luft wie eifrige Hunde, die man spazieren führt, und ich ließ sie fünf Minuten früher als gewöhnlich spielen gehen, jedoch mit strengen Verwarnungen, was sie zu erwarten hätten, wenn sie in die Nähe des Kokshaufens kämen, geschweige denn auf ihm herumtanzten.

Als ich sie wieder hereinrief, sah ich Gerald Partridge, unseren geliebten Vikar, zwischen ihnen, sein ehrwürdiges, altersgrünes Cape flog ihm im Wind um die Schultern.

»Meine liebe Miss Read«, sagte er und ergriff meine Hand. Er trug heute seine Winterhandschuhe aus Leopardenfell nicht mehr, ein sicheres Zeichen dafür, daß es wärmer geworden war.

»Kommen Sie mit herein«, sagte ich.

»Nein, nein. Es ist so wundervoll im warmen Wind. Wir wollen doch die Luft hier draußen genießen. Ich bringe Ihnen einen Brief von meiner Frau. Sie brauchen ihn nicht gleich zu beantworten. Vielleicht wollen Sie erst darüber nachdenken. Deswegen wollte sie Sie ja auch nicht anrufen.«

»Worum geht es denn?« fragte ich leicht erschreckt.

Wurde wieder ein Glas Marmelade für einen guten Zweck benötigt? Wurde ich zu einer von Mrs. Partridges Käse-und-Wein-Parties eingeladen, um einen bedeutenden Theologen kennenzulernen? Wenn ja, hätte ein einfacher Anruf genügt. Was für verborgene Komplikationen enthielt also das Couvert?

»Studieren Sie ihn in Ihrem friedlichen Heim«, riet mir der Vikar. Vielleicht war mir meine Bestürzung deutlich anzusehen? Gerald Partridge, obwohl in mancher Hinsicht ziemlich geistesabwesend, ist bemerkenswert fein empfindend, was die Gefühle anderer betrifft. Ich stopfte den Brief in meine Jackentasche.

»Ich finde immer«, sagte er und wechselte entschlossen das Thema, »daß Sie eine der schönsten Aussichten von ganz Fairacre haben.« Er blickte über Mr. Roberts' junges Korn zu den hochragenden Downs am Horizont.

»Ich auch«, sagte ich.

»›Ich hebe meine Augen auf zu den Bergen, von dannen mir Hilfe kommt‹«, zitierte Mr. Partridge. »Wissen Sie, ich finde die Berge ebenso tröstlich wie der Psalmist. Vor ihnen bekommen unsere kleinlichen Angelegenheiten die rechte Perspektive.«

»Durchaus«, bestätigte ich. »Wie bei den Enten.«

»Enten?«

»›... von den Sorgen der Welt/Wend ich mich zu den Enten,/Den schönen, den komischen ...‹ Wie es weitergeht, habe ich vergessen, aber ich kann es Ihnen heraussuchen.«

»Das wäre mir lieb«, sagte der Vikar ernsthaft. »Enten oder Downs, wir müssen uns Trost suchen, wo wir können, und ich finde so manchen in Zitaten.«

Eine Fünfjährige stürzte atemlos auf uns zu.

»Miss, das eine von den Coggs-Kindern war auf dem Dielenboden auf der Toilette.«

»Das«, sagte ich zu ihr, »nennt man eine Begriffsverwechslung, aber ich komme gleich.«

»In diesem Fall«, sagte der Vikar, »muß ich Sie Ihren Pflichten überlassen.«

Er verließ uns, wie ich fand, mit unnötiger Hast, und ich ging und suchte nach dem Scheuertuch.

Aus irgendeinem Grund hatte ich Mrs. Partridges Brief vergessen, bis ich in meiner Jackentasche nach einem Taschentuch suchte, während ich darauf wartete, daß in meiner friedlichen Küche der Kessel kochte. Meine bösen Ahnungen kamen wieder hoch.

Ich las, während ich meinen Tee schlürfte. Nach passenden Begrüßungsworten hieß es da:

»Meine liebe Freundin Hazel Smith versucht in Caxley Geld für ›Rettet die Kinder‹ zu sammeln und veranstaltet einen Abend unter dem Motto ›Unsere Kinder‹.

Sie bittet mehrere Sprecher, ein paar Worte zu sagen und Fragen aus dem Publikum zu beantworten. Ich weiß, sie hat bereits einen örtlichen Magistratsbeamten, der über das Jugendgericht sprechen wird, einen sehr berühmten Pädagogen sowie einen Arzt, der auf Kinderkrankheiten spezialisiert ist, einen sehr netten übrigens, der schon einmal in einer der aufregenden Ärzteserien im Fernsehen war.

Ich habe mir erlaubt, Ihren Namen zu nennen, und sie wird sich eventuell mit Ihnen in Verbindung setzen und anfragen, ob Sie an der Diskussionsrunde teilnehmen wollen. Sie könnten vielleicht über Schulanfänger sprechen. Oder über Lesestoff für Kinder? Ich hoffe jedenfalls, Sie nehmen es nicht übel, daß ich Sie vor ihr erwähnt habe. Sie würden es so gut machen, und ich weiß, daß Hazel Ihnen riesig gefallen wird.

Im Anschluß an die Diskussion gibt es ein Büfett und Wein und Gelegenheit, viele Leute kennenzulernen, denen die Jugend wirklich am Herzn liegt, so wie Ihnen.«

Nach drei Seiten von dieser Art verblieb sie mit herzlichen Grüßen ...

»Heiliger Strohsack, Tibby«, sagte ich zur Katze. »Was soll ich machen?«

Das gefühllose Tier fuhr fort, sich energisch das Gesicht zu waschen, desinteressiert an den Leiden seiner Herrin.

Mit dieser erschreckenden Aussicht verbrachte ich den Abend in nervöser Entschlußlosigkeit. Mein erster Impuls war natürlich, auf den Vorschlag mit glatter Ablehnung zu reagieren. Ich hatte kein Bedürfnis, einen Abend in Caxley zu verplempern und auch eine ausgesprochene Antipathie gegenüber meinen unbekannten Diskussionsteilnehmern. Vermutlich waren sie alle so reizend wie Mrs. Partridges alte Freundin Hazel. Mit Sicherheit gemeinnütziger gesinnt als ich, es sei denn, sie waren ebenso widerwillig hineingezwungen worden wie ich. Aber ich begegne zu vielen Leuten, denen »die Jugend am Herzen liegt«, und finde sie durchweg erschütternd ernsthaft. Auch mir liegt die Jugend am Herzen, schon der Zwischenfall mit dem Scheuertuch war ein Beweis – aber der Gedanke, eine Masse feierlicher Fragen zu beantworten, ob man beim Ego eines Kindes Schaden anrichtet, indem man schlichte Freuden vereitelt wie etwa das Unter-Wasser-Setzen des Badezimmers oder auf die Katze zu springen, erfüllt mich mit Widerwillen.

Im übrigen – worüber sollte ich denn reden? Selbst Ansprachen von zehn Minuten erfordern verteufelt viel Schreiberei vorher, und ich kenne meine Grenzen. Nein, ich würde absagen müssen.

Als ich zu diesem Entschluß gelangt war, fiel mir ein, wie viele Freundlichkeiten Mrs. Partridge mir und der Schule schon erwiesen hatte, und ich fing an, mir gemein und schäbig vorzukommen. Würde es mir denn schaden, einen Abend zu opfern? (*Jawohl,* piepste mein schlechteres Selbst.) Wenn Mrs. Partridge mir den Job nicht zutraute, hätte sie mich nicht gebeten (vermutlich als Siebzehnte auf ihrer Liste, weil die anderen alle vernünftig gewesen waren, Pläne für Auslandsreisen und fällige Besuche zu machen, sich eine Gürtelrose geholt hatten oder ähnliches). Ich würde die liebe Mrs. Partridge enttäuschen, wenn ich diese Hazel Dingsda mit einer schwächlichen Ausrede abwimmelte.

In diesem Moment klingelte das Telefon, und ich fuhr zusammen wie bei einem Schuß. Jetzt ging es um die Wurst. Nun denn, sofort herangehen und auf der Hut sein.

Fragen, ob ich sie morgen anrufen könnte, wenn ich es mir überlegt hätte.

Mit belegter Stimme meldete ich mich. Zu meiner riesigen Erleichterung war es Amy.

»Bist du erkältet?« fragte sie besorgt.

Ich beichtete stammelnd mein gegenwärtiges Problem, und Amy vermied es zu lachen, zumindest nicht laut heraus.

»Du bist schon eine ulkige Nudel«, vermerkte sie in so liebevollem Ton, daß ich fast in Tränen ausgebrochen wäre. »Man hat den Eindruck, daß du jede Situation meisterst –«

»Oh, bestimmt nicht!«

». . . und dabei gehst du ganz entzwei wegen einer simplen Kleinigkeit wie dieser.«

»Aber Amy, es ist keine simple Kleinigkeit«, jammerte ich. »Natürlich ist es auch eine sehr gute Sache. Die Kinder zu retten, meine ich. Wenn ich es mir recht überlege, tu ich meiner Lebtag nichts anderes als Kinder retten.«

»Weißt du, was ich an deiner Stelle täte?«

»Nein, sag es mir schnell«, drängte ich.

»Vergiß es für heute abend. Geh früh zu Bett mit einem netten, pikanten Buch. Ich wette zehn zu eins, daß du morgen früh weißt, was du willst.«

»Danke, Amy«, sage ich ergeben und legte auf.

Nach kaum einer Minute klingelte es wieder. Es war nochmals Amy.

»Häng doch nicht so schnell ein«, sagte sie. »Ich konnte dir ja gar nicht erzählen, warum ich überhaupt angerufen habe.«

Ich entschuldigte mich.

»Ich wollte wissen, ob du dich für eine der Festspielaufführungen in Caxley entschieden hast. Ich glaube, ich muß allmählich Karten bestellen.«

»Amy«, begann ich, »leider bin ich bis jetzt nicht –«

»Laß nur, laß nur. Steck es zusammen mit Mrs. Partridges Vorschlag in dein Unterbewußtsein, und morgen wirst du dich beidem gewachsen fühlen.«

Diesmal war sie es, die einhängte. Ihr Ton war freundlich und verzeihend gewesen, und ich kehrte an meinen Kamin zurück und dankte den Göttern für so gute Freunde, die ich kaum verdiente.

3

Henry Mawne braucht Gesellschaft

Nach einer Nacht mit köstlich geruhsamem Schlaf fühlte ich mich kräftig genug, Mrs. Partridges Vorschlag zuzustimmen und sofort nach der Schule bei ihr anzurufen und zu sagen, wie sehr mich die Anfrage ihrer Freundin Hazel erfreute, mich in ihrem Gremium haben zu wollen. Also wirklich! Die Zivilisation ist an vielem schuld: Was würde passieren, wenn alle immer die reine Wahrheit sagten?

Während mein Frühstücksei kochte, wendete ich das Blatt auf dem Wandkalender und las für den März das Motto: »Es wächst der Mensch mit seinen höh'ren Zwecken.«

Bezog sich das bereits auf meinen tapferen Entschluß? Würde ich das bestunterrichtete Mitglied der Diskussionsrunde sein? Würde der ›Caxley Chronicle‹ einen Artikel bringen über die Schlagfertigkeit der Antworten, über die Spannweite des Wissens, den persönlichen Charme und natürlich die angeborene Bescheidenheit der Schulleiterin von Fairacre? Höher konnte der Ruhm nicht steigen.

Während dieser Tagträume bemerkte ich zweierlei: Einmal war der erste April, und ich mußte mich heute in der Schule sehr in acht nehmen, und zweitens war mein Ei gesprungen und schäumte über auf den Herd.

Was würden, überlegte ich beim Auslöffeln, meine unartigen Schüler sich heute ausdenken? Einmal hatte ich sie am ersten April gerade noch davon zurückhalten können, ein Seil unmittelbar oberhalb der Fußhöhe in die Dielentür zu hängen. Das Opfer wäre zweifellos Mrs. Pringle gewesen und die Folgen kein bißchen komisch, wie ich ihnen klarmachte. Ein kleiner Spaß war schon recht, aber nicht, wenn Menschen dabei zu Schaden kamen. Sie waren entsprechend ernüchtert gewesen und hatten seither weniger dramatische Mittel und Wege gefunden, den Tag zu begehen.

Auf den ersten Blick schien im Klassenzimmer alles wie immer. Ich öffnete mein Katheder, auf der Hut vor einer riesigen Spinne oder auch einer Ringelnatter, aber dort war nichts von der Art. Auf meinem Stuhl lag weder eine Reißzwecke noch ein Klümpchen Klebstoff. Die Klaviertasten waren sauber, das Gesangbuch makellos. Gewöhnlich machen sie ihre Scherzchen in der ersten halben Stunde. Konnten sie es vergessen haben? Nach zwölf Uhr war der Zauber in der Regel vorbei, und alle Arten von Ulk gelten nach alter Tradition nunmehr als unwirksam.

Wir ackerten uns durch Rechnen und Lesen. Auch die Pause verlief ohne Zwischenfälle, und ich hatte schon vergessen, auf der Hut zu sein, womit meine arglistige kleine Schar sicherlich gerechnet hatte.

Um zwanzig vor zwölf, unmittelbar vor Eintreffen der Essensdame, ließ ich sie ein reizendes Gedicht über den Frühling von der Tafel abschreiben. Es sollte eine Schönschreibe-Übung mit dem Erlernen des Gedichts verbinden.

Eben konzentrierte ich mich auf meine eigene schöne Handschrift in den letzten beiden Zeilen, da ertönte Ernests Stimme in schreckenerregender Dringlichkeit.

»Miss! Schnell! Patrick ist ohnmächtig ’worden.«

Es war dies nicht das erste Mal, daher ließ ich die Kreide fallen und war sekundenschnell bei Patrick. Der Junge hatte den Kopf aufs Pult gelegt, und als ich mich über ihn beugte, erhob sich begeistertes Freudengebrüll.

»April! April! Miss!«

Patrick richtete sich auf, rosig und vergnügt, und stimmte in die allgemeine Heiterkeit mit ein.

Wenn ich an das in der Diele gespannte Seil, die große Spinne und allerlei Klebriges dachte, fand ich, ich sei diesmal billig davongekommen.

Am Abend rief ich voll nobler Gedanken Mrs. Partridge an. Sie jubelte: »Wie wundervoll. Hazel ist bestimmt ebenso begeistert und wird sich bald mit Ihnen in Verbindung setzen.«

Viel zu oft, dachte ich düster, werde ich dazu verdonnert, eine Aufgabe zu übernehmen, die ich hasse. Warum tu ich das überhaupt, und wie kann ich solche Ereignisse wie das anstehende auf ein Mindestmaß beschränken?

Man durfte vermutlich nicht zu gewissen Clubs und Vereinen gehören. Wäre ich nicht Mitglied beim *Women's Institute,* könnte man mich vermutlich nicht dazu keilen, Kuchen für irgendwelche Tees zu liefern oder einen Marktstand zu übernehmen, oder an einem Wettbewerb teilzunehmen, für den ich keinerlei Begabung habe, bloß weil starke Persönlichkeiten wie Mrs. Partridge nicht genügend Teilnehmer finden.

Andererseits: Sollte man sich zurückziehen und ein Einsiedler werden, nur um Belästigungen zu vermeiden? Ich lebe schließlich gern in Fairacre und gehöre zu den wichtigen Gemeindemitgliedern (ich nehme an, daß Mrs. Pringle anders darüber denkt). Ich muß also meinen Anteil an der Last tragen.

Ich erinnere mich noch, daß eine meiner Tanten einmal sagte: »Jetzt, da ich siebzig geworden bin, werde ich in nichts mehr eintreten, das Mitgliederversammlungen abhält.«

Es scheint also in der Familie zu liegen.

Ich war einigermaßen überrascht, als ich am Abend Henry Mawne wieder auf meiner Schwelle vorfand. Er trug einen schönen Narzissenstrauß und kam strahlend herein.

»Hab mir gedacht, die hier würden Sie erfreuen. Bei uns kommen sie immer schon sehr früh, und Narzissen mag doch jeder.«

»Das stimmt«, sagte ich. »Die fröhlichsten von allen Frühlingsblumen, finde ich immer: Meine sind noch lange nicht so weit. Ich überlege manchmal, welche Shakespeare gemeint haben kann, ›die Märzwinde in Schönheit hinnahmen‹. Eine ziemlich frühe Sorte, könnte ich mir vorstellen.«

»Gewiß nur dichterische Freiheit. ›Aprilwinde‹ konnte er wegen des Rhythmus nicht gut nehmen«, sagte Henry und setzte sich schwerfällig. »Haben Sie viel zu tun? Zu Hause ist es ein bißchen still ohne Elizabeth, und ich fand, ich brauchte Gesellschaft.«

Ich konnte schlecht sagen, daß er mir verflixt auf die Nerven ging. Natürlich hatte ich zu tun, und wer weiß, wann der wieder gehen wird, dachte ich, den Narzissenstrauß in der Hand. Da war er mal wieder, der Fluch der Höflichkeit.

»Möchten Sie etwas trinken?«

»Nein, danke. Ich pichle neuerdings wenig. Es kehrt so lange wieder – wie Radieschen.«

»Und Gurken. Entschuldigen Sie mich einen Moment, ich stell die nur ins Wasser.«

Ich habe eine hübsche Coalport-Vase, trompetenförmig, von unschätzbarem Wert für jemand, der vom Blumenstekken so wenig versteht wie ich. Man läßt den Strauß einfach hineinfallen, und er arrangiert sich von selbst. Stolz trug ich ihn zurück ins Wohnzimmer.

»Mein Gott«, sagte mein Gast. »Das ging aber schnell. Elizabeth braucht eine halbe Stunde, um Blumen in eine Vase zu stellen.«

»Sie macht es aber auch richtig«, erklärte ich ihm, »zu aller Freude. Meine Arrangements gehören zur ›Primitivenschule‹ von Fairacre.«

»Deswegen sind sie trotzdem schön«, sagte er freundlich. Er fing an, mir sympathisch zu werden.

»Ich halte bei den Caxley-Festspielen ein paar Vorträge«, fuhr er fort, »und ich habe gedacht, ob Sie wohl auch dazukommen könnten?«

»Klingt verlockend«, sagte ich. »An welchen Tagen wird es denn sein?« fragte ich, um Zeit zu gewinnen.

»Ich habe das Programm nicht mitgebracht, ich glaube aber am Donnerstag. Einer in der ersten Maiwochen und einer in der zweiten.«

»Vielen Dank. Ich darf mich dann melden.«

»Natürlich. Elizabeth müßte bis dahin zurück sein, aber ganz sicher ist das nicht. Tante Thora macht ihr das Leben verdammt schwer. In der Sache mit dem Pflegeheim ist sie bei ihr keinen Schritt weitergekommen, wie Elizabeth mir am Telefon gesagt hat.«

»Alte Leute haben ihren eigenen Kopf.«

»Das ist gar kein Ausdruck! Wenn sie nur nicht *mit* Elizabeth in Fairacre auftaucht! Mehr will ich nicht.«

Er blieb noch eine halbe Stunde, brach aber auf, als die Uhr neun Uhr schlug.

»Jetzt geh ich besser. War nett mit Ihnen.«

»Elizabeth wird ja bald wieder daheim sein, oder?«

»Da hab ich so meine Zweifel. Deswegen wäre es mir

besonders angenehm, wenn Sie zu meinen Vorträgen kämen. Ich rege mich dabei immer ziemlich auf, verliere meine Brille oder bring die Blätter mit meinen Aufzeichnungen durcheinander. Bei solchen Gelegenheiten sorgt Elizabeth sehr gut für mich.«

Ich begleitete ihn zur Tür und winkte ihm nach.

Als Henry Mawne seinerzeit in Fairacre auftauchte, hatte man ihn allgemein für einen Junggesellen gehalten. Elizabeth war damals auf einem ihrer ausgedehnten Besuche bei ihren irischen Verwandten gewesen, und die Ortsansässigen, wie ich mich erinnerte einschließlich Mrs. Partridge, hatten ihr Äußerstes getan, uns »zusammenzubringen«, und sahen im Geist bereits ein ältliches Brautpaar aus dem Tor von St. Patrick wanken, vorbei an einem Spalier aus Schülern und möglicherweise aus Henrys Vogelclub-Mitgliedern.

Die Situation war äußerst peinlich gewesen, und ich war entschlossen, in Abwesenheit seiner Frau nichts mit Henry Mawne zu tun zu haben. Was die Vorträge betraf, so war ich jetzt ebenso wild entschlossen, für beide Gelegenheiten eine wasserdichte Ausrede zu erfinden, sonst würde es wieder von Fairacre bis Caxley betratscht werden.

Im Lauf der Jahre waren die Mawnes und ich einander nähergekommen. Sein Großneffe Simon war eine Zeitlang zu mir in die Schule gegangen und hatte sich den Zorn des ganzen Dorfs zugezogen, weil er ein Albino-Rotkehlchen erschlagen hatte, das wir alle innig liebten.

Er wurde in den Ferien noch gelegentlich gesehen, zumal sein Vater David nach dem tragischen Tod von Simons Mutter wieder geheiratet und sich ein Haus im Dorf gekauft hatte.

David war viel auf Reisen, aber seine Frau Irene hatte oft Gäste in Holly Lodge, und ich hatte das Glück, zu diversen Familienfesten eingeladen zu werden. Trotzdem wollte ich nicht, daß mir Henry Mawne Aufmerksamkeiten erwies.

Ich wußte, daß er nicht um meiner schönen Augen willen kam, sondern im Moment einsam war und Gesellschaft brauchte.

In einem Dorf wird man konstant beobachtet, und als Lehrerin muß ich über jeden Tadel erhaben sein. Ich kenne meine Fehler, aber Flirten gehört nicht dazu, und schon gar nicht mit einem älteren, glücklich verheirateten Mann wie dem törichten Henry.

Am nächsten Morgen vor dem Unterricht begrüßte mich Mrs. Pringle mit ungewohntem Lächeln.

»Ein Vögelchen hat mir gesungen, daß Sie gestern abend Besuch hatten. Und einen schönen Strauß Narzissen haben Sie gekriegt«, schloß sie schelmisch.

Ich enthielt mich jeder Antwort.

Anfang April hatten wir ein paar warme, sonnige Tage, und die Kinder und ich nützten sie voll aus. Wir hielten sogar ein paar Unterrichtsstunden im Freien ab, auf dem Spielplatz im Windschutz der alten Schulmauern. Die Büsche trieben neue Blättchen, und ein paar Stauden Schöllkraut am Rande von Mr. Roberts' Feld wandten der Sonne glänzende gelbe Gesichter zu.

Schon hüpften ein paar Lämmer unweit seines Bauernhauses herum, und ihr Blöken wurde von einem warmen Frühlingswind bis zu uns geweht.

Ein paar Amseln trugen geschäftig Nistmaterial heran, und soweit ich sehen konnte, entstand das Nest tief unten in einem alten Lauristinusbusch in meinem Garten. Dieses bei den Viktorianern so beliebte Gewächs wird heutzutage von den Gartenfreunden Fairacres gering geschätzt. Ich habe ihn gern wegen seiner glänzenden, immergrünen Blätter und der herzerwärmenden Art, mit der er in der dunkelsten Winterzeit rosaweiße Blüten treibt.

»Wirrköpfige Viecher, die Amseln«, lautet Mr. Willets Urteil. Er verschwendet keinerlei Mitgefühl an sie – wie ich, wenn Tibby oder andere Räuber ihre Jungen überfallen. Es vergeht kaum ein Frühjahr, in dem ich nicht versuche, ein allzu sichtbares Amselnest vor Tibby zu verbergen. Ich kann während des Unterrichtens kein Auge auf die Katze haben, und der Gedanke, welche Greueltaten in meiner Abwesenheit passieren, läßt mich schaudern.

»So ist eben die Natur«, sagt Mr. Willet. »Diese Amseln fressen Würmer, aber darüber vergießen Sie keine Träne, was? Was ist denn dann verkehrt, wenn sich Ihre Tibby hin und wieder 'n Imbiß gönnt?«

Auch das Wäldchen am Fuß der Downs war voller Vögel, wie wir auf unseren »Naturspaziergängen« während der Schönwetterperiode entdeckten.

Ein paar frühe Primeln taten sich auf, und das wilde Geißblatt hatte kleine, starke Blättchen bekommen. Nach dem langen, elenden Winter war man wie berauscht. Der Wald roch nach Moos und feuchter Erde. In jeder Hinsicht überfiel der Frühling unsere Sinne, durch Wärme, Duft, Blüten und Blätter. Sogar die ersten hellen, ausgefransten Brennesselblätter wurden freudig begrüßt.

Es war nur noch gut eine Woche bis Ostern. Bald würde die Fairacre-Schule Ferien machen. Konnte man die letzten paar Tage eines Quartals besser verwenden als dadurch, daß man die Vorboten kommender Freuden genoß?

In der letzten Woche ereigneten sich zwei Dinge, die mich nachdenklich machten.

Erstens einmal kam ein sehr netter Brief von Mrs. Partridges alter Freundin mit Einzelheiten des gefürchteten Abends, an dem teilzunehmen ich vorschnell zugesagt hatte.

Nach überschwenglichen Danksagungen hieß es in dem Brief: »Zu den Teilnehmern an dem Gremium gehört Dr. Eric Biddle, Spezialist für Kinderkrankheiten, der sehr fortschrittliche Ideen über die Ernährung von Kindern hat.

Ich nehme an, daß Sie ihm schon begegnet sind, da sich seine Praxis ganz nah, südlich von Caxley befindet. Er ist bereits im Fernsehen aufgetreten, wir haben daher außerordentliches Glück, eine solche Prominenz für unseren kleinen Abend zu bekommen. Der andere ist Stadtrat James Ellis, Richter in Caxley und Vorsitzender des Jugendgerichts. Ein reizender Mensch, hat an der Open University in Jugendstrafrecht promoviert und hat eine äußerst sympathische Art im Umgang mit jugendlichen Straftätern, wie Sie sicher bereits durch Berichte in unserer Lokalzeitung bemerkt haben.

Die Dame, die Ihnen zur Seite stehen wird, ist eine hervorragende Pädagogin, die unweit der Lehrerbildungsanstalt ihre eigene Schule eröffnet hat und eine hochgeschätzte Vortragende ist. Sie ist als Rednerin sehr gefragt und genießt internationalen Ruf. Sie heißt Miss Crabbe.«

Ach du lieber Gott! Die bösartige alte Hexe? Ich legte den Brief beiseite und nahm einen großen Schluck Kaffee, um über den Schock hinwegzukommen.

Unsere Wege würden sich also nochmals kreuzen! Miss Crabbe hatte vor Jahren eine meiner Mitarbeiterinnen namens Hilary Jackson ausgebildet, eine überhebliche junge Frau, die den psychologischen Theorien ihrer Lehrmeisterin rettungslos verfallen war und außerdem für sie geschwärmt hatte, wie man es zu meiner Schulzeit ausgedrückt hätte. Was die gewaltige Miss Crabbe sagte oder tat, war für sie hundertprozentig richtig.

Ein fürchterliches Wochenende lang war ich gezwungen gewesen, diesen Tugendausbund als Logiergast zu haben und dem pseudopsychologischen Quatsch zu lauschen, den Hilary aufsog wie das Wort Gottes.

Das Mädchen hatte damals gerade eine »emotionale Phase« durchlaufen und sich in einen hiesigen Wildhüter verliebt, der alt genug gewesen wäre, das närrische Ding nicht noch zu ermutigen. Ich war mit meiner Weisheit am Ende gewesen, und die aufgeregten Telefonate mit Hilarys Eltern hatten mich vorzeitig altern lassen.

Nachträglich betrachtet erwies sich Miss Crabbes Besuch damals als Segen, denn sie bekam bald Wind von der Affäre und ging in einem Anfall eifersüchtiger Gekränktheit auf und davon. Die Stimmung an der Schule war ungemütlich geworden, und ich hatte wieder einmal das Gefühl, die Liebe sei doch ein verflixtes Ärgernis. Wie recht hatte E. M. Delafield, der gute Zähne und ein ausgeglichenes Bankkonto für weit wichtiger hielt!

Nach ein paar Monaten bekundete Miss Crabbe Versöhnungswillen, und da der Wildhüter inzwischen eine neue Liebe gefunden hatte, kam Hilary ihr entgegen, und ich hörte als Letztes von den beiden, daß sie an einer fortschrittlichen Schule interessiert seien. Von dieser war in Hazel Smiths Brief die Rede.

Nun denn: Es würde Spaß machen festzustellen, ob Miss Crabbe noch so furchterregend war wie bei unserer letzten Begegnung. Sie hatte mir damals mitgeteilt, sie sei kein Fleischesser, und ich hatte beträchtliche Mühe gehabt, ihr über das damalige Wochenende genügend fleischlose Nahrung vorzusetzen. Nach diesen Erfahrungen konnte ich nur hoffen, daß beim Empfang genügend Käse angeboten würde.

Die zweite Überraschung ereignete sich an einem milden Abend, als ich durchs Dorf schlenderte, um einen Brief aufzugeben. Da traf ich Miriam Quinn, die in die entgegengesetzte Richtung lief.

»Wohin so eilig?« fragte ich scherzend.

»Ich flüchte«, erklärte sie lächelnd.

»Wovor?«

»Vor wem wäre die richtige Frage. Um die Wahrheit zu sagen: vor Henry Mawne.«

Miriam wohnt in einem Anbau von Holly Lodge, einem

reizenden Haus hinter einer hohen Stechpalmenhecke, nach der es benannt ist.

»Er ist ein paarmal zu David und Irene zum Essen gekommen, solange Elizabeth fort ist. Das ist natürlich in Ordnung, aber nach dem Essen neigt er dazu, sich in meinen Teil des Hauses zu verirren, und allmählich geht mir das ziemlich auf den Wecker.«

»Das kann ich Ihnen nachfühlen.«

»Heute habe ich eine kleine Notlüge gebraucht und behauptet, daß ich jemanden im Dorf besuchen muß, und jetzt bin ich auf der Flucht.«

»Besuchen Sie doch mich«, sagte ich. »Ich würde mich freuen.«

»Im Ernst?«

»Im Ernst«, versicherte ich ihr.

Wir gaben den Brief auf und wanderten zurück zum Lehrerhaus.

»Unter uns«, sagte Miriam, als wir uns gemütlich in Armsesseln niedergelassen hatten. »Er scheint mir dringend Gesellschaft zu brauchen. Ich glaube fast, Elizabeth ist schuld. Irene hat mir erzählt, sie ist schon mehrfach während ihres Ehelebens auf und davon. Manchmal für Monate.«

»Meinen Sie, es sei jetzt wieder so eine langwierige Abwesenheit?« fragte ich etwas erschreckt. Der Gedanke, Henrys Aufmerksamkeit mit Takt, Freundlichkeit und Festigkeit drosseln zu müssen, ängstigte mich.

»Wer weiß? Der Haken an der Sache ist der, daß wir den lieben alten Kerl alle gern haben, daß aber sein Hereinplatzen bei uns alten Jungfern im Dorf Klatsch aufrührt, und ich möchte nicht, daß Elizabeth bei ihrer Heimkehr verstimmt ist.«

Ich erzählte ihr von Mrs. Pringles diskreter Bemerkung wegen des Narzissenstraußes.

»Ich schau mir noch ein paar Tage an, wie die Dinge

laufen«, sagte Miriam. »Mit etwas Glück ist ja Elizabeth schon auf dem Heimweg, und dann haben all unsere Sorgen ein Ende.«

»Und wenn nichts geschieht?«

»Ich habe beschlossen, Irene über meine Gefühle nicht im unklaren zu lassen.«

»Ich auch. Legen Sie ein gutes Wort ein für eine geplagte Schulmeisterin.«

»Ich bin überzeugt, es ist nur Gedankenlosigkeit von ihm. Er ist ein zu netter Mensch, als daß er uns in eine peinliche Lage bringen möchte. Überlassen Sie es nur mir.«

»Nur zu gern«, versicherte ich ihr. »Und da Sie mir jetzt ganz offiziell einen Besuch machen, wie wäre es mit Rührei auf Toast? Sie können, wenn man Sie danach fragt, immer behaupten, es sei ein Omelett gewesen.«

»Ausgezeichnete Idee«, sagte Miriam und folgte mir in die Küche.

4

Die Coggs haben Sorgen

Unsere Lokalzeitung, der ›Caxley Chronicle‹, genießt in Fairacre hohes Ansehen. Ich nehme an, daß als erstes die Schlagzeilen auf der Titelseite gelesen werden, dicht gefolgt von Geburten, Heiraten und Todesfällen. Als drittes dann die Fälle, mit denen die Obrigkeit in Caxley zu tun hat.

Unter letzteren fiel mir der Name Coggs ins Auge. Arthur Coggs, der Vater von Joseph, den Zwillingsmädchen und ein, zwei weiteren Nachkommen, ist ein unverbesserlicher Spitzbube und in Fairacre unbeliebt.

Er ist öfter arbeitslos als beschäftigt, was einen nicht wundert. Was er an Geld verdient, gibt er fürs Trinken aus, und seine arme Frau sieht wenig davon.

Er ist ein sehr schwaches Rohr und von seinen Saufkumpanen leicht zu verführen, von denen viele Gewohnheitsverbrecher und dem Amtsgericht bestens bekannt sind. Arthur ist derjenige, der Schmiere stehen muß, während die anderen nachts in Läden und Büros einbrechen oder Bleiplatten von den Dächern alter Gebäude abmontieren.

Arthur ist es auch, den man dazu überredet, einen Lastwagen zu einem Versteck draußen auf dem Lande zu fahren oder gestohlenes Gut von einem Übeltäter zum nächsten zu liefern. Alleingelassen würde Arthur, glaube ich, nur ein bißchen wildern oder klauen, aber er bringt es nicht fertig, dem Druck seiner gerissenen Gefährten standzuhalten, die ihn bedenkenlos ausnutzen.

Natürlich wird er bezahlt, aber mit einem sehr geringen Anteil an der Gesamtsumme. Ich könnte mir vorstellen, daß es gemischte Gefühle sind, die ihn in der Randzone dieser Hartgesottenen festhalten. Er ist stolz, zu den »Desperados« zu gehören, und ihre Zuwendung schmeichelt ihm. Wenn er Feigling genannt wird, bläst er sich auf und tut alles, was man von ihm verlangt. Im übrigen mischt sich eine Portion Angst in seine Reaktionen. Ein paar von seinen Gefährten scheuen sich nicht, ihn zu bedrohen, und manchmal wird er auch verletzt. Es gibt einen verdächtigen Schnitt an seinem Hals und einen gebrochenen Finger, die er nie richtig erklären konnte, obwohl Dr. Martin, der die Familie seit Jahren kennt, den Grund errät und nicht zögert, Arthur eine scharfe Warnung zu verpassen, die er natürlich nicht beachtet. Der arme Arthur ist ein hoffnungsloser Fall, darüber sind wir alle einig.

In dieser Woche brachte der ›Caxley Chronicle‹ einen kurzen Bericht über den Prozeß, in den Arthur verwickelt war. Er endete mit der Feststellung des Vorsitzenden, daß er angesichts der Schwere des Vergehens und seiner vielen Vorstrafen zu einer sechsmonatigen Gefängnisstrafe zu verurteilen sei.

»Den ›Caxley‹ schon gelesen?« fragte Mrs. Pringle am nächsten Morgen. Ich wußte, worauf sie anspielte.

»Was sind schon sechs Monate?« wollte sie wissen. »Das sind doch in Wirklichkeit nur vier. Sie ziehen immer bißchen was ab wegen guter Führung. Ich frage Sie – warum eigentlich?«

»Jedenfalls ist er dann den ganzen Sommer aus dem Weg«, machte ich sie aufmerksam.

»Und wenn er rauskommt, fängt er von neuem an«, sagte Mrs. Pringle und hatte dabei nicht unrecht. »Wenn ich daran denke, daß Arthur Coggs im gleichen Jahr wie ich dem Alkohol abgeschworen hat, könnte ich heulen. Das hat nicht lange gehalten, was? Ich weiß noch, daß seine Schwester Ethel das Gelübde am gleichen Tag abgelegt hat! So ein nettes Mädchen mit langen schwarzen Haaren, auf denen sie sitzen konnte. Wenn sie's offen trug, natürlich, meine ich. Ganz weiß angezogen war sie. Trug ihr altes Konfirmationskleid, das weiß ich noch, so ein hübsches, mit gehäkeltem Kragen. Ethels und Arthurs alte Mutter konnte fabelhaft häkeln. Meterweise hat sie gehäkelt. Bettüberdecken, Tischtücher, ihr war nichts zu groß, und Ethels Schlüpfer, entschuldigen Sie den Ausdruck, hatten unten immer eine Häkelspitze.«

»Mrs. Pringle«, mahnte ich mit einem Blick auf die Uhr, aber ich hätte ebensogut versuchen können, die Niagarafälle aufzuhalten, wie den Wortschwall unserer Putzfrau.

»Sie ist dann zum Caxley-Coop gegangen, wie sie mit der Schule fertig war. In die Fleischabteilung. Sie hat Charlie Dibble geheiratet, dessen Onkel immer die High Street gekehrt hat, wenn Sie sich noch erinnern, ein spaßiger alter Kauz mit einem gewachsten Schnurrbart wie der Kaiser.«

»Nein, den habe ich nie gesehen. Und jetzt, Mrs. Pringle ...«

»Ich hab Ethel immer gern gehabt«, fuhr sie fort. »Hat nicht verdient, einen solchen Halunken wie den Arthur zum Bruder zu haben. Wohlgemerkt, so schön wie früher ist sie nicht mehr. Ist ziemlich fett geworden, hat aber zwei Jungen gekriegt, beides Achtpfünder, und das tut einer Frau nicht gut, speziell wenn sie in den Hüften schmal ist. Und außerdem haben die auch Scherereien gemacht, wie ich höre.«

»Was für welche denn?«

»Im Wirtshaus gerauft und so.«

»Sie sind also Ethel nicht nachgeraten?«

»Sieht nicht so aus. Sind beide auf Bewährung, heißt es.«

Sie seufzte tief auf und ergriff die Kehrichtschaufel.

»Na ja. Schlechtes Blut schlägt immer wieder durch, sag ich immer. Und ich kann nicht den ganzen Tag hier stehen und mit Ihnen klatschen.«

Mit Arthurs Ehefrau hatte das ganze Dorf Mitleid, obwohl man sich einig war, daß sie mittlerweile an alle Unannehmlichkeiten gewöhnt sein mußte, die die Abwesenheit ihres Mannes hervorrief.

Mr. Willet äußerte sich freimütiger.

»Der geht's viel besser ohne den Nichtsnutz im Haus. Er scheut sich nicht, sie durchzuprügeln, wenn er besoffen ist, und ich schätze, sie hat ein Hundeleben, wenn er daheim ist.«

»Aber finanziell geht es ihr doch dann schlechter«, warf ich ein.

Mr. Willet prustete.

»Sie kriegt das gleiche zugeteilt wie alle andern, plus Kindergeld, was bei der Coggs-Familie auch nicht zu verachten ist. Im Pfarrhaus putzt sie ein bißchen, und ich weiß genau, daß sie recht leckere Reste mit heimbringt, die die Partridges ihr überlassen. Vorigen Donnerstag hatte sie eine Schüssel Bratenfett dabei, daß mir das Wasser im Mund zusammenlief. Mit einer Prise Salz aufs Brot schmeckt das prima, hab ich zu ihr gesagt, und sie hat gemeint, sie läßt es die Kinder probieren. Man hätt' doch meinen sollen, daß sie so was kennt. Eine arme, hilflose Person ist das. Meine Alice versucht ihr manchmal einen Rat zu geben, zum Beispiel Knochen zu kaufen und mit Wurzelwerk zu schmoren, aber sie kauft immer noch große Pakete Cornflakes, die das Dreifache kosten.«

Die gutmütige, freundliche Mrs. Willet tat mir leid. Auch ich werfe dauernd Perlen vor die Säue. Die wenigen Gedichte, die ich meinen Kindern biete, gelten rein gar nichts neben den Comics, die sie verschlingen. Ich würde gern glauben, daß manchmal ein treffendes Bild, ein Satz hängenbleibt und sie sich eines Tages daran erinnern. Als Lehrer muß man von dieser Hoffnung leben, sonst geht man für immer unter.

Obwohl Mrs. Coggs' Zwangslage etwas Gewohntes war,

ging mir die kleine Familie nach diesen zwei Gesprächen nicht mehr aus dem Kopf.

Joseph und seine jüngeren Zwillingsschwestern schienen vom neuesten Unglück ungerührt, und da sie die einzigen Kinder im Schulalter waren, hatte ich keine Vorstellung, wie die Kleinen damit fertig wurden. Es gab zwei Krabbelkinder und ein schwächliches Baby, das die ganze Zeit in einem arg mitgenommenen Kinderwagen zu liegen schien, der überwältigend nach Salmiak und sich zersetzendem Plastik roch.

In mancher Hinsicht hatte die arme, apathische Mrs. Coggs viel gemeinsam mit Mrs. Pringles verrückter Nichte Minnie. Beide hatten eine Horde vernachlässigter Kinder. Beide lebten in ständiger Unordnung und Schmutz. Beide hatten es schwer mit ihren Männern, und keine von beiden schien die geringste Ahnung vom Umgang mit Geld zu haben, wie Mrs. Willet festgestellt hatte.

Wenn überhaupt, war wohl Minnie die weniger Bemitleidenswerte. Trotz ihres turbulenten Familienlebens genoß sie, daß sich zwei Männer um ihre Gunst bemühten. Die Schar lärmender rotziger Kinder schien sie nicht zu stören. Ihr sommersprossiges Gesicht verlor nie das breite, irre Grinsen. Sie konnte nicht lesen, die Uhrzeit nicht erkennen, verließ sich auf die Glocken von St. Patrick, um ungefähr zu wissen, wie spät es war, oder wann der Bus nach Caxley fuhr, als das Dorf endlich zu einem solchen Service kam. Aber sie schien das Leben immer höchst fesselnd und vergnüglich zu finden, da sie ausschließlich in der Gegenwart lebte. Bei ihrer beschränkten Intelligenz war die Vergangenheit rasch vergessen, und was die Zukunft bringen würde, lag außerhalb ihres Begriffsvermögens. In mancher Hinsicht konnte man Minnie um ihre irre Euphorie fast beneiden. Sie schien immun gegen Bedauern und Befürchtungen.

Mrs. Coggs wiederum war kaum intelligenter, aber weit

mitleiderregender. Sie erinnerte sich sehr wohl an alles Vergangene und lebte in Angst vor der Gewalttätigkeit ihres Mannes. Sie wußte nur zu genau aus Erfahrung, welchen Schrecken er verbreiten, welchen Schaden er als Betrunkener anrichten konnte. Geldmangel und Hoffnungslosigkeit trugen dazu bei, daß sie ihre Kinder vernachlässigte, und alle Versuche, ihr zu helfen, stießen auf völlige Apathie, wie die örtliche Bewährungshelferin bestätigen konnte.

Einmal war Mrs. Coggs bei einem Ladendiebstahl erwischt worden, und die Zeit, die sie unter Aufsicht einer Sozialpflegerin zubrachte, hatte für die Familie zweifellos Hilfe und Lenkung bedeutet. Doch als diese zu Ende ging, kehrte die gleiche Schlamperei zurück. Vielleicht würde wirklich, wie Mr. Willet meinte, die Überführung Arthurs ins Gefängnis Ihrer Majestät für dieses arme Wesen eine Erleichterung bedeuten.

Elizabeth Mawne war noch immer nicht wieder daheim, und niemand hatte Nachricht von ihr.

Henry sprach fröhlich von ihr, als sei an diesem Umstand nichts ungewöhnlich. Vielleicht war er, wie Miriam meinte, an ihr gelegentliches Fernbleiben gewöhnt.

Er hatte mich wieder besuchen wollen, wie Mr. Willet mir mitteilte, doch ich war zum Glück zu Amy gefahren, die einige Meilen südlich von Caxley im Dorf Bent wohnt.

»Hatte 'ne Riesenrolle Bücher dabei«, informierte mich Mr. Willet. »Bücher« waren, so verstand ich, in diesem Fall Zeitschriften. Alles Bedruckte wurde hier so genannt. Ich gratulierte mir bereits zu meiner rechtzeitigen Abwesenheit, da machte mein Hausmeister meine Hoffnungen zunichte.

»Ich hab grade das verflixte Schloß an der Dielentür geölt und hab gesagt, ich könnt' die Bücher für Sie entgegennehmen, aber Mr. Mawne hat gemeint, er kommt ein andermal wieder.«

»Er hätte sie auf der Veranda lassen sollen.«

»Hat er aber nicht. Mir kommt's vor, er wollte 'nen Vorwand, noch mal zu kommen. Er scheint ein bißchen verloren ohne seine bessere Hälfte.«

Zum Teufel mit diesem Mannsbild, dachte ich, wollte aber Mr. Willet nicht zeigen, wie ich mich ärgerte. Es wäre binnen Null Komma nichts im ganzen Dorf herum gewesen.

Ich lächelte Mr. Willet so sorglos zu, wie ich nur konnte.

»Hübsch, die Hecken wieder grün werden zu sehen«, sagte ich, um das Thema zu wechseln.

»Wenn ich Sie wär, würde ich ihn nicht ermutigen«, sagte Mr. Willet.

Ehe ich etwas erwidern konnte, war er fort. Vielleicht war es gut so.

Alle Lehrer freuen sich, wenn das Quartal endet, ganz besonders das Winterquartal, wenn das Wetter am strengsten ist, die Pausen im Haus verbracht werden müssen, Schüler und Lehrpersonal an Husten, Schnupfen und Schlimmerem leiden und jedermann gereizt ist.

Um unsere Fröhlichkeit noch zu steigern, schien am letzen Schultag eine warme Sonne, die Vögel flatterten um ihre Nester und Brutplätze, und ein paar frühe Tulpen getrauten sich aufzublühen. Konnte es etwas Hoffnungsvolleres geben?

Am Nachmittag räumten wir das Klassenzimmer auf. Die Bänke wurden von ganzen Bergen von verkritzeltem Papier befreit, die Blumenvasen geleert und ausgewaschen, Bleistifte und Federn eingesammelt, Textbücher und Übungshefte in den Schränken gestapelt, und bald hatten die Kinder nichts mehr zu tun und wir mußten uns mit schlichten Spielen beschäftigen wie ›Ich seh etwas, was du nicht siehst‹ und ›Links und Rechts‹. Bei diesem Spiel wird in der Hand ein Stück Kreide versteckt und man ruft ein Kind bei Namen. Errät es richtig, in welcher Hand sich die Kreide befindet, tritt es vor und spielt weiter. Daß ein so harmloses Spiel so viel Vergnügen machen kann, tut heutzutage dem Herzen wohl.

Um halb vier hörten wir Stühle scharren, die Kleinen hinter der Trennwand zwischen unseren beiden Räumen brachen auf. Aufgeregte Stimmen beteten das Schlußgebet, Miss Briggs' Stentorstimme leitete den allgemeinen Auszug in die Diele ein. Dann wurde es still.

Die wuchtige Wanduhr tickte überlaut. Draußen schwatzte ein Rotkehlchen, anscheinend schalt es seine Jungen aus. Patrick stand mit ausgestreckten Fäusten und versuchte zu entscheiden, wer jetzt die Ehre des Ratens haben sollte.

»Eileen«, sagte er schließlich und brach damit das Eis.

»Rechts«, sagte sie, und das stimmte.

»So, jetzt ein letztes Mal«, sagte ich, ein Auge auf der Uhr. Es erhoben sich die üblichen Empörungsschreie.

»Aber Miss, ich war noch kein Mal dran!«

»Eileen Burton hat zweimal gedurft.«

»Das ist ungerecht, die Mädchen waren öfter dran als wir Jungen!«

»Möchte jemand nach der Schule noch dableiben?« fragte ich höflich.

Es wurde still. Eileen fummelte hinter ihrem Rücken mit der Kreide. Nach längerer Pause streckte sie beide Fäuste vor.

»Joseph!« rief sie.

»Links!« krächzte Joseph mit seiner heiseren kleinen Stimme.

»Gut gemacht«, sagte ich. »Also, denk daran, Joseph, wenn wir es das nächste Mal spielen, darfst du anfangen.«

»Im nächsten Quartal dann, Miss«, machte er mich aufmerksam.

Es war ein erfreulicher Gedanke.

»So, jetzt alle aufstehen. Die Hände zusammen. Augen zu.« Wir sangen das Dankgebet, etwas mißtönend und viel schneller als sonst.

Aber dankbar waren wir wirklich, jeder einzelne von uns.

Am Abend werkelte ich zufrieden in meinem Haus und Garten und genoß die ersten Stunden der Osterferien. Nun brauchte ich nicht mehr die Uhr im Auge zu behalten, konnte später frühstücken und im Badezimmer trödeln. Wer weiß, vielleicht schaffte ich es sogar, die Vorhänge zu waschen.

Mrs. Pringle würde mir bei ihrer wöchentlichen Visite im Lehrerhaus sicherlich zusetzen, den großen Frühjahrsputz vorzunehmen. Dieses Fieber bricht bei ihr schon früh aus. Ich habe mich im Lauf der Jahre dagegen abgehärtet und meinem Tyrannen häufig klarzumachen versucht, daß ein Haus, in dem regelmäßig saubergemacht wird und manchmal »von Grund auf«, wie sie sich ausdrückt, keinen Frühjahrsputz nötig hat.

Natürlich verliere ich diesen Kampf jedesmal, das weiß ich von Anfang an. Ich werde aus der Schule heimkehren und die schäbig-gemütlichen Sessel ihrer Chintzüberzüge beraubt sehen, und Mrs. Pringle wird mir mit einer Handvoll Abfall entgegentreten, den sie aus den Ritzen gesammelt hat, etwa Erdnüsse, Bleistifte, Stricknadeln und einmal einen Lippenstift von Amy, der dankenswerterweise die Hülse nicht verloren hatte.

Bis jetzt war über diesen ganzen Aufruhr noch kein Wort gefallen. Vielleicht hatte sie es vergessen? Vielleicht war das sprichwörtlich »böse Bein« in einem leicht entflammbaren Zustand, und wenn es »aufflammte«, wie die Besitzerin es nannte, war jede Tätigkeit stark beeinträchtigt. Manchmal funktioniert es – wie in diesem Fall – sogar zu meinem Vorteil.

Am nächsten Morgen erwachte ich bei blauem Himmel und einem herrlichen Gefühl der Freiheit. Ich legte mich zurück in meine Kissen, beobachtete, wie die winzigen rosa Blätter der Blutbuche im Morgenwind flirrten und machte Pläne für meinen ersten Ferientag, der sich vor mir dehnte, voller reizender kleiner Zeitvertreibe, die ich tun oder aber lassen konnte. Kein Stundenplan drohte mir. Kein Inspektor war zu erwarten. Keine Kinder würden mich stören.

Doch dem Leben gelingt es immer, einem den Teppich unter den Füßen wegzuziehen und einen – bums! – zu Boden zu reißen. Ich saß um neun Uhr fünfzehn fröhlich über einem Kreuzworträtsel, da brachte der Briefträger eine Stromrechnung von horrender Höhe, die Broschüre einer Tierschutzgesellschaft mit dem bedrückenden Foto eines ausgemergelten Hundes, das mich noch nächtelang verfolgen würde, und eine Postkarte von Henry Mawne, der mich zu einer Sherry-Party einlud. Er hatte hinzugesetzt: »*Bitte* kommen Sie unbedingt. Herzlich, Henry«, was ich gänzlich überflüssig fand. Er wußte so gut wie ich, daß sowohl Mr. Lamb von der Post wie auch der Briefträger die Karte mit größtem Vergnügen lesen würden. Der Bursche ging einem wirklich auf die Nerven. Ich würde ganz bestimmt absagen, und das nicht einmal »herzlich«.

Doch das waren nur kleinere Nadelstiche. Schlimmeres stand bevor. Ich war im Garten. Es gibt hinter dem Haus eine geschützte Stelle, wo die Sonne einen behaglich wärmt und kein Wind einen trifft. Der dortige Friede wurde jäh gestört durch die Ankunft von Mrs. Pringle und ihrer Nichte mit einem Gefolge schmuddeliger Kinder.

Einen schrecklichen Augenblick lang fürchtete ich schon den großen Frühjahrsputz, aber Mrs. Pringle klärte mich auf.

»Der Basil von der Minnie muß im Mai ins Krankenhaus.« Sie zeigte auf einen kleinen Jungen mit dem glei-

chen roten Wuschelhaar wie das seiner Mutter, Sommersprossen und einer dick verbundenen Hand.

»Und da hat sie sich gedacht, ob nicht die Schulpflichtigen für den einen Tag kommen könnten, ich hab mich nämlich angeboten, sie alle zu versorgen, solang sie droben ist. Man weiß ja nie, wann man von so was wieder daheim ist, nicht? Ich meine, alle werden für zehn Uhr bestellt, und dann hängt man vielleicht bis Mitternacht dort rum.«

Ich willigte hastig ein. Bis Mai schien es noch so lange, und wenn schon Mrs. Pringle so nobel war, die kleine Rotte über Tag zu haben, waren es sehr kleine Fische, wenn ich meinerseits die älteren Kinder während des Unterrichts aufnahm.

»Na, ihr habt vielleicht ein Glück«, schrie Minnie ihre Nachkommenschaft an, die wortlos und eulenhaft nickte.

»Und wie geht's Basils Hand?« war ich töricht genug zu fragen.

Minnie griff danach und wollte die schmutzige Binde abwickeln. »Wollen Sie's sehn? Heilt ganz nett.«

»Nein, nein«, ächzte ich. Ich kann solch schreckliche Sachen nicht aushalten. Minnie sah enttäuscht aus. Sie hielt es ersichtlich für ein Privileg, Basils verstümmelte Finger gezeigt zu bekommen.

»Die Wunden sollen immer bedeckt bleiben«, sagte ich schwach, »wegen der Bazillen und so, weißt du.«

»Ganz recht«, unterstützte mich Mrs. Pringle. »Und jetzt, wo alles geregelt ist, gehen wir heim zum Tee.«

Ich brachte sie zur Gartentür.

»Übrigens«, sagte meine Putzfrau, »es wird Zeit, mit dem Frühjahrsputz anzufangen.«

5

Osterferien

Zu Beginn der Ferien kam Amy einen Abend zu mir herüber. Sie trug einen schönen, monogrammierten Koffer, der ihre Beiträge zu unserem Wohltätigkeitsbasar enthielt.

Einzig Amy würde abgelegte Kleidung mit so viel Seidenpapier in ein so elegantes Behältnis packen. Bei mir in der Diele lag alles andere in Tragtaschen oder in ein altes Tischtuch oder Decken mit Mottenlöchern gewickelt, die an den Ecken zusammengebunden waren. Ein paar erlesene Stücke hingen an Drahtbügeln von den Gardinenstangen über den Fenstern. Am nächsten Nachmittag sollte verteilt werden, und ich rechnete damit, daß sich die Helferinnen Amys Sachen sehr rasch geschnappt haben würden, wenn Mrs. Partridge nicht ein scharfes Auge darauf hatte.

Das Verlangen, die erste Wahl zu haben, ist sehr verbreitet und wirkt sich am stärksten aus, wenn Basare, Wohltätigkeitsverkäufe oder dergleichen vorbereitet werden. Oft halte ich es direkt für ein Wunder, daß überhaupt etwas übrigbleibt, das man in den Ständen auslegen kann, und manchmal sehe ich eine meiner Handtaschen im Dorf, die auf direktem Wege unter Umgehung des ganzen Basars aus meinem Haus zu einer Helferin im Gemeindesaal gewandert ist.

Mrs. Partridge ist als Ehefrau eines Vikars völlig vertraut mit den menschlichen Schwächen und hat eine praktische Regel aufgestellt. Die Helferinnen dürfen ein Stück – und nur eines – vor Beginn des Verkaufs erwerben. Das ist der Lohn für die Zeit und Mühe, die sie aufgewendet haben.

Danach müssen sie mit uns anderen von Stand zu Stand schlendern. Ich muß sagen, diese Regel funktioniert. Vielleicht war meine Handtasche zum Bonus für ihre jetzige Besitzerin geworden: ein versöhnlicher Gedanke.

»Wir tun lieber alles in eine Kiste«, sagte ich, »dann kannst du deinen Koffer wieder mit heimnehmen.«

»Ach, laß doch, Liebes, laß alles wie es ist, und ich hole ihn ein andermal ab.«

»Aber angenommen, er wird geklaut«, widersprach ich. »Einmal haben sie den Mantel vom Vikar mitverkauft und auch Mrs. Lambs Einkaufskorb. Es wäre mir unerträglich, wenn dieses wundervolle Stück in einem Lieferwagen davongekarrt würde.«

»Sei kein solcher Pessimist. Nichts wird ihm passieren. Du solltest deinen Mitmenschen mehr zutrauen.«

»Na gut, aber wenn ich dir sagen muß, er sei weggekommen, als ich den Rücken kehrte, denkst du hoffentlich an die Warnung der alten Unke.«

»Ich verspreche, dich nicht zu beschuldigen. Ich finde, es gibt genügend anderes, um das man sich Sorgen machen muß, auch ohne sich über einen Koffer aufzuregen.«

Einen Augenblick lang fürchtete ich, Amy sei drauf und dran, ihre Probleme bezüglich James' Abwesenheiten bei mir abzuladen, und mich verließ der Mut. Ich höre höchst ungern Geheimnisse, besonders solche des Ehelebens, aber ich hätte mich nicht zu ängstigen brauchen.

»Findest du nicht auch«, fragte Amy und lehnte sich auf dem Sofa zurück, »daß Dinge quälender werden, nur weil man älter wird? Ich dachte immer, daß nur die Jugend Todesqualen erleidet, wegen Pickeln im Gesicht oder unerwiderter Liebe, aber ich scheine nichts anderes zu tun, als mir allerlei Schreckliches auszumalen, das vielleicht nie eintritt.«

»Wie meinst du das? Krankheit oder einen Unfall?«

»Zum Teil. Ich meine, ich hol nie den Wagen heraus,

ohne mich zu fragen, ob er nicht an einer einsamen Stelle eine Panne haben wird. Und ich spiele durch, was ich wohl täte, wenn ein entflohener Sträfling auftaucht und mich bedroht. Soll ich ihm meine Handtasche kampflos überlassen? Soll ich versuchen, ihm die Axt zu entreißen? Na ja, solche Sachen.«

»Wenn er eine Axt hätte, würde ich ihm überlassen, was er verlangt«, sagte ich.

»Natürlich ist es wahrscheinlicher«, fuhr Amy fort und steckte eine Zigarette in eine lange, elegante Spitze, »daß man in einer fremden Stadt ist, und der Wagen ist abgeschlossen und die Schlüssel und die Handtasche sind noch drin. Ganz zu schweigen vom Regenmantel, wenn es wie aus Kannen gießt. An so was denke ich oft.«

»Du bist ein richtiger Masochist! Ich hatte keine Ahnung, daß du so ein finsteres Innenleben führst.«

»Es ist auch kein Genuß«, gestand Amy. »Aber ich scheine dieses Vorausplanen von Unannehmlichkeiten nicht kontrollieren zu können. Da gibt es zum Beispiel diesen gräßlichen Mann.«

»Was für einen gräßlichen Mann?«

»Den, über den seit Wochen der ›Caxley Chronicle‹ berichtet. Er ist total irre. Einer von den elenden Kerlen, die an Türen klingeln und, wenn jemand aufmacht, den Regenmantel öffnen. Natürlich hat er nichts darunter an, und so etwas verdrießt einen doch, wenn man den Fischlieferanten erwartet.«

»Aber du würdest doch sofort die Tür schließen und die Polizei anrufen.«

»Mein gutes Kind, das hat man schon dutzendmal getan, aber die erwischt ihn einfach nicht. Ich hab mir übrigens einen ausgezeichneten Plan ausgedacht, wenn er in Bent auftauchen sollte. Ich sag es dir lieber, weil dies hier genau die Art Haus ist, die er aufsucht, da sollte man wirklich vorbereitet sein.«

»Vielen Dank«, sagte ich. »Ist ja sehr beruhigend, muß ich sagen.«

»Ich werde ein Gläschen Farbe auf dem Fensterbrett bereitstellen, und wenn so was vorkommt, schmeiße ich es nach ihm.«

»Ja, wird das denn helfen?«

»Wenigstens wird die Polizei ihn wiedererkennen können. Ich werde nur Pflanzenfarbe verwenden – ein Töpfchen Grün wäre genau das Richtige. Nichts, was den armen Kerl verletzt, der sichtlich *non compos mentis* ist und vermutlich direkt aus dem Gerichtssaal in eine Klapsmühle wandern wird. Aber ich rate dir, mach es auch so. Zwei Portionen Farbe sind besser als eine, und schließlich erweisen wir der Öffentlichkeit einen Dienst.«

Sie tat einen langen Zug an ihrer wunderschönen Zigarettenspitze und blies zwei tadellose Rauchringe. Dann sah sie mich scharf an.

»Du lachst ja.«

Ich hatte es unterdrücken wollen, aber nun brach es los und Amy stimmte mit ein.

»Amy«, sagte ich und wischte mir die Augen, »du kannst einen wirklich umbringen!«

»Wohl eher der gräßliche Mann. Was bringt nur die Kerle auf solche Kapriolen?«

»Vielleicht enttäuschte Liebe?«

»Aber es gibt doch näherliegende Möglichkeiten, enttäuschte Liebe auszudrücken. Selbstmord zum Beispiel oder Gedichte. Schließlich beschäftigen sich die wirkungsvollsten Gedichte mit unerwiderter Liebe. Erinnerst du dich an die zwei ganz netten jungen Männer, die wir vor Jahren in Cambridge kennengelernt haben?«

»Welche denn? Haben die an enttäuschter Leidenschaft gelitten? Zu uns, hoffentlich.«

»Nein, nein! Wir haben nur über Gedichte mit ihnen diskutiert. Wir wurden alle schlechter Laune, soviel weiß ich noch. Wir haben in Grantchester gepicknickt, und die beiden gehörten ins Trinity. Mir fallen ihre Namen im Moment nicht ein. Sie gehörten jedenfalls zur *Madrigal Society.* Ziemlich picklig, aber nette Jungen.«

»Für mich sind sie im Nebel der Zeiten total untergegangen«, mußte ich gestehen. »Welche Gedichte haben sie denn empfohlen für verzweifelte Sehnsucht nach dem Gegenstand der Anbetung?«

»Der eine entschied sich sofort für das Verslein aus dem 16. Jahrhundert:

Westwind, Westwind, wann bläsest du
auf daß der Regen fließen kann?
Oh Herr, läg doch die Liebste mir im Arm
und wieder im Bette mein.

Fast zu deutlich, was?«

»Trifft den Nagel auf den Kopf«, bestätigte ich. »Was hat denn der andere vorgeschlagen?«

»Der war mehr für Cole Porters ›Night and Day‹, und als wir das auf dem Koffergrammophon ungefähr zehnmal gespielt hatten, waren wir ungefähr gleicher Meinung.«

Sie klopfte die Asche von ihrer Zigarette und stand auf.

»Ich muß gehen. Vergiß die Farbe nicht, Liebes. Und viel Glück beim Basar. Ich muß sagen, ein paar Stunden mit dir tun mir immer unendlich gut. Ich habe zuletzt vor meiner Heirat so gekichert, daß mir alle Rippen weh taten.«

»Die Ehe wird dich zur Vernunft gebracht haben«, sagte ich leichthin und bereute es sofort.

»Ich fürchte, das hat sie nicht«, sagte Amy trocken.

An der Haustür küßte sie mich, das kam zwischen uns selten vor, und als ich ihr nachwinkte, empfand ich tiefes Mitleid mit ihr.

Der verflixte James! Er schien ihr noch ärger zuzusetzen als der »gräßliche Mann«. Arme Amy.

In diesem Jahr war der April vorbildlich, mit weit mehr Sonne als Regen.

Ich verbrachte glückliche Stunden im Garten. Die Weißdornhecke hatte Blättchen an roten Stengeln getrieben, und der Polyanthus leuchtete rot und gelb im Staudenbeet. Arabis und Aubretien bildeten Massen von Weiß und Lila, und schon hatte die Luft mit ihrem Geruch nach Blumen und frischem Gras etwas Berauschendes.

Ich pflückte ein weißes Veilchen unter der Hecke und roch daran. Mr. Willets Theorie fiel mir ein, wonach die Erdachse sich verschoben hatte und wir infolgedessen das Wetter aushalten mußten, was wir gehabt hatten. Wenn einen die Sonne so warm beschien, fiel es schwer, an die bitteren Tage vor einer Woche zu denken. Ich freute mich an der Gegenwart und fuhr zu einem Besuch bei Miss Clare in Beech Green.

Dolly Clare ist mit Sicherheit der beliebteste Mensch auf Meilen im Umkreis. Jahrelang hatte sie an der Fairacre-Schule unterrichtet, und ich hatte das Glück gehabt, sie bei meinem Dienstantritt als Lehrkaft in der Klasse der Kleinen vorzufinden. Nachlassende Gesundheit zwang sie dann, sich in das kleine, strohgedeckte Cottage in Beech Green zurückzuziehen. Sie war erst sechs Jahre alt gewesen, als sie mit ihren Eltern und ihrer Schwester Ada dort einzog. Das Häuschen nahm einen immer so herzlich auf. Die Möbel glänzen, im Winter macht ein helles Feuer den Raum freundlich, und zu jeder Jahreszeit gibt es etwas Blühendes darin. In der dunkelsten Zeit, im Januar, bringt Dolly Clare es fertig, ein paar Zweige gelbblühenden Winterjasmin zu finden oder eine Schale mit Zwiebelgewächsen aufzustellen, um sich und ihre Besucher zu erfreuen.

Ich habe das Cottage immer schon geliebt, und vor nicht langer Zeit hatte mich Dolly tief erschüttert, als sie mir mitteilte, daß sie es testamentarisch mir vermacht hat. Was eine solche Großzügigkeit mir bedeutet, kann ich nicht in

Worten ausdrücken. Ich weiß nur, daß ich zu Tränen gerührt war – was bei mir selten vorkommt –, und ich bin noch immer überwältigt von meinem unverdienten Glück.

An diesem schönen Frühlingsnachmittag brachte ich ihr ein Sträußchen Polyanthus und ein Töpfchen Zitronencreme mit.

Der Weg von Fairacre nach Beech Green schlängelt sich zwischen Hecken, die jetzt mit jungem Laub verschleiert waren. Da noch eine Woche Osterferien vor mir lag, sang ich so vergnügt wie die Lerchen hoch über mir, wenn auch vielleicht nicht ganz so melodisch.

Miss Clare sah so hübsch aus wie immer. Trotz ihres Alters waren ihre Augen hell und ihre Haut makellos. Zu meiner freudigen Überraschung saß ein prächtiger, schwarzer Kater in einem der Sessel.

»Wer ist das denn?«

»Ja, meine Liebe, der lebt seit Monaten hier im Freien, und während des Winters hab ich ihm ein Strohbettchen gemacht, in einer Kiste, die der Kaufmann mir gegeben hat. Ich stellte sie in den Schuppen und hab das Fenster offengelassen, und wissen Sie was, er hat jede Nacht darin geschlafen.«

»Das glaube ich gern. Ich nehme an, er fand hier auch ein gutes Abendbrot vor?«

Dolly Clare lachte.

»Selbstverständlich. Kurz und gut, er ist vor ein paar Wochen eingezogen. Er ist so lieb, ich muß ihn einfach behalten.«

Er war ein schönes Tier und erlaubte gnädig, daß ich ihn streichelte.

»Er hat einen guten Platz gefunden«, meinte ich. »Und was tun Sie, wenn Sie verreisen?«

»In meinem Alter fahre ich wahrscheinlich nicht mehr weit fort«, sagte Dolly. »Und ich habe nette Nachbarn. Glücklicherweise frißt er einfach alles.«

»Das kann ich von meiner heiklen Tibby nicht sagen.«

»Und nun setzen Sie sich und erzählen mir alle Neuigkeiten in Fairacre.«

Ich fing an von den immer fesselnden Dorfangelegenheiten zu sprechen: von Mrs. Partridges Plan einer Diskussionsrunde, Mr. Willets Garten, Mrs. Mawnes ausgedehnter Abwesenheit in Irland, dem nächste Woche drohenden Basar, Mr. Annetts, des Chorleiters, Drangsale mit dem Osterchoral, Miss Briggs' bevorstehender Heirat und schließlich auch von der schwergeprüften Mrs. Coggs, deren Mann im Gefängnis saß.

»Dort gehört er auch hin«, sagte Dolly gelassen. »Aber ich glaube nicht, daß es ihr bessergeht ohne ihn, außer daß sie weniger Angst haben muß. Die arme Seele wird nie mit dem Leben zurechtkommen.«

»Bob Willet meinte, sie würde sich finanziell besserstehen, weil Arthur nicht mehr seinen Verdienst jede Nacht direkt ins Wirtshaus trägt.«

Dolly schüttelte den Kopf.

»Da habe ich meine Zweifel. Sie hat keine Ahnung von Haushaltsführung. Vor Jahren, als die Kinder eines nach dem anderen kamen, haben Alice Willet und ich mit ihr gesprochen: wie man nahrhaft und billig einkauft, wie man das bißchen Geld, das sie wöchentlich bekommt, besser einteilt. Wir haben ihr sogar angeboten, etwas davon zu verwalten, um es aus Arthurs Klauen zu retten, aber es war hoffnungslos. Wir haben ihr auch Kleider gegeben, die sie für die Kinder hätte ändern können. Die liebe Alice hat ihr sogar das Stricken beigebracht und ihr Wolle und Nadeln geschenkt, damit sie einfache Sachen wie Fäustlinge und Schals für die Kinder stricken konnte. Aber schon das alles ging über ihren Horizont. Schließlich haben wir uns mit der Tatsache abgefunden, daß man ihr mit nichts Praktischem helfen kann. Wir haben nur in kritischen Situationen ausgeholfen. Aber die armen Kinder machen mir Kummer!«

»Mir auch«, sagte ich. »Insbesondere Joseph.«

»Vielleicht fehlt ihnen einfach frühe Anleitung«, fuhr Dolly fort. »Unsere Familie war ebenso arm, als wir Kinder waren. Wie Sie wissen, hat mein Vater in seinem Beruf als Dachdecker nie viel verdient, und als er dann den Unfall hatte, wurde unsere Lage ziemlich verzweifelt. Aber Mutter schaffte es irgendwie. Wir waren immer sauber und ordentlich, und es war immer etwas zum Essen im Topf, manchmal ein Kaninchen, das ein freundlicher Nachbar uns geschenkt hatte, oder eine gute Suppe aus den Knochen mit viel Gartengemüse darin. Wir sind nie hungrig geblieben und haben gelernt, mit sehr wenig zufrieden zu sein. Ich erinnere mich wirklich nicht, daß ich mir je leid getan hätte. Meine Schwester Ada und ich fanden, wir hätten ein großartiges Zuhause, und das hatten wir auch.«

Sie stand auf und ging in die Küche, um den Teekessel aufzusetzen. Ich folgte ihr und betrachtete anerkennend diesen sonnigen Raum, der eines Tages – eines fernen Tages, wie ich aufrichtig hoffte – mir gehören würde.

Vom Dachbalken unweit des Fensters hingen trocknende Kräuter und ein Netz mit Zwiebeln vom vorigen Jahr. Eine Reihe blauweißgestreifter Porzellantöpfchen stand nahe dem Herd auf einem Regal, beschriftet ROSINEN, ZUKKER, TEE, KAFFEE und SALZ. Eine rundliche kleine braune Teekanne stand neben dem Kessel und wartete darauf, gewärmt zu werden, und auf dem Ziegelboden stand ein Emailschüsselchen mit reichlich Milch für Dollys neuen Hausgenossen.

»Ich liebe dieses Häuschen«, sagte ich impulsiv.

»Deswegen freut es mich ja so, daß Sie es bekommen«, sagte Dolly und goß einen silbernen Strahl in die Teekanne.

An diesem Abend dachte ich darüber nach, wie Mrs. Coggs wohl für Dollys Augen aussehen mochte. Meine alte Freundin und Alice Willet waren beide warmherzige Realisten. Sie mußten manche Stunde und viel Energie darauf verwendet haben, Joseph Coggs' Mutter an methodischere Arbeitsweisen zu gewöhnen. Mir gefiel, mit welcher Ruhe Dolly berichtet hatte, daß ihre Anstrengungen ergebnislos geblieben waren. Es gab weder eine Schuldzuweisung an das arme Wesen noch Selbstmitleid wegen der verschwendeten Zeit. Sie nahmen ganz vernünftig den Fall als hoffnungslos hin, zugleich mit der Erkenntnis, daß sie als Nachbarn im Fall einer Krise gewisse Verpflichtungen hatten. Ich war auch sicher, daß sowohl Dolly Clare wie Alice Willet Mrs. Coggs gelegentlich mit einem Geldgeschenk ausgeholfen hatten und nicht nur mit den Gartenfrüchten, die wir alle mit solchem Stolz den Nachbarn anbieten.

Lehrer sind nicht wohlhabend, und Dolly hatte nie so viel verdient wie ihre im College ausgebildeten und amtlich bestellten Kolleginnen, da sie zur Kategorie der altmodischen Schulfräulein gehörte. Trotzdem war sie immer tadellos angezogen, hatte niemals Schulden und brachte es fertig, noch etwas für weniger Glückliche wie Mrs. Coggs abzuzweigen.

Verglichen mit ihr war ich geradezu verschwenderisch. Zwar hatte ich nie wirklich Schulden, meine Garderobe war anständig, wenn auch nicht im entferntesten so umfangreich oder so elegant wie die meiner Freundin Amy, und mein Heim war vernünftig eingerichtet. Aber ich werde vermutlich nie mein Geld so sorgfältig einteilen wie Dolly Clare.

Wie schrieb 1856 William Howard Russell an seine Frau aus dem Krimkrieg: »Reichtum ist an und für sich kein Glück, aber gänzlich ohne ihn zu leben ist sehr schwer.«

Eine weitverbreitete Wahrheit, der Mrs. Coggs sicherlich zugestimmt hätte.

Die wenigen verbliebenen, kostbaren Tage der Osterferien zählte ich wie der Geizhals seine Goldstücke.

Die Hälfte der Dinge, die ich vorgehabt hatte, war unterblieben. Immerhin hatte ich alle Fenster geputzt, den Kühlschrank abgetaut, vier Gläser Zitronencreme eingekocht und mich von den verblicheneren Teilen meiner Garderobe zugunsten des bevorstehenden Flohmarkts getrennt.

Meine Haupterrungenschaft war, daß ich Mrs. Pringle vom schrecklichen Frühjahrsputz wenigstens zum Teil abhalten konnte. Im Flohmarkt fand ich eine passende Entschuldigung.

»Bitte nur das Wohnzimmer«, beschwor ich sie. »Auf dem Eßtisch muß ich so vielerlei aussortieren, und diesmal habe ich versprochen, auch die Preisschildchen selber zu schreiben, da wäre ich Ihnen nur im Weg.«

»Ich mach's dann gründlich, wenn Sie wieder in der Schule sind«, räumte sie ein. »Auf den Gardinenstangen oben im Schlafzimmer kann man schon Kartoffeln anbauen. Bloß gut, daß Sie gegen Staub und Dreck nicht *allegorisch* sind. Sie wären bald genug im Krankenhaus.«

Ich entwich in den Garten und genoß das Frühlingswetter in vollen Zügen. Es war eine Wonne, in der Ferne die Lämmer blöken zu hören und die Krähen ihre schlampigen Nester bauen zu sehen.

Mr. Willet verbrachte einen Nachmittag mit mir, und wir legten eine Reihe neue Kartoffeln mit keltischem Namen, von denen Mr. Willet mir versicherte, sie wären das einzige, was in unserem Boden wuchs und wohlschmekkend war.

Wir steckten auch Erbsen und säten Karotten, und ich sah im Geist schon üppige Schüsseln eigenen Gemüses auf meinen bescheidenen Essenseinladungen.

Doch die größte Sensation kam drei Tage vor Schulbeginn. Als ich nach dem Frühstück das Tischtuch ausschüttelte, hörte man unverwechselbares Schwalbengezwitscher, und auf der elektrischen Leitung saßen zwei der kleinen Schönheiten im schwarzblauen Federkleid. Sie flitzten den Rest des Tages ums Haus, und vor Einbruch der Dunkelheit hatten sie das vorigjährige Nest auf der vorderen Veranda wiederentdeckt und sich eifrig daran gemacht, es für die neue Brut in Ordnung zu bringen.

Was schadete es, daß die Schwelle des Hauses zu Mrs. Pringles Grimm mit Vogelschmutz gesprenkelt wurde? Was schadete es, daß ich Tibby während der ganzen Brutzeit von ihnen abhalten mußte?

Die Schwalben waren wieder da! Nun hatte der Sommer wirklich angefangen.

6

Öffentlichkeitsarbeit

Der Flohmarkt fand am Samstag nachmittag im Gemeindesaal statt. Glücklicherweise brauchte ich diesmal nicht eine der Buden zu übernehmen, da offenbar eine Schar neuer Hilfskräfte sich für diesen heiklen Job freiwillig gemeldet hatte.

Zu ihnen gehörte Miriam Quinn. Sie hatte, wie ich sah, den Stand mit Kinderkleidung. Sie lächelte mir durch den ganzen Saal zu, als ich mich mit meinen Spenden für die Lebensmittelabteilung durchkämpfte. Ich hatte ein paar Gläser Marmelade, ein Glas meiner kostbaren Zitronencreme – ein echtes Opfer –, zwei Kohlköpfe und eine Handvoll Haferkuchen. Von letzteren hoffte ich, daß sie den Transport heil überstanden hatten und nicht als ein beschämender Haufen Krümel endeten.

Die Lebensmittelabteilung unterstand Mrs. Partridge, und sie nahm meinen Beitrag begeistert auf.

»Ach, wie schön! Marmelade ist immer der Bestseller. Und diese prächtigen Kohlköpfe! Schauen Sie mal, Mrs. James, sind die nicht wunderbar. Darf ich Ihnen vielleicht einen für Ihr Sonntagsessen verkaufen?«

Mrs. James warf einen geringschätzigen Blick auf meine Opfergaben.

»Hab bessere daheim«, verkündete sie und wanderte zum nächsten Stand weiter.

Mrs. Partridge, die als Frau des Vikars dergleichen gewöhnt war, blieb unerschüttert.

»Gut, gut, dann wird, wie ich sehe, jemand anders die Glückliche sein.«

Kein Wunder, daß die Frau unseres Vikars einstimmig

zur Präsidentin so vieler dörflicher Angelegenheiten gewählt wurde. Sie hat Takt, Spannkraft und begegnet Notfällen immer mit Humor. Ich gehöre zu ihren treuesten Bewunderern.

Mrs. Pringle hatte den Stand für Schuhe und Hüte unter sich. Das war, soweit ich mich erinnerte, seit Jahren ihr Privileg. Sie herrschte darüber mit unerschütterlicher Autorität. Wehe derjenigen, die so töricht ist, mit Mrs. Pringle handeln zu wollen! Wenn ein Paar graue wildlederne Abendschuhe Größe vier mit Bleistiftabsätzen aus den zwanziger Jahren auf den Sohlen den mit Kreide geschriebenen Preis von 50 Cent trägt, muß jeder präsumptive Käufer so viel zu zahlen bereit sein. Ich habe einmal erlebt, daß jemand, ein Fremder, für ein Paar Gummistiefel nur die Hälfte zahlen wollte. Als Mrs. Pringle mit ihm fertig war, ging der arme Kerl sofort zum Ausgang!

»Wie geht das Geschäft?« erkundigte ich mich bei ihr. Sie hob befriedigt ihre Puddingform, in der das Geld gesammelt wurde.

»Recht nett, nur scheint mir heutzutage wenig Nachfrage nach Hüten.«

»Man trägt jetzt kaum noch welche«, meinte ich mitleidig und betrachtete vergilbte Panamastrohhüte, eine Federkappe mit Schleier, vier identische breitkrempige lila Seidenhüte mit geflochtenem Rand, vermutlich einst die Ausstattung von vier unglücklichen Brautjungfern, und mehrere Blumentoques, unter denen ich gekränkt eine von mir entdeckte – sie war gar nicht übel und mit fünf Cent ausgezeichnet. Und dabei hatte ich vor Jahren anläßlich einer Hochzeit so manches Pfund dafür bezahlt!

»Hier hab ich was Hübsches«, sagte Mrs. Pringle, grub unter einem Stapel einen arg mitgenommenen Gegenstand hervor und hielt ihn mir zur Ansicht hin.

»Knüllsamt«, sagte sie. »Würde Ihnen sehr gut stehen.«

Knüll stimmt, dachte ich, und da er ein besonders gräßliches Rote-Bete-Rot hatte, lehnte ich kategorisch ab. Mrs. Pringle holte bereits Luft zu einer wortreichen Attacke, da flüchtete ich mich zu Miriams Stand.

Die arme Miriam war in der Gewalt einer erst kürzlich zugezogenen Dorfbewohnerin mittleren Alters, die mit ihren Spenden für Miriams Stand zu spät eingetroffen war, Kinderkleider ausbreitete und Preisvorschläge machte.

»Diese beiden Röcke sollten nicht weniger als ein Pfund pro Stück bringen«, teilte sie Miriam mit. »Und diese Blusen würde ich mit 75 Cent auszeichnen. Ich habe sie selbst

aus hochwertigem Vinyl für meine Enkelinnen genäht, und sie sind, wie Sie sehen, kaum getragen. Auch der kleine Trainingsanzug ist in tadellosem Zustand. Es ist schade, sich davon zu trennen, aber sie sind zu klein geworden.«

Miriam warf mir einen verzweifelten Blick zu. Die Dame war jetzt dabei, in weiteren Tragtaschen zu wühlen, und förderte Kinderschuhe jeder Größe und Machart zutage.

Einige Kunden wurden bereits ungeduldig und belagerten Miriam mit hochgehaltenen Kleidungsstücken und Geld. Ich wollte ihr zu Hilfe kommen.

»Schuhe«, sagte ich energisch, »müssen zu Mrs. Pringle am Nachbarstand.«

»Aber es sind doch Kinderschuhe!«

»Trotzdem: Alle Schuhe müssen zu Mrs. Pringle. Soll ich Sie mit ihr bekannt machen?«

»Nein, nein. Ich kenne Mrs. Pringle ganz gut und kann selbst mit ihr verhandeln.«

Sie eilte fort, und Miriam bediente weiter die Ansammlung hartnäckiger Käufer.

»Das war nett von Ihnen«, sagte sie erleichtert. »Wirklich, ich hatte keine Ahnung von den Schwierigkeiten, als ich den Stand übernahm, und was für übertriebene Vorstellungen die Leute haben von dem Ramsch, den sie abliefern! Man fragt sich, warum sie ihn überhaupt weggeben.«

»'s war schon zu alten Zeiten so«, zitierte ich und ging einen Kuchen kaufen.

Wie immer, war ich viel zu spät daran, um noch einen zu ergattern, den ich mochte. Es ist bekannt, daß der Kuchenstand bei solchen Gelegenheiten immer als erstes ausverkauft ist. Die Anzahl der »Englischen Kuchen« und leckeren Biskuits, die man im Schatten unter dem Tisch versteckt, sprechen eine deutliche Sprache: Ganz Schlaue haben ein diskretes Wort zum Standinhaber gesagt und sie mit »reserviert« zeichnen lassen.

Als ich eintraf, gab es noch ein paar harte Plätzchen mit

angebrannten Rosinen drin, ein paar selbstgemachte, krümelnde Kekse und eine große Torte, die ich zweifelnd beäugte.

»Madeira?« fragte ich Mrs. Lamb.

»Nein, meine Liebe. Kümmelkuchen. Ich versteh nicht, wieso der nicht sofort weg war. Und dabei ist er von Alice Willet.«

»Wenn ich Kümmel liebte, würde ich ihn mitnehmen«, versicherte ich ihr und ging enttäuscht weiter.

Joseph Coggs stand am Kleiefaß und sah zu, wie einige seiner Klassenkameraden nach »Schätzen tauchten«. Er sah sehnsüchtig aus.

»Bist du allein hier?« fragte ich ihn.

»Mum kauft Schuh«, antwortete er und wies zu Mrs. Pringle hinüber. Tatsächlich versuchte dort Mrs. Coggs, einem der Zwillinge Schuhe anzuprobieren, die eben von Miriams Peinigerin abgegeben worden waren. Ich hoffte nur, daß Mrs. Coggs Erfolg hätte, und wußte, daß Mrs. Pringle unter ihrem grimmigen Äußeren durchaus mitfühlend sein konnte.

Ich kramte in meinem Portemonnaie und gab Joseph ein Zehnpencestück.

»Versuch's mal«, sagte ich.

»Aber einmal kost' es nur drei Pence«, sagte er.

»Also dann versuch es dreimal.«

»Dann schuld ich Ihnen einen Penny.«

»Den behalte fürs Glück«, sagte ich.

»Danke schön, Miss« erwiderte er, und sein Lächeln war Lohn genug.

»Es wird Zeit für mich«, sagte ich und ging zur Tür.

Es freute mich, ihm eine Freude gemacht zu haben. Aber noch mehr freute mich, wie gut er im Rechnen geworden war. Lehrerin bleibt doch immer Lehrerin, sagte ich mir auf dem Heimweg.

Der erste Schultag dämmerte leicht diesig und prophezeite schönes Wetter. Obwohl wie gesagt die Hälfte meiner Urlaubspläne nicht zustande gekommen war, empfand ich so etwas wie Befriedigung mit dem Geleisteten. Wenigstens ein Teil des Hauses war von Mrs. Pringle »von Grund auf« gereinigt worden. Ich hatte ein paar längst fällige Briefe geschrieben. In den Schränken herrschte Ordnung. Ich hatte im Garten schwer gearbeitet und beim Flohmarkt meine Pflicht getan. Ich machte mich fertig, über den Schulhof zu gehen und den Tag zu beginnen.

Im Hinblick auf Amys Warnung schloß ich alle Fenster des Lehrerhauses und versperrte Vorder- und Hintertür. Es war zweifelhaft, ob der Irre, den Amy geschildert hatte, in mein Haus eindringen und Wertgegenstände stehlen würde. Wenn man überlegte, was war schon darin zu finden? Mein ganzer Silberschatz bestand aus einer kleinen silbernen Sauciere und ein paar silbernen Serviettenringen. Tante Claras Miniaturperlenkette war in einem Taschentuch in einer Schublade meines Toilettentischs versteckt, und das andere kostbare Stück war ein hübscher, geschnitzter Chippendalestuhl, in den ich mich vor ein paar Jahren auf einer Versteigerung verliebt hatte. Wohl kaum ein lohnendes Objekt für einen Gelegenheitsdieb, der erwiesenermaßen nichts trug als einen Regenmantel.

Immerhin hatte die Polizei uns gebeten, unsere Besitztümer so gut wie möglich zu verschließen, und ich fühlte mich besonders tugendhaft, als ich mit dem Hausschlüssel in der Tasche zum Schulhaus hinüberging.

Mrs. Pringle, die Kehrichtschaufel in der Hand, begrüßte mich mürrisch.

»Sie haben doch versprochen, mir die Puddingform wiederzugeben, die ich Ihnen vorige Woche mit Vogelfutter drin geliehen hab. Ich brauch sie heute zum Mittagessen.«

»Ach, verflixt!« sagte ich laut, zur Freude eines Knäuels

aufmerksam lauschender Kinder, die sich begeistert über meinen Ausrutscher gegenseitig stupsten.

Ich machte auf dem Absatz kehrt, sperrte die Haustür auf, holte die Puddingform und ging in die Schule zurück.

»Hier ist sie«, sagte ich zu Mrs. Pringle, die sie wohlwollend entgegennahm. »Und vielen Dank für alles, was drin war.«

Meine Putzfrau neigte sich zu mir und sagte mit ungewöhnlich leiser, vertraulicher Stimme: »Das war aber nicht nötig, vor den Kindern zu fluchen! Davon kriegen sie schon beim Fernsehen genügend mit.«

Ich nahm die Rüge gelassen hin. Sie war verdient.

Ungefähr in der Mitte des Schulgebets fiel mir ein, daß ich die Vordertür nicht wieder zugeschlossen hatte.

Na, wenn schon.

Die Schwalben waren geschäftig dabei, ihrem Nest den letzten Pfiff zu geben. Ich hatte beobachtet, wie sie am Moos im Kiesweg zerrten und dabei ungeschickt flatterten. Sie waren sonderbar unbeholfen. In ihrem naturgegebenen Element, der Luft, waren sie so wundervolle Akrobaten, daß der Kontrast um so mehr ins Auge fiel.

Binnen weniger Tage war das Nest so, wie sie es haben wollten, und das Weibchen machte sich ans Eierlegen. Sie kümmerte sich nicht im mindesten um das Kommen und Gehen an der Haustür unten. Das Männchen war sehr aufmerksam, sauste mit Nahrung für sie herbei und ignorierte ebenfalls das Tun der Menschen. Ich überlegte, wie viele Junge wir heuer haben würden, letztes Jahr waren es fünf gewesen und im Nest hatte Gedränge geherrscht, ganz zu schweigen von dem Schmutz auf den Fliesen darunter.

In einem Jahr hatte Mr. Willet, entgeistert über den Zustand meiner Veranda, ein selbstgezimmertes Sperrholztablett unmittelbar unter dem Nest aufgehängt. Die Schwalben waren empört, kakelten auf einem Draht in der

Nähe und wollten mit dem Nest nichts mehr zu tun haben. Ergeben nahm ich das Tablett wieder ab.

»Die fänden bald einen anderen Irren, der sie an seinem Haus nisten läßt«, sagte Mr. Willet nachdrücklich, »wenn Sie nur durchhalten täten und das Brett an seinem Ort ließen.«

»Aber ich will doch die Schwalben!« widersprach ich.

»Dann müssen Sie auch die Schweinerei aushalten«, urteilte Mr. Willet.

»Es macht mir wirklich nichts aus. Besucher müssen eben durch die Hintertür hereinkommen. Die meisten tun es sowieso.«

»Na, dann lassen Sie mal Mama Pringle die Veranda nicht sehen«, warnte er und war fort, ehe ich etwas entgegnen konnte.

Der gefürchtete Abend zugunsten des Kinderhilfswerks kam nur zu bald heran.

Meine übliche Hoffnung, daß eine Infektionskrankheit mich arbeitsunfähig machen, in Caxley unerwartet ein Vulkan ausbrechen oder das Jüngste Gericht dazwischentreten würde, war wieder einmal zunichte geworden, und ich kleidete mich in düsterer Stimmung an.

Sollte ich meine neuen Lackschuhe tragen, die mich drückten, oder meine abgeschabten grauen wildledernen mit dem zerkratzten linken Absatz – eine Hinterlassenschaft der Kupplung –, die bequem waren?

Die Wahl des Kleides fiel leichter: entweder das gemusterte Blauseidene oder eine weiße Spitzenbluse mit schwarzem Samtrock. Mehrere Abende lang hatte ich am Fernsehen studiert, wie die Ansagerinnen gekleidet waren, es hatte mich wenig befriedigt. Erstens besaß ich kein schulterfreies Modell mit Pailletten und Marabufedern und zweitens nichts bis in die Tiefen Ausgeschnittenes. Das andere modische Extrem – die zerknitterte, angeschmuddelte Bluse mit an langer Kette baumelndem Medaillon – schätze ich wenig.

Anfangs hatte ich vorgehabt, nach Caxley zu fahren und mir eine völlig neue Ausstattung zu kaufen, doch meine angeborene Lethargie im Verein mit der bei mir üblichen Geldknappheit überzeugte mich rasch, daß meine bestehende Garderobe gewiß etwas Passendes enthielt.

Schließlich zog ich los: im blauen Seidenkleid, den schmerzenden Schuhen und Tante Claras Miniaturperlen. Mehr konnte ich nicht tun. Meine Lacklederhandtasche enthielt meine kläglichen Notizen über Kinderbücher, ein Thema, von dem ich geglaubt hatte, einiges zu verstehen, jetzt aber überzeugt war, nicht das geringste zu wissen.

Die Veranstaltung fand in einem Saal unweit des Marktplatzes in Caxley statt. Das bedeutete, daß man den Wagen in einiger Entfernung parken mußte, und ich hinkte durch die Straßen meinem Schicksal entgegen.

Eine freundliche Dame mittleren Alters flatterte mir in der Eingangshalle entgegen.

»Miss Crabbe?« fragte sie.

»Nein!« erwiderte ich unnötig energisch. »Nein. Mein Name ist Read. Sind Sie Mrs. Smith?«

»O nein.« Sie klang ganz erschrocken. »Mrs. Smith ist drin und hat alle Hände voll zu tun mit dem Arrangieren des Podiums. Ich soll nur die Diskussionsteilnehmer begrüßen, sie in ein Nebenzimmer führen und ihnen einen Sherry anbieten.«

Ich folgte ihr auf dem Seitengang des Saals – der bereits erschreckend voll war – in einen kleinen Nebenraum, der noch voller schien.

Mrs. Partridges Freundin Hazel Smith kam mir mit ausgestreckter Hand entgegen.

»Ich darf Sie vorstellen«, sagte sie und führte mich im Zimmer herum. »Sie sind die erste, die eintrifft. Dr. Biddle hat eben angerufen, daß er sich etwas verspätet, und Mr.

Ellis ist eben erst vom Gericht aufgebrochen, wird aber sicher bald da sein. Miss Crabbe hat natürlich den weitesten Weg.«

Ich lernte drei Dutzend Leute kennen, deren Namen ich nicht mitbekam und deren Gesichter ich nicht behalten würde, äußerte meine Freude, sie kennenzulernen, und nahm einen Sherry entgegen, der so trocken war, daß einem fast die Zunge verdorrte. In Wahrheit hätte ich lieber ein Glas Wasser gehabt, war mir aber im klaren, daß das exzentrisch wirken würde. Ich schwenkte mein Glas und lauschte dem sich steigernden Crescendo um mich her.

Endlich trafen meine drei Diskussionspartner ein. Dr. Biddle kannte ich flüchtig, ein massiv gebauter Mann mit dunklem Haar und verhärmter Miene. Kein Wunder, dachte ich, wo er doch tagtäglich mit kranken Kindern zu tun hat. Selbst ich, die täglich mit gesunden zu tun hatte, war im Grunde verhärmt. Er tat mir leid.

James Ellis, Stadtrat und Vorsitzender des Jugendgerichts in Caxley, war mir bekannt durch seine vielen Leserbriefe an den ›Caxley Chronicle‹, in denen es gewöhnlich um das Verhalten von Jugendlichen ging. Als Junggeselle hatte er naturgemäß äußerst festgefahrene Ansichten darüber, wie man sie behandeln müsse, besonders diejenigen, die bei ihm vor Gericht auftauchten.

Die meisten Leser, mich eingeschlossen, fanden Mr. Ellis' Haltung jungen Kriminellen gegenüber so milde, daß man sie fast als respektvoll hätte bezeichnen können. Er gratulierte den jungen Übeltätern zwar nicht direkt zu ihrem Erfolg beim Ausrauben alter Damen, verbreitete sich aber so beredt und ausführlich über die Gründe ihres Vergehens – kaputtes Familienleben, Mangel an Zuwendung, niederer Intelligenzquotient, lieblose Eltern und alles das –, daß einige feinfühlige Leser betroffen reagierten.

Die Mehrzahl jedoch, die noch mit beiden Beinen fest auf der Erde stand, hielt es eher mit Mr. Willet.

»Mein alter Dad«, sagte der, »wäre in der halben Zeit mit denen fertig geworden, ohne daß es was kostet.«

Mr. Ellis trug einen schönen, taubengrauen Anzug, den ich sehr bewunderte, und begrüßte mich freundlich.

Ihm folgte Miss Crabbe, die mir die Hand drückte und äußerte, welche Freude es ihr sei, daß ich immer noch auf meinem alten Posten ausharrte und zweifellos wertvolle Arbeit leistete. Dadurch kam ich mir faul, ehrgeizlos und wie ein Versager vor, was sie sicherlich beabsichtigt hatte.

Sie selbst war, wie ich boshaft feststellte, mit den Jahren nicht schöner geworden. Ihr spärliches Haar war nach hinten in einen Knoten gezerrt, und sie hatte viele Falten im Gesicht. Sie trug ein enges Kleid von unvorteilhaftem Weinrot, und an ihrer Vorderfront fehlte ein Knopf. Im Vergleich zu ihr fühlte ich mich hinreichend elegant.

Sie wurde an Mr. Ellis weitergereicht, und ich konnte erkennen, daß die beiden ganz einer Meinung waren, so ernst und weise nickten sie.

Ich war glücklicherweise in ein Gespräch mit einem jungen Reporter des ›Caxley Chronicle‹ verwickelt, der sich mit einem Tintenstift Notizen machte, wie man ihn heutzutage selten sieht. Zwischen seinen Kritzeleien lutschte er daran, und ich beobachtete fasziniert, wie seine Zunge sich vom Rosa ins Dunkellila verfärbte, was einem preisgekrönten Chow-Chow Ehre gemacht hätte.

Nur zu bald wurden wir von Mrs. Smith zusammengerufen.

Dr. Biddle sollte als erster sprechen, danach war ich dran und dann Mr. Ellis. Miss Crabbe sollte den Schluß machen, sicher aus dem gleichen Grunde, aus dem man den besten Wein zuletzt serviert.

Das Meer der Gesichter war entschieden verwirrend, aber ich konnte mich, solange Dr. Biddle sein Pensum erledigte, fassen und einen Blick in meine armseligen Notizen werfen.

Dr. Biddle wurde mit herzlichem Beifall begrüßt. Er ist in der hiesigen Gegend sehr beliebt, und die Tatsache, daß er mal im Fernsehen aufgetreten ist, hat die Ehrfurcht vor ihm noch gesteigert.

Er hielt eine flotte kleine Rede über Kinderkrankheiten, die Bedeutung gewisser Ernährungsgrundsätze und sprach beruhigend von ansteckenden Krankheiten, alltäglichen Unfällen und dem unschätzbar hohen Wert der örtlichen Unfallstation. Alles in allem war es genau das, was die Versammelten hören wollten, und alsbald hagelte es Fragen.

Der gute Doktor bewältigte sie glänzend und konterte sogar ein paar ganz schwierige von einem Verfechter der Kräuterkunde in der ersten Reihe, der wissen wollte, was er von Wundkraut bei offenen Wunden und den Vorteilen von Salbeiblättern beim Zähneputzen hielte.

Schon viel zu bald setzte er sich wieder, und ich erhob mich zitternd. In meinen schwachen Vortrag kam erst Leben, als ich ein paar Vorschläge für Lektüre machte und alles in Handtaschen nach Papier und Bleistift grub und hastig kritzelte.

»Finden Sie, daß Kinder alles lesen dürfen, was ihnen gefällt?«

»Ist es nicht besser, wenn sie fernsehen?«

»Ist mein Fünfjähriger noch zu klein für ein Wörterbuch?«

»Wie gewöhne ich meinem Jungen die Horror-Comics ab?«

Das waren nur einige der Fragen, die mir entgegenflogen und die ich möglichst wahrheitsgetreu, aber ganz ohne die Gewandtheit meines Vorredners beantwortete.

Zum Glück rettete mich die Glocke des Vorsitzenden, und ich lehnte mich zurück und lauschte dankbar den Ausführungen von Mr. Ellis. Wie zu erwarten war, handelte sein Vortrag von der Verletzlichkeit und Sensibilität der Jugendlichen und der Notwendigkeit, sie auf ihre Weise und zu ihrer Zeit zu sich selbst finden zu lassen.

»Wenn wir eine junge Pflanze zu rauh anfassen, wird ihr irreparabler Schaden zugefügt.«

Es kam noch vieles in der gleichen Tonart und es erhob sich ein Gemurmel, als er sich setzte.

Ein paar Fragen über Erziehung, die durchaus von Mr. Willet hätten stammen können, wurden gestellt, über das Unterscheiden von Gut und Böse, elterliche Verantwortung und schlichten altmodischen Respekt vor der Autorität, und sie brachten nur freundliche Verallgemeinerungen von Mr. Ellis, durch die niemand klüger wurde. Der Applaus war lauwarm.

Miss Crabbe, so gut wie unverändert seit dem schrecklichen Wochenende, das sie unter meinem Dach verbracht hatte, leierte mit leicht näselnder Stimme ihren Vortrag herunter, machte Mr. Ellis Komplimente für sein scharfsinniges Verständnis für die Bedürfnisse des kindlichen Gemüts und verbreitete sich über die Notwendigkeit und die Wunder der modernen Psychologie, wenn sich erste Schwierigkeiten im kindlichen Verhalten zeigten.

Mir kam der scharfsinnige Gedanke, daß dies eine der Vorlesungen war, die sie regelmäßig ihren Studenten hielt, nur für die anwesenden Zuhörer ein bißchen gemildert.

Alle waren verblüffend höflich und die wenigen Fragen sachlich. Die Zeit war fortgeschritten, und wir hörten alle schon Weingläser klirren und das hochwillkommene Tellerklappern aus dem Hintergrund des Saales, wo die Hilfskräfte sich anschickten, uns zu erquicken.

Der Applaus, als Miss Crabbe sich endlich setzte, war ohrenbetäubend. Die Dame errötete vor Freude, doch hatte ich den Eindruck, daß eher Erleichterung als Begeisterung ihn auslösten. Der Abend war wenigstens vorbei und die Tortur ausgestanden.

7

Neue Sorgen in der Familie Coggs

Der Mai begann mit windigen Regenschauern. Im Schulhaus klapperten die Fenster, die Türen knallten, und das neue Oberlicht ließ fast so viel Luft durch wie das vorige.

Es war so kalt, daß man hätte die Öfen anzünden müssen, doch offiziell war jetzt Sommerzeit, und Mrs. Pringle wäre höchst kriegerisch geworden, wäre man diesem Gedanken nähergetreten. So zogen wir denn wieder unsere Winterpullover über und hofften das Beste.

Ab und zu entluden schwarze Wolken Hagelstürme, die Körner tanzten auf dem Schulhof und droschen die zarten Frühlingsblumen in den Boden. Es war traurig anzusehen, daß die ersten Blüten der Kirsch- und Pflaumenbäume nach solchen Attacken auf dem Boden verstreut lagen wie Konfetti. Die frühen Bienen, die während der Schönwetterperiode sehr geschäftig gewesen waren, verschwanden wieder. Es schien, als habe der Winter erneut zugeschlagen.

Tibby, die all ihre Tage – und auch die Nächte, soweit ich es beurteilen konnte – zusammengerollt in einem Büschel Katzenminze zugebracht hatte, war jetzt froh, Schlupfwinkel im Hausinneren zu finden, vorzugsweise auf meinem Bett oder auf dem Sofa im Wohnzimmer. An einem besonders kalten, verregneten Abend zündete ich meinen Kamin an und genoß es. Tibby auch. Zum Glück war Mrs. Pringle nicht in der Nähe, um uns auszuschimpfen.

An einem der kalten Morgen ging ich gegen acht Uhr zum Schulhaus, um für Mrs. Pringle aufzuschließen.

Vor der Tür kauerte, die Arme der Wärme wegen um sich geschlungen, Joseph Coggs.

»Du bist aber früh dran«, sagte ich leichthin.

Er nickte.

Ich sah ihn mir genauer an. Seine nackten Beine waren voller Gänsehaut, seine schäbigen Sandalen triefnaß, und ich argwöhnte, daß er geweint hatte.

»Was ist denn passiert?« fragte ich sanfter.

Er schüttelte den Kopf, statt zu antworten.

Ich sperrte die Tür auf und legte alles für die Putzfrau zurecht. Dann bückte ich mich und zog den Jungen auf die Füße.

»Komm mit und frühstücke mit mir«, bot ich ihm an. Er legte eine kalte Hand in meine, und wir gingen hinüber ins Lehrerhaus.

Nach einer Tasse Milchkaffee und etwas Rührei auf Toast schaute er schon fröhlicher drein. Ich unterließ es, ihn auszufragen, weil ich annahm, daß er binnen kurzem sowieso damit herausrücken würde. Vermutlich hatte er etwas zerbrochen und Mrs. Coggs hatte ihn geohrfeigt. Er liebte seine arme, schlampige Mutter zärtlich und konnte es nicht ertragen, wenn sie böse mit ihm war. Abrupte Flucht aus einer solchen Situation wäre ganz natürlich gewesen. Die

Tatsache, daß er so heißhungrig war, bedeutete, daß er nicht einmal das Margarinebrot bekommen hatte, das seine übliche erste Tagesmahlzeit darstellte.

Ich ging ins Wohnzimmer, um einen Stoß Schreibhefte und ein paar neue Wandkarten zu holen. Als ich wieder in die Küche kam, stellte er gerade sehr sorgfältig das Frühstücksgeschirr in die Spüle.

»Solln wir die waschen?« fragte er. Es waren seine ersten Worte, und er sah bereits besser aus.

»Nein, laß sein, Joe. Die können einweichen.«

Er drehte den Hahn auf und sah zu, wie das Geschirr überschwemmt wurde.

»Du läufst besser ins Bad hinauf und wäschst dir Hände und Gesicht«, schlug ich vor. Er kannte mein Haus sehr gut, weil er oft im Garten half und mir schon Verschiedenes in den oberen Stock getragen hatte.

Er verschwand für fünf Minuten, während ich die Lebensmittel wegräumte. Als er wiederkam, sah ich ihn wortlos an.

Er tat einen tiefen Atemzug.

»Meiner Mum geht's schlecht«, sagte er schließlich.

»Liegt sie im Bett?«

»Im Krankenhaus. Das Krankenauto ist gekommen.«

»Wart ihr die ganze Nacht allein?«

»Nein. Tantchen ist gekommen und hat die Mädels mitgenommen. Ich bin mit dem Baby zur Nachbarin.«

»Zu Mrs. George?«

Er nickte. Er schien wieder den Tränen nahe. Ich beschloß, ihn nicht zu eingehend zu befragen. Sicher würde Mrs. Pringle mir – ausgeschmückt mit fürchterlichen Einzelheiten – alles erzählen, wenn wir in ein paar Minuten zusammenkamen. Eines aber mußte ich wissen.

»Weiß Mrs. George, wo du bist?«

»Hab beim Weggehn gerufen, daß ich herkomm. Und überhaupt geh ich da nicht mehr hin.«

In das Schweigen in der Küche tönte plötzlich die Schulglocke.

»Jetzt komm, Joe, wir sind spät dran«, sagte ich und ging zur Tür. »Nimm du die Wandkarten. Dann kann ich zuschließen.«

Wir überquerten den Schulhof, wichen dabei Murmelspielenden, Springseilen und rennenden Kindern aus und betraten die Diele. Dort wartete Mrs. Pringle, die Arme in die Seiten gestemmt, erfüllt von Neuigkeiten.

»Sie haben ihn also erwischt«, waren ihre ersten Worte. Dabei beäugte sie Joseph mißbilligend.

»Lauf, Joe, verteil die Gesangbücher«, sagte ich. Sie hatte sichtlich viel zu erzählen, und ich wollte nicht, daß der Junge mithörte.

Mrs. Pringle schlurfte etwas näher.

»Seine Ma ist plötzlich krank geworden. Blinddarm oder so was. Sie soll, hat mir Bella George erzählt, vor Schmerzen so geschrien haben, daß der Doktor ihr eine Spritze gegeben hat. Keiner weiß, was es war, aber man hofft, daß er sein Fach versteht.«

»Aber was ist mit den Kindern? Wann ist denn das passiert?«

»Irgendwann nach Mitternacht, sie hat an die Wand vom Schlafzimmer gehauen und aus dem Fenster Bella und Jack im Nachbarhaus gerufen. Zum Glück haben die einen leichten Schlaf. Jack hat dann von der Telefonzelle aus den Doktor angerufen. Bloß gut, daß die in dieser Woche nicht verwüstet worden ist.«

»Hat man schon gehört, wann sie wieder heimkommt?«

Mrs. Pringle senkte düster die Mundwinkel.

»Keine Ahnung. Ich meine, wenn man erst mal im Hospital ist, kann man nie wissen. Manchmal werfen sie einen raus, kaum daß man zugenäht ist, und manchmal wieder liegt man wochenlang dort herum und wird beobachtet.«

»Und die Kinder?«

»Tja«, machte meine Putzfrau und ließ sich auf einem Waschbecken nieder, das meiner Meinung nach zu zart war, um ein solches Gewicht auszuhalten. Es sah aus, als könnte ihr Bericht Stunden dauern, und ich bekam allmählich Sorge um meinen verspäteten Unterrichtsbeginn.

»Ethel Tibble, die Schwester von Arthur, von der ich Ihnen neulich erzählt hab, also die und Charlie sind mit dem Lieferauto gekommen und haben die kleinen Mädels nach Caxley mitgenommen. Und Bella und Jack haben Joe und das Baby zum Übernachten abgeholt. Aber der Joe, der hat keinen Moment geschlafen, hat Bella erzählt, und ist sofort abgehauen, wie sie gerade dem Jack Sandwiches gemacht und ihm den Rücken gekehrt hat.«

»Ich suche sie in der Pause auf«, sagte ich. »Vielleicht weiß sie dann schon mehr über Mrs. Coggs. Aber jetzt muß ich weg. Wir sind spät dran heute morgen.«

»Ich könnt' wetten«, entgegnete Mrs. Pringle rebellisch, »daß sie weniger weiß als ich.«

Darauf würde ich auch nicht wetten, dachte ich, und ging eilig an meine Pflichten.

In der Pause überließ ich die Schule Miss Briggs und fuhr rasch ans andere Ende von Fairacre, wo die gemeindeeigenen Häuser stehen.

Auf der Fahrt durchs Dorf folgten mir interessierte Blikke, und ich erriet, daß meine Pflichtverletzung bald der ganzen Gemeinde bekannt sein würde. Was man wohl vermuten würde? Einen hirnverbrannten Einfall? Ein heimliches Rendezvous mit Henry Mawne, der unglücklicherweise noch immer Strohwitwer war? Einen Unfall oder einen plötzlichen Todesfall in der Familie? Der Phantasie waren da keine Grenzen gesetzt!

Bella George war eine gemütliche Person mittleren Alters, deren Ehemann Fernfahrer war. Sie führte mich in ihr Wohnzimmer und kam sofort zur Sache.

»Der Joe ist bei Ihnen in Sicherheit, schätz ich?«

»Stimmt. Wie stehen die Dinge?«

»Na ja, ich hab gesagt, ich nehm ihn und das Baby, und Ethel Tibble hat die Mädels. Wie Sie wissen, haben die einen Kramladen in Caxley, hauptsachlich Süßigkeiten und Rauchzeug, und im Oberstock ist nicht viel Platz, darum konnten sie nur die Mädels unterbringen. Aber die haben's gut bei Ethel. Das Problem ist der Joe.«

»Würde es helfen, wenn ich ihn nähme? Er ist an mich gewöhnt.«

Ihr Gesicht leuchtete auf.

»Würden Sie das tun, Miss Read? Er scheint sich bei uns nicht einzugewöhnen, obwohl ich weiß Gott nicht weiß, woran's liegt. Er kennt uns doch gut. Das Baby macht keine Mühe. Nett, es im Haus zu haben.«

»Gibt es etwas Neues von Mrs. Coggs?«

»Noch nicht.«

»Ich rufe im Lauf des Tages im Krankenhaus an und laß es Sie dann wissen. Und sag auch Mrs. Tibble Bescheid.«

Dann fiel mir ein, daß ich Josephs Nachtzeug gleich mitnehmen könnte.

Bellas vergnügtes Gelächter brachte die Nippsachen auf dem Kaminsims zum Klirren.

»Du liebe Zeit, Miss Read, keiner von denen hat auch nur ein Fetzchen Nachtzeug. Die schlafen im Unterhemd, wenn sie eins haben, und wenn nicht, wie Gott sie erschaffen hat!«

»Das hätte ich mir denken sollen«, sagte ich. »Jetzt muß ich zurück in die Schule. Wenn ich mehr weiß, melde ich mich.«

Ernüchtert fuhr ich ab. Waren wir noch immer zwei Nationen, wie Disraeli es genannt hatte? Es sah ganz danach aus.

Als dann später am Abend Joseph gebadet war und in einem alten Trikot mit Ärmeln von mir im Bett lag, rief ich im Krankenhaus an.

Mrs. Coggs, so sagte man mir, habe die Operation hinter sich und es gehe ihr gut. Es sei zu früh für Voraussagen, wann sie nach Hause könne.

Wenigstens der fürchterliche Ausdruck »den Umständen entsprechend« war mir erspart geblieben. Mein zweiter Anruf galt Arthur Coggs' Schwester Ethel Tibble und war ebenfalls befriedigend. Sie sagte, sie würde es Bella George ausrichten, da sie gerade im Aufbruch nach Fairacre sei, um den Kindern ein paar Anziehsachen zu holen. Wir verabredeten, in Kontakt zu bleiben, und sie sagte, wenn sie etwas fände, was Joe gehörte, brächte sie es vorbei.

»Nicht daß ich mir was erwarte«, sagte sie. »Sie kennen ja den Haushalt so gut wie ich. Ich kann nicht behaupten, daß ich auf meinen Bruder besonders stolz bin. Das Haus ist eine Schande!«

Ich murmelte irgend etwas und legte auf, aber ich dachte

noch an ihre Bemerkung, als ich mein bescheidenes Abendbrot aus Suppe, Crackern und Käse zu mir nahm. Das Haus war tatsächlich eine Schande, zum Teil infolge von Mrs. Coggs' Unfähigkeit, es zu führen, und ihrer Angst vor Arthurs Gewalttätigkeit, aber es hatte sicher noch einen anderen Grund: Das Geld traf nur tröpfchenweise ein und machte jede Art von Planung unmöglich.

Mein Scheck wurde zum Glück am Ende jedes Monats auf mein Bankkonto eingezahlt. Ich war kein finanzieller Zauberer und oft äußerst knapp in der Woche, ehe die Zahlung einging, aber in mageren Zeiten belieferte mich mein Vorratsschrank, und dank Mr. Willet produzierte mein Garten frisches Obst und Gemüse. Hungern mußte ich nie.

Die Bausparkasse von Caxley sorgte für meine bescheidenen Ersparnisse, und auf meinem Postsparkonto lagen sechzig, siebzig Pfund. Berufskollegen schafften weit mehr als ich, gründeten Familien, kauften Häuser, reisten ins Ausland und brachten es fertig, regelmäßig zu sparen. Ich war keine gute Managerin. Aber, so tröstete ich mich, verglichen mit Josephs Mutter geradezu ein Muster an Tüchtigkeit. Es war alles relativ.

Ich spülte ab und deckte den Frühstückstisch für zwei in der Küche. Morgen also weiche Eier. Es würde nett sein, ein paar Tage lang Joseph bei mir zu haben.

Gegen neun merkte ich, wie müde ich war, und wollte gerade ins Bett gehen, da klingelte es an der Haustür.

Es war Ethel mit einer Tragtasche voller Anziehsachen für Joe.

»Nein, ich komm nicht rein«, sagte sie. »Es ist ein Haufen zum Richten dabei«, ergänzte sie und nickte in Richtung der Tragtasche. »Und nicht besonders sauber. Wenn ich Sie wär, würd' ich einiges davon verbrennen.«

Sie verschwand in der Abenddämmerung. Ich ließ die Tasche in der Diele, sie hatte Zeit bis morgen, und ging erschöpft zu Bett.

Joseph fügte sich anstandslos in meinen Haushalt ein. Er war mir eine Hilfe bei den täglichen Pflichten, war immer bereit abzuspülen, einzukaufen, zu tragen und machte jeden Morgen sein Bett, ohne daß man ihn dazu aufforderte. Für ein Kind, das in derart chaotischen Verhältnissen aufgewachsen war, war er bemerkenswert praktisch veranlagt und legte ersichtlich Wert auf Ordnung um sich her.

Korrigierte ich Hefte, so stapelte er sie genau übereinander und ordnete Federn und Bleistifte in ihrer Schale. Das einzige, was ihn ängstigte, war das Tischdecken, doch nach einigen Vorführungen meisterte er auch diese Kunst.

Wie ich stets vermutet hatte, gehörte Joseph Coggs zu denen, die rasch lernen, und mit zunehmendem Alter wurden seine Fortschritte immer deutlicher sichtbar. Ich erhoffte mir viel für seine Zukunft.

Das Treiben der Vögel in meinem Garten beobachtete er viel schärfer als ich. Aus diskreter Entfernung behielt er die brütende Schwalbe im Auge, und er war es, der mir den Sperber zeigte, der in den Hecken um den Spielplatz und draußen auf den Feldern jagte.

»Der paßt die Vögelchen ab«, erläuterte er mir, »und fängt sie, wenn sie erschrecken und hochflattern. Wetten, daß er auch die Amsel erwischt hat, die in Ihrem Fliederbusch nistet?«

»Wie kommst du darauf?«

»Nämlich der ihr Alter sucht schon die ganze Woche nach 'm neuen Weibchen. Haben Sie nicht gesehn, daß er die Jungen ganz allein gefüttert hat?«

Ich hatte es nicht gesehen, Joseph aber war die ganze Tragödie nicht entgangen. Vielleicht gehörte den mutterlosen Jungen sein brüderliches Mitgefühl.

Mr. Willet bestätigte Joes Feststellungen. Er erzählte mir auch, daß in seinem Garten eine Grasmücke nistete, und versprach, sie dem Jungen zu zeigen. Es freute mich, daß das Kind in seiner neuen Umgebung so zufrieden war. Es sah so aus, als müsse seine Mutter länger als gedacht in der Klinik bleiben. Ihre Leiden schienen verschiedener Art zu sein, und es war klar, daß ihr allgemein schlechter Gesundheitszustand ihre Genesung verzögerte. Wir konnten nur hoffen, daß die erzwungene Ruhe und eine vernünftige Diät ihr schließlich guttun würden. Bella George, Ethel Tibble und ich hatten sie alle besucht und ihr von ihren Kindern berichtet. Mir kam es so vor, als ob sie die in Fairacre zurückgebliebenen Probleme kaum wahrnahm, und obwohl sie uns allen geistesabwesend dankte, schienen in ihrem geschwächten Zustand alle Sorgen über ihre Kraft zu gehen. Es war besser so.

Eines Abends, als ich gerade Joseph bei einem Riesenpuzzle half und dafür einen Stoß Bügelwäsche vernachlässigte, klingelte es und Henry Mawne erschien strahlend auf der Schwelle.

Auch das noch, dachte ich und bat ihn herein.

»Ah, ein junger Besuch«, rief er aus, als er Joseph erblickte.

»Ja, er bleibt ein Weilchen bei mir«, sagte ich.

Henry fing an, in seinen Taschen zu wühlen, und zog schließlich zwei Billetts hervor.

»Für meine beiden Vorträge«, erklärte er. »Ich hole Sie rechtzeitig ab, und vielleicht könnten Sie meine Notizen vorher noch durchsehen?«

Ich war ganz bestürzt.

»Aber ich dachte, ich hätte Ihnen erklärt, daß ich nicht kommen kann«, rief ich. Offenbar nahm der Unglückliche kein »Nein« zur Kenntnis. Josephs Augen wanderten interessiert von einem zum anderen.

»Das hatte ich anscheinend nicht begriffen, muß ich gestehen. Aber Sie können gewiß so disponieren, daß Sie mir beistehen können? Ich verlaß mich doch auf Sie.«

»Es ist vollkommen unmöglich«, sagte ich energisch. »Wird Elizabeth nicht bis dahin zurück sein?«

»Das ist zweifelhaft. Sehr zweifelhaft.«

Er sah mich forschend an.

»Was machen Sie überhaupt an diesen beiden Abenden?«

»Meine Freundin Amy hat Pläne für mich«, sagte ich. Es stimmte wenigstens zur Hälfte. Ich beschloß den Krieg ins feindliche Lager zu tragen. »Warum suchen Sie sich nicht jemand, der Zeit hat? Es muß doch mehrere auf Vögel spezialisierte Leute geben, die viel kompetenter wären.«

»Möglicherweise würde Miriam Quinn an meinen Vorträgen Gefallen finden«, überlegte er.

»Sie hat sehr viel zu tun, soviel weiß ich«, sagte ich hastig, um meine ahnungslose Freundin zu unterstützen.

»Ich werde mal bei ihr vorbeigehen, nur um mich zu erkundigen, ob sie frei ist«, sagte er und nahm die Eintrittskarten wieder an sich. »Ich bin ganz enttäuscht, daß Sie nicht können, ich fühle mich richtig im Stich gelassen.«

Ich entgegnete nichts, begleitete ihn aber zur Tür.

Dann stürzte ich ans Telefon und klingelte Miriam an.

»Na, vielen Dank für die Warnung«, sagte sie fröhlich, »ich geh schnell mal in den Wald und pflücke Primeln, bis die Luft wieder rein ist.«

»Wieso mögen Sie den Mann nicht?« fragte Joseph, als ich wiederkam.

Ich wollte diese Frage weder mit einer eindeutigen Lüge noch mit einer eindeutigen Wahrheit beantworten.

»Hier, schau mal«, sagte ich und beugte mich über den Tisch, »wir wollen alle blauen Stückchen herausfischen und bis zum Schlafengehen den Himmel fertig legen.«

Als wir am nächsten Morgen in die Schule kamen, fand ich drei Kinder, die ich anfangs gar nicht erkannte, nebeneinander in der vordersten Bank sitzen.

Mrs. Pringle, in ihrem geblümten Kittel gewaltig ausladend, kam aus der Klasse der Kleinen, die Kehrichtschaufel in der Hand.

»Der Minnie ihre«, sagte sie. »Nur für heute, wie ausgemacht. Sie ist daheim und macht Basil mal richtig sauber. Er hat furchtbar gebrüllt, wie wir weg sind, stimmt's?«

Die drei kleinen Pringles nickten schweigend. Zu meiner Erleichterung lief keinem die Nase. Es war eine erfreuliche Abwechslung. Zweifellos hatte Mrs. Pringle sich erst kürzlich um diesen Punkt persönlicher Hygiene gekümmert.

»Minnie sagt, sie ist bestimmt in zwei, drei Stunden wieder da«, fuhr meine Putzfrau fort, »aber Sie kennen ja Krankenhäuser. Dort steht die Zeit still, heißt's. Jedenfalls hab ich ihnen ein Pfund Würstel hergerichtet, und ich kann nur hoffen, daß sie nicht die ganze Pfanne anbrennen läßt.«

»Na schön, dann übernehmen wir die drei für heute«, sagte ich. »Miss Briggs kann die Kleinste haben, und die beiden da können hierbleiben.«

Mrs. Pringle ging auf das Trio zu und streckte der Jüngsten die Hände hin. Ohne Vorwarnung warfen alle drei den Kopf zurück und begannen ohrenzerfetzend zu brüllen.

»Lassen Sie sie, lassen Sie sie«, bat ich Mrs. Pringle. »Wir kümmern uns später darum. Zum Schulgebet dürfen sie alle dableiben.«

Zweifellos würde die Pringle-Brigade unsere gewohnte Schulordnung ein wenig zerrütten.

Joseph, der schweigend am Pult stehengeblieben war, bemerkte beiläufig: »Ich glaub, die brauchen was Süßes« und ging zu dem Schrank, in dem die Bonbondose steht.

»Keine schlechte Idee«, sagte ich, als er den Deckel abnahm. Erwartung lag in der Luft. Der Raum war wohltuend still. Selbst Mrs. Pringle stand wie erstarrt und beobachtete den Jungen.

»Und nimm dir auch selber eins, Joe«, sagte ich zu meinem Bundesgenossen.

8

Amy benimmt sich sonderbar

Zwei Tage später kam Amy und holte mich zu einem Klavierabend in der Getreidebörse ab, einem der Glanzpunkte der Caxley-Festspiele.

Die nette Alice Willet hatte sich erboten, beim kleinen Joseph den Babysitter zu machen, und traf mit genügend Strickzeug für drei Wochen und nicht nur drei Stunden ein. Ich ging also mit beruhigtem Gewissen.

Amy war ungewöhnlich gedämpfter Stimmung, als wir nach Caxley fuhren.

»Ich habe die letzten beiden Wochen immer leichtes Kopfweh gehabt«, gestand sie. »Nichts Besonderes. Ich bin nur froh, daß wir nicht einen ganzen Wagner mit vollem Orchester aussitzen müssen. Ein bißchen auf dem Klavier geklimperter Mozart ist genaue das Richtige.«

»Bist du sicher, daß du es schaffst? Ich bin nicht traurig, wenn ich es verpasse, mußt du wissen.«

»Nein, nein. Es ist ein gutes Programm, Gott sei Dank leicht und melodiös, ich freu mich schon darauf.«

Schweigend fuhren wir weiter, bis wir uns Caxley näherten.

»Übrigens«, sagte sie schließlich, »ich glaube, ich kann nicht mit dir zu der Open-air-Skulpturenausstellung gehen. Wenn ich dir die Eintrittskarten gebe, fändest du jemand anders?«

Ich erklärte ihr die Sache mit Joseph. Ob nicht *sie* noch jemand fände?

»Aber ja, natürlich«, erwiderte sie. Sie klang erleichtert. »Ich glaube, es wird eine Dauerausstellung, wir können sie uns immer noch später im Sommer anschauen.«

Dabei beließen wir es. Ich erzählte ihr von Henry Mawnes Vorträgen und meinen Ausflüchten, und das war gut so, denn Henry saß zwei Reihen vor uns in Gesellschaft eines Mädchens mit hochtoupiertem Haar, die anscheinend großen Respekt vor ihm hatte.

In der Pause stellte Henry sie uns vor. »Eileen Bonamy, eine unserer hingebungsvollsten Vogelbeobachterinnen«, sagte er und betrachtete seine Begleiterin liebevoll. »Sie wird mir bei meinen Vorträgen beistehen.«

»Das freut mich«, sagte ich ehrlich.

»Miss Read war bereits mit Ihnen verabredet, glaube ich«, sagte Henry an Amy gewandt.

»Ja, leider«, sagte die treue Freundin. »Wie Sie wissen, ist sie überall sehr gefragt.«

Die Glocke, die uns wieder auf unsere Plätze rief, rettete uns.

»Danke, Amy«, sagte ich, »daß du mir zu Hilfe gekommen bist.«

»Aber du tätest doch bestimmt das gleiche für mich«, sagte Amy.

Wir setzten uns zurecht und genossen ein anmutiges kleines Stück von Schubert.

Als wir uns später an meinem Gartentor voneinander verabschiedeten, gab Amy mir einen Gutenachtkuß.

»Kann sein, daß ich dich ein Weilchen nicht seh«, sagte sie. »Also paß schön auf dich auf.«

Fröhlich hupend fuhr sie ab, und ich betrat das Haus mit dem Gefühl, daß Amy wieder ganz die Alte war.

Das unzeitgemäße, kalte Wetter änderte sich plötzlich, der Mai wurde zu dem »Wonnemonat«, von dem die Dichter schwärmen.

Sonnenschein durchflutete das altehrwürdige Klassenzimmer, und in den schrägen Strahlen tanzte der Kreidestaub. Das massive Messingtintenfaß auf meinem Katheder glänzte wie Gold, und kleine Regenbogen blitzten vom Glas über dem Bild unserer Königin auf dem Ehrenplatz an der hinteren Wand.

Der »Naturkundetisch« prangte mit Exemplaren von Huflattich, Primeln, Löwenzahn, einer frühen wilden Narzisse und einer Schlüsselblume. Warum, überlegte ich wieder einmal, sind so viele unserer frühen Wildblumen gelb? Keiner scheint es zu wissen.

Der Kirschbaum im Garten des Postamts ließ weiße Blüten baumeln, und überall brachen die Obstbäume in einen Schaum aus Blüten und zarten grünen Blättchen aus. Der Flieder an der geschützten Stelle meines Gartens blühte über und über, und in warmen Nächten stiegen berauschende Duftwolken hinauf zu meinem Schlafzimmerfenster. Die altmodische blaßlila Sorte war ihren raffinierten weißen und purpurroten Konkurrenten immer weit voraus. Das bedeutete, daß der Lehrerhausgarten mehrere Wochen lang duftete, denn wenn die ersten Dolden schon rostigbraun geworden waren, folgten ihnen die anderen.

Ich hatte gefüllte Zwergtulpen in die Schale vor dem

Haus gepflanzt. In unserer windigen Gegend ist es hoffnungslos, die stattlichen hohen zu pflanzen. Ich habe gesehen, wie eine Reihe prächtiger feuerroter in zehn Minuten unter einer Böe von den Downs her flach am Boden lagen. Daraus habe ich gelernt. Heuer haben sich die kurzen rosa Tulpen gegen die Elemente durchgesetzt und erfreuen alle, die sie sehen. Selbst Mr. Willet hat sie bewundert und meine bepflanzte Schale eine »reife Leistung« genannt.

Der Sonnenschein tat uns allen gut. Tibby räkelte sich im Schutz der Hecke. Selbst die Jungvögel, die sich jetzt im Kalkstaub ein Bad gönnten, blieben bei ihrer Toilette von ihr unbehelligt.

In der Schule war einer der willkommensten Besucher die Schildkröte meines Schülers Ernest. Dieses robuste Reptil übersteht selbst unsere kalten Winter in Fairacre und besucht uns im Frühjahr, wenn es sich nach dem Winterschlaf aus seiner Strohkiste in Ernests Cottage herausgewurstelt hat. Es krabbelt durchs Klassenzimmer, knallt mit der Schale an die Bankfüße, nimmt hie und da ein Stückchen Obst oder ein junges Blättchen entgegen und begrüßt so mit uns die Ankunft der milderen Jahreszeit.

Gilbert White, der in einem Dorf unweit Lewes seine Schildkröte liebevoll beobachtet hat, notierte über sie: »Die Schildkröte, ein Allesfresser, kommt wie andere Reptilien einen Großteil des Jahres ohne Fressen und Atmen aus.«

Wir sehen Ernests Schildkröte nicht regelmäßig genug, um Gilbert Whites Behauptung zu testen, sie sei auch ein ausgezeichneter Wetterprophet. »Bewegt sie sich mit hocherhobenem Kopf und gewissermaßen auf Zehenspitzen und frißt morgens ganz konzentriert, gibt es mit Sicherheit noch vor Abend Regen.«

Während der warmen Zeit wurde Mrs. Coggs aus der Klinik entlassen, und Joseph zog wieder zu sich nach Hause.

Ich vermißte seine Gesellschaft, vor allem seine heitere Gegenwart am Frühstückstisch.

Auch das Baby kehrte nach Hause zurück, aber Ethel hatte sich angeboten, die kleinen Madchen noch eine weitere Woche zu behalten, damit ihre Schwägerin sich erholen konnte. Bella George spielte die gute Nachbarin, und die Gemeindeschwester schaute regelmäßig herein: Es sah so aus, als hätte Mrs. Coggs in den ersten Tagen nach ihrer Heimkehr Unterstützung von allen Seiten.

Eines Abends kam Miriam Quinn und fragte, ob ich »am Schulende des Dorfs« fürs Rote Kreuz sammeln würde. Sie selbst sammelte im Viertel um Holly Lodge, und Alice Willet, die allzeit Bereite, habe edelmütig die Hauptstraße des Dorfes übernommen.

»Eigentlich«, sagte Miriam, »macht sie zwei Drittel der ganzen Sammelei, sagt aber, sie schafft es leicht bei aller anderen Arbeit, und es macht nichts, wenn sie ein zweites Mal gehen muß. Erst wenn man sammelt, merkt man, wie viele Häuser unter Tags leer stehen.«

»Leichte Beute für Diebe«, bemerkte ich.

»Es sieht so aus, als ob die auch dann zugreifen, wenn alle zu Hause sind«, erwiderte Miriam. »Joan Benson sind ihre Wocheneinkäufe samt dem Korb geklaut worden, während sie im ersten Stock den Mantel auszog.«

Joan Benson hatte früher Holly Lodge besessen, wo Miriam den Anbau bewohnte. Sie hatte es an David und Irene Mawne verkauft, die jetzt darin wohnten, und war nach dem Tod ihres Mannes zu ihrer Tochter nach Sussex gezogen.

Wir Dorfbewohner vermißten sie alle, und ich freute mich zu hören, daß sie für ein paar Tage zu Miriam auf Besuch kommen wollte.

»Kommen Sie doch abends mal mit ihr vorbei«, sagte ich.

»Nur zu gern.« Sie zögerte einen Augenblick. »Es wäre

mir eine riesige Hilfe, wenn sie eines Tages nach der Schule kommen könnte, ginge das?«

»Natürlich, jederzeit. Ab vier bin ich zu Hause.«

»Es ist nämlich so, daß ich diese Woche besonders gestreßt bin mit dem Vorbereiten einer geschäftlichen Konferenz. Joan versteht das, aber ich komme mir so pflichtvergessen vor.«

Ich versicherte ihr, daß Joan Benson jederzeit willkommen sein würde. Miriam sah ganz erleichtert aus.

»Und noch was: Elizabeth Mawne kommt heim.«

»Das ist eine gute Nachricht. Henry hat mich diese Woche dreimal angerufen, und meine Ausreden wurden jedesmal dürftiger. Hat Irene mit ihm gesprochen? Oder mit Elizabeth?«

»Zum Glück war das nicht nötig. Erinnern Sie sich an dieses verblasene Dingelchen, das beim Vortrag an seinen Lippen hing? Eileen Soundso?«

»Bonamy.«

»Stimmt. Offenbar ist sie Henry danach nicht mehr von der Seite gewichen, und als das erste geschmeichelte Hochgefühl nachließ, kam sich Henry verfolgt vor. Ein paar Freunde in Caxley und Fairacre trugen ihr Scherflein bei, indem sie ihm sagten, er mache sich lächerlich, ein unschuldiges junges Ding zu ermutigen, das seine Tochter hätte sein können. Sie wissen doch, was für Bemerkungen Leute in solchen Situationen machen.«

»Aber gewiß doch.«

»Na, jedenfalls, Henry fing an zu verzweifeln, so sehr, daß er Elizabeth anrief und fragte, wann sie vorhätte, wiederzukommen.«

»Und wie lautete die Antwort?«

»Sofort! Die alte Tante schlüge jetzt einen ganz anderen Ton an, statt zu schwören, sie wolle unbedingt im eigenen Bett sterben und es dürfe in der Riesenscheune von Haus nichts verändert werden, teilte sie Elizabeth unter Tränen mit, daß sie Pflege brauche, daß kein Mensch sie lieb habe, daß das Haus zu groß, zu kalt und zu teuer zu führen sei, und sie habe sich entschlossen, lieber in einem gemütlichen Pflegeheim zu leben.«

»Elizabeth war vermutlich baff?«

»Nicht so baff, daß sie nicht sofort einen Platz im Pflegeheim beantragt hätte, an das sie seit Monaten gedacht hat.«

»Dann ist das abgemacht?«

»Na ja, sie ist noch nicht dort, aber sie wird wohl innerhalb der nächsten Woche dorthin umziehen. Elizabeth hat das Haus bereits zum Verkauf ausgeschrieben und das Eisen geschmiedet, solange es heiß war, wie man so sagt.«

Sie erhob sich, und ich begleitete sie zur Gartentür. Die Luft war milde, und zwischen den Bäumen flatterte eine Fledermaus.

»Es hat sich doch alles bestens gelöst«, sagte ich.

»Nur nicht für die arme Eileen Bonamy. Wie ich höre, überlegt sie sich, einen Posten in Amerika anzutreten.«

»Hoffentlich gibt ihr Henry ein wirklich schönes Abschiedsgeschenk. Das verdient das arme Ding.«

Eine Woche später kam Joan Benson zum Tee zu mir. Ihr Haar war ein bißchen grauer, aber sie war noch ebenso schlank, und ihre Augen leuchteten wie früher. Ich fragte sie, wie es ihr so ginge in Sussex.

»Ich bin sehr engagiert als Großmutter, weil die Kinder so viel bei mir sind, aber das gefällt mir. Die Leute sind sehr freundlich, und ich bin bereits Mitglied im Frauenkomitee.«

»Das war ja zu erwarten«, warf ich ein.

»Ich fürchte auch«, sagte sie lachend. »Neuankömmlinge in einem Dorf werden sofort vereinnahmt, nicht wahr? Ja, es gibt viel zu tun und es ist schön, die Familie in Reichweite zu haben, aber es war doch herrlich, nach Fairacre wiederzukommen. Hier, verstehen Sie, habe ich wirklich mein eigenes Leben geführt.«

Ich muß erstaunt geschaut haben, denn sie fuhr fort: »Ich meine, da war ich noch Ehefrau und auch Tochter, da damals unsere Mutter noch bei uns wohnte, falls Sie sich erinnern.«

Ich erinnerte mich genau. Mrs. Penwood war eine charmante alte Dame gewesen, aber sehr zart. Sie war wenige Monate nach Ambrose gestorben, und bald darauf war Miriam bei Joan als Untermieterin in den Anbau gezogen.

»Ich war damals so ganz auf mich gestellt«, fuhr Joan fort. »Ich fühlte mich gebraucht, wertvoll, anerkannt. Mir war immer klar, daß meine Mutter nicht mehr lang hier mit uns leben würde, und ich habe sie auch bitter vermißt, aber der Tod von Ambrose hat mich total umgeworfen.«

»Das kann ich gut verstehen, wenn ich auch einen solchen Verlust nie erleben werde.«

»Ich weiß nicht, was schlimmer ist, das schreckliche Bewußtsein, daß ein gemeinsames Leben zerbrochen ist, oder die Tatsache, daß alles so sinnlos scheint, wenn man allein ist. Es ist doch kaum der Mühe wert, zu kochen oder sich neue Garderobe zu kaufen. Die ersten Wochen ernährte ich mich von Suppen aus Dosen, Kaffee und Keksen, bis mir meine Tochter zuredete. Ihre vernünftige Art war es, die mich aufgerichtet hat. Sie sagte eines Tages: Ich habe eben meinen Vater verloren, ich habe keine Lust, auch noch meine Mutter zu verlieren. Das war etwas rüde ausgedrückt, aber danach riß ich mich zusammen, ging wieder einkaufen und stellte mich all den finanziellen Aufgaben, die ich auf die lange Bank geschoben hatte, mit einem Wort, ich fing wieder an zu leben.«

»Sie sind eine tapfere Person«, sagte ich.

»Eigentlich nicht, aber wenn ich zurückschaue, wird mir klar, daß ich bei allem noch Glück hatte. Erstens hatte ich das Haus praktisch für mich, während ich den ersten Schock überwand. Miriam war nachts da, aber unter Tags war ich allein, und das half mir. Viele meiner Freundinnen in der gleichen Lage fanden es lebenswichtig, Gesellschaft zu haben, andere aber brauchen wie ich eine Zeit des Alleinseins, um sich an den Gedanken zu gewöhnen, daß sie Witwe sind. Und gerade als ich drauf und dran war, zur Einsiedlerin zu werden, zog mich meine Tochter zurück in die Welt, und ich danke es ihr von Herzen.«

Ich goß ihr noch eine Tasse Tee ein.

»Nun habe ich aber genug von mir geredet«, sagte sie munter. »Jetzt erzählen Sie mir mal, wie und was alles in Fairacre vor sich geht. Hat sich irgend etwas Wichtiges ereignet?«

Nach dem Tee besichtigten wir den Garten, und ich schrieb ein paar Zeilen an Miriam und sagte bei ihrer Einladung zum Abendessen am Wochenende zu.

»Besteht eine Hoffnung, daß Sie je wiederkommen und hier leben?« fragte ich Joan beim Abschied.

»Wenn ich es so sehe, und alles blüht und die Sonne scheint, lockt es mich schon sehr, aber dann fallen mir die hiesigen Winter ein, und glauben Sie mir, Sussex ist beträchtlich gnädiger zu meinen alten Knochen.«

»Man muß schon abgehärtet sein, um den Winden von Fairacre standzuhalten«, räumte ich ein. »Ich hab schon angefangen, eine ganz dicke Strickjacke aus doppelter Wolle für nächsten Winter zu stricken.«

Mrs. Pringle bedachte mich mit einem detaillierten Bericht darüber, wie Basil Pringles Finger verbunden worden waren, und ich fand es auf nüchternen Magen recht verstimmend. Wie immer war es auch diesmal unmöglich, den Strom zu unterbrechen.

»Und wie geht es den anderen?« erkundigte ich mich hastig in der Hoffnung, sie auf angenehmere Themen zu bringen. Der eine Tag mit den kleinen Pringles hatte mich entschieden erschöpft, und ich muß gestehen, daß ich dankbar war, sie nicht immer hüten zu müssen.

»So ziemlich wie immer«, erwiderte Mrs. Pringle knapp. »Ich wollte Ihnen eben das Neueste über Mrs. Coggs erzählen.«

»Ich nehme an, sie erholt sich gut?«

»Wer hat Ihnen denn das aufgebunden, wenn ich fragen darf? Sie sieht aus wie der Tod, fast schon wie viele, die schon auf'm Friedhof liegen. Außerdem hat sie mir ihre Operationsnarbe gezeigt –«

»Bitte erzählen Sie es mir nicht«, rief ich. Aber es war so vergeblich wie der Versuch, den Nil aufzustauen.

»Ganze neun Zoll lang eine Doppelreihe Stanzlöcher, wie für Schnürsenkel, ein fürchterlicher Anblick«, berichtete Mrs. Pringle mit Genuß. »Ich hab gemeint, die von meiner armen alten Ma wären schlimm genug, aber diese waren noch entzündeter, wenn Sie verstehen, was ich meine. Ich hab es ihr auch gesagt.«

Auf Mrs. Pringles Pessimismus war Verlaß. Ich konnte es nicht länger aushalten und ging rasch hinüber in die Klasse unter dem Vorwand, mit Miss Briggs etwas besprechen zu müssen. Ich hätte es wissen können, daß sie mich verfolgen würde.

»Und wenn ich es erwähnen darf«, dröhnte sie hinter mir her, »Sie sehen selber auch bißchen spitzig aus.«

»Das«, sagte ich entschlossen, »überrascht wohl nach Lage der Dinge kaum.«

Und schloß ihr die Tür vor der Nase.

Diesen Ausrutscher sollte ich bereuen. Wenn ich es mir recht überlege, war dies der Anfang eines raschen Rückgangs in Mrs. Pringles relativer Geduld.

Etwa um die gleiche Zeit tauchten andere Dinge auf, die meine Aufmerksamkeit von Mrs. Pringles ostentativem

Hinken ablenkten, das immer einsetzte, wenn sie sich gekränkt fühlte.

Ein paar Abende später rief James, Amys Ehemann, an. Er klang ungewöhnlich aufgeregt und verzichtete auf die bei ihm üblichen Anfangskomplimente, was mich wunderte.

»Ich rufe wegen Amy an. Ist sie vielleicht zufällig bei Ihnen?«

»Nein«, sagte ich ganz verblüfft.

»Also, es ist ganz komisch, sie ist nämlich nicht zu Hause, und ein paar von ihren Anziehsachen fehlen und ihr Scheckbuch und so, und sie hat nichts für mich hinterlassen, keinen Zettel, nichts. Ich werde aus der Geschichte nicht klug.«

»Wenn ich es mir recht überlege«, sagte ich, »hat sie etwas erwähnt, daß sie eine Weile nicht zu Hause sei. Ich habe natürlich angenommen, daß Sie das wissen.«

»Keine Ahnung!« Jetzt klang James richtig böse.

»Sind Sie sicher, daß nicht eine Nachricht irgendwo heruntergeweht ist und sich verkrochen hat?« erkundigte ich mich.

»Selbstverständlich bin ich sicher«, schnauzte James. »Ich hab überall gesucht. Ich habe keine Idee, wo sie sein könnte, und das ist verdammt ärgerlich.«

»Haben Sie schon jemand anders angerufen?«

»Nein, Sie sind die erste. Ich dachte, sie sei vielleicht zu Ihnen rübergefahren und bliebe über Nacht. Ich bin gestern gegen sieben Uhr heimgekommen und habe darauf gewartet, daß sie im Lauf des Abends eintrudelt.«

Es klang ganz bedrückt.

»Wahrscheinlich ruft sie Sie jeden Moment an«, sagte ich in dem Versuch, ihn zu trösten.

»Also wenn sie das nicht tut, ehe es dunkel wird, melde ich es bei der Polizei. Wir wissen ja nicht, ob sie jetzt nicht ermordet in irgendeiner Parkbucht liegt.«

Wieso einer Parkbucht, dachte ich. Aber es war nicht der Moment für Nebensächlichkeiten. Der arme Mensch wurde von Minute zu Minute unruhiger.

»Wenn Sie glauben, sie könnte einen Unfall gehabt haben«, begann ich behutsam, »sollten Sie vielleicht die Krankenhäuser der Umgebung anrufen.«

»Um Himmels willen!« rief er aufgebracht. »Machen Sie es doch nicht noch schlimmer. Wie makaber, sich vorzustellen, daß sie verletzt in einer Klinik liegt!«

Ich verkniff mir, ihn daran zu erinnern, daß er sich seine Frau bereits ermordet auf einem Parkplatz vorgestellt hatte.

»Wenn ich etwas höre, das Ihnen hilft, rufe ich sofort an«, versprach ich und legte auf.

»Ich frage mich«, sagte ich zu Tibby, »ob Amy wirklich in Schwierigkeiten ist, oder ob sie nur irgendwo ihre Freiheit genießt und sich denkt: Was dem einen recht ist, ist dem anderen billig?«

9
Ein Unglück kommt selten allein

Amys geheimnisvolles Verschwinden mußte zunächst vor den alltäglichen Schulproblemen zurückstehen, aber ich plante, mit James Kontakt aufzunehmen, um zu fragen, ob er etwas von ihr gehört hatte. Ich kannte James und hielt es für unwahrscheinlich, daß er mich von sich aus anrufen würde, egal, wie die Nachrichten lauteten.

Mitten in der Schönwetterperiode kämpfte ich mit einer Flut von Problemen. Miss Briggs wurde krank – irgendein Magenleiden – und fehlte. Meine dringenden Bitten ans Unterrichtsministerium nahm man zwar mitfühlend zur Kenntnis, half mir aber wenig. Ersatzlehrkräfte waren, wie es schien, in unserer Gegend so selten wie Goldstaub.

Ich legte den Telefonhörer auf und zerbrach mir den Kopf. Früher war Miss Clare in die Bresche gesprungen. Manchmal war uns Amy, eine erstklassige Lehrkraft, zu Hilfe gekommen. Altbewährte Helfer wie Mrs. Bonner und Mrs. Finch-Edwards waren inzwischen weggezogen. Die Aussichten waren düster.

Den ersten Tag von Miss Briggs' Abwesenheit kämpfte ich mich durch, indem ich die Trenntür offenließ. Ein gewisses Maß an Arbeit ging weiter, aber der Zustand war alles andere als befriedigend.

Abends rief ich Miss Briggs' Wirtin in Caxley an, um nach dem Befinden meiner Kollegin zu fragen. Ich hoffte, daß sie bald wiederkäme, sowohl ihret- als auch meinetwegen.

»Ist noch im Bett«, war die deprimierende Antwort. »Meiner Meinung nach sind's bloß die Nerven, Miss Read. Sie regt sich wegen der kommenden Hochzeit auf. Mädels haben da so komische Ideen, wie Sie sicher wissen.«

Ich mußte gestehen, solche vorhochzeitlichen Skrupel nie erlebt zu haben.

»Sind weit verbreitet«, versicherte sie mir. »Man fragt sich, ob man das Richtige tut, wissen Sie. Und dann sind all die Vorbereitungen so eine Belastung. Soll man alle einladen oder niemanden? Ich weiß noch, daß ich vor meiner Hochzeit dem Selbstmord nahe war. Mein Brautkleid wurde mir so zuwider, daß ich damit drohte, im Regenmantel zu gehen. Meine Mutter wurde gar nicht mehr mit mir fertig!«

Sie schien auch noch stolz darauf zu sein, dachte ich, und gratulierte mir heimlich, solchen Traumata entgangen zu sein.

Ich kam wieder zur Sache: Ob Miss Briggs vielleicht in ein paar Tagen wiederkäme?

»Oh, das bezweifle ich«, meinte sie fröhlich. »Der Doktor war heute morgen da, und ich hab eben die Tabletten geholt, die er verschrieben hat, und sie sagt, von denen wird ihr schrecklich übel, und bei den Bazillen, die sie in sich hat, und dem Mittel vom Arzt würde ich meinen, daß sie mindestens eine Woche ausfällt.«

Ein echter Tröster Hiobs, die Dame.

»Dann grüßen Sie sie schön, und ich hoffte, es würde ihr bald besser«, erwiderte ich höflich.

Dann machte ich mir zum Trost ein bescheidenes Abendessen.

Am nächsten Morgen um vier erwachte ich mit einer umwerfenden Idee. Warum sollte ich nicht Isobel Annett fragen, ob sie Miss Briggs in der Klasse der Kleinen vertreten könnte? Sie war vor Jahren eine meiner erfolgreichsten Mitarbeiterinnen gewesen, bis Mr. Annett, der Direktor der Schule im Nachbardorf, sie mir weggeheiratet hatte.

Es war eine glückliche Ehe geworden. Seine erste Frau war einen tragischen Tod gestorben, und als wir uns kennenlernten, war er ein sehr unglücklicher und nervöser Mensch gewesen. Isobel hatte es fertiggebracht, ihn zu einem fröhlichen Familienvater zu machen. Beide sind musikalisch und energisch und bei Konzerten und Musikfestspielen sehr begehrt. Ob Isobel wohl ihre Hobbys und Haushaltspflichten fallen lassen und in der Klasse regieren würde, die sie so gut kannte?

Am Telefon klang sie ziemlich verblüfft.

»Aber es ist Jahre her, daß ich vor einer Klasse gestanden habe«, begann sie. Ich unterbrach sie rasch und versicherte ihr, daß man das Lehren so wenig verlernte wie das Radfahren.

»Und ich habe halb und halb versprochen, nächsten Dienstag das Gemeindesingen für die Blinden in Caxley zu begleiten.«

Ich behauptete, das könne doch gewiß jemand anders tun.

»Wie lang würden Sie mich denn brauchen?« fragte sie. Das klang schon etwas verheißungsvoller, und ich sagte, mit einigem Glück eine Woche oder möglicherweise zehn Tage.

Ich hörte fast durch den Draht, wie ihr Gehirn arbeitete, und schilderte ihr meine bedrängte Lage.

»Ich hab es ehrlich versucht, aber ich schaff's einfach nicht ohne Hilfe. Die Behörde ist ein hoffnungsloser Fall, und Miss Clare ist allmählich zu alt dafür. Und was Amy betrifft, so scheint sie verschwunden zu sein.«

»*Verschwunden?* Wie meinen Sie das?«

Ich machte schleunigst einen Rückzieher.

»Na, jedenfalls ist sie im Moment weg und fällt ebenfalls aus.« Es war besser, keine unnötigen Gerüchte in Umlauf zu setzen. Das Dorf würde Amy im Handumdrehen als Nestflüchter brandmarken.

»Sie sehen also«, schloß ich kläglich, »ich bin in einer schrecklichen Verlegenheit und wäre Ihnen so dankbar, Isobel, wenn Sie es einrichten könnten.«

»Ich bespreche das mal mit John und rufe Sie wieder an«, versprach sie. »Wenn das Wetter so bleibt, könnte ich wenigstens radeln.«

»Wenn es regnet, könnte ich Sie holen«, sagte ich begeistert. »Wegen des Transports machen Sie sich keine Sorgen. Und wenn Sie früher gehen wollen, weil Sie noch kochen müssen oder so, schaffe ich das letzte Stück des Nachmittags auch beide Klassen.«

»Ich werde mich rasch entscheiden. Sind Sie den ganzen Abend zu Hause?«

»Ja, ja!« rief ich.

Und das sogar mit der Hand in der Nähe des Telefonhörers, dachte ich voller Hoffnung.

Die ganze nächste Stunde blieb ich in der Nähe des Telefons, um das Klingeln nicht zu verpassen, hätte gern James angerufen, ob schon Nachricht von Amy da wäre, wußte aber, daß Isobel mit Sicherheit genau in diesem Moment anrufen würde, deshalb widerstand ich der Versuchung.

Meine Gedanken wandten sich einem anderen Problem zu. Mrs. Pringles Hinken hatte sich in den letzten beiden Tagen verschlimmert, und ihr Verhalten war entschieden frostig. Es war wohl die Folge meiner Weigerung, ihre gräßlichen Schilderungen von Basil Pringles und Mrs. Coggs' Leiden weiter anzuhören. Das Gespräch heute morgen war in der Tat beunruhigend gewesen.

»Geht es Minnie schon besser?« hatte ich gefragt. »Oder macht sie Ihnen Ärger?«

»Nicht mehr als andere, die ich nicht nennen möchte«, hatte sie finster gesagt.

»Wie schön«, hatte ich gekünstelt fröhlich erwidert. »Es läuft also alles glatt?«

»Das würde ich nicht sagen. Bei allem, was hier im Haus zu tun ist, hab ich mehr als genug am Hals. Und nichts wird anerkannt. Von einem Wochenende zum andern kein lobendes Wort!«

»Aber nicht doch, Mrs. Pringle. Sie wissen doch, wie sehr Ihre Arbeit anerkannt wird, aber man kann nicht die ganze Zeit Lob erwarten. Schließlich verlange ich ja auch kein Lob, verflixt noch mal. Der Naturkundetisch ist außergewöhnlich prächtig im Moment, aber ich erwarte von niemand, auch von Ihnen nicht, daß Sie davon schwärmen!«

»Mir ist nicht nach Schwärmen, wie Sie's nennen, wenn ich mich bücken muß, um den Dreck aufzukehren, den er macht. Für mich ist es Mehrarbeit, die ich am wenigsten brauchen kann bei meinem Bein.«

In diesem Augenblick traf Mr. Willet ein, und das Gespräch endete. Mrs. Pringle hinkte schwerfällig in die Diele hinaus. Es schien sie etwas zu ärgern, was über die üblichen Granteleien hinausging, doch Mrs. Pringles Märtyrermomente kamen so häufig vor, daß man nicht zu viel Zeit darauf verschwenden konnte.

Und doch sagte ich mir, daß die gute alte Haut älter wurde, und nahm mir vor, künftig sanfter mit ihr umzugehen.

Mit solch mildtätigen Gedanken ging ich daran, rohe Leber für Tibbys Abendessen zu schneiden.

Wie zu erwarten, klingelte das Telefon mitten in mein blutrünstiges Geschäft. Meine Hände glichen denen von Lady Macbeth.

Es war Isobel. Ja, sie würde morgen kommen, und es wäre wieder mal wie in alten Zeiten. Aber was würde die Behörde sagen?

Darum würde ich mich schon kümmern, sagte ich, und sie sei ein Engel und ich würde heute gut schlafen und es würde wunderbar werden, sie einmal wieder in der Klasse der Kleinen zu sehen.

So, und jetzt zu James, dachte ich, als ich aufgelegt hatte.

Ich ließ es so lange klingeln, daß ich annehmen mußte, Amys Haus sei verwaist, da kam James doch noch an den Apparat, atemlos.

»Ach, Sie sind's«, keuchte er. »Tut mir leid, daß es so lange gedauert hat. Aber der Speck spritzte so, und ich glaube, ich habe die Bratpfanne ruiniert. Die ganze Küche ist verqualmt. Welche Temperatur benutzen Sie beim Braten?«

Ich sagte, ich hätte keine Ahnung. Ich drehte nur die Hitze klein, wenn die Pfanne rauchte, und größer, wenn nicht.

»Irgendwas von Amy?« fragte ich. »Ich mach mir Sorgen um sie.«

»Nicht halb so viel wie ich! Die Polizei weiß jetzt, daß sie vermißt wird, und ich habe sie genau beschreiben müssen. Als ob ich wüßte, wie groß sie ist oder wieviel sie wiegt! Und was sie am Tag ihres Verschwindens anhatte, wie es bei denen heißt, ich habe doch keine Ahnung! Sie haben wohl auch noch immer keine Idee, wo sie sein könnte?« Es klang mißtrauisch. »Ich meine, Sie beide sind doch dick befreundet. Sie könnte Ihnen ja etwas angedeutet haben oder es Ihnen direkt gesagt und dann um Stillschweigen gebeten haben.«

»Ich weiß nicht mehr als Sie«, sagte ich entrüstet. »Sie sollten doch wissen, daß ich nicht so perfide wäre, Sie derart in Sorge zu lassen.«

»O Entschuldigung, Entschuldigung«, rief er hastig. »Aber es ist ein solches Problem! Wo um Gottes willen fängt man mit Suchen an, wenn eine Ehefrau verschwindet.«

»Nun, ich glaube, man macht es genau wie Sie: die Polizei verständigen, Freunde und Bekannte anrufen, mit den Nachbarn reden. Auch eine Anzeige unter ›Persönliches‹ in der Zeitung wäre nicht verkehrt«, schloß ich unsicher.

»Sie wissen nicht zufällig«, sagte James betont gleichgültig, »ob neuerdings irgendwelche Männer zu Besuch gekommen sind? Ich weiß, ich muß oft verreisen, und ich glaube, Horace Umbleditch war mal da.«

»Horace Umbleditch!« Meine Stimme überschlug sich fast vor Schrecken. Horace Umbleditch ist ein integerer Junggeselle, der an einer hiesigen Schule lehrt. Der Gedanke, daß er einer verheirateten Frau – oder auch einer unverheirateten – den Hof macht, war unvorstellbar.

Ich fing an, Horace zu verteidigen.

»Ich bin ganz entsetzt, daß Sie dem guten alten Horace so etwas zutrauen. Und Amy würde doch ein solches Verhalten niemals zulassen. Lieber James, halten Sie Ihre Eifersucht im Zaum, denn genau darum handelt es sich jetzt.«

Ich hätte gern noch weitergewettert in meinem Zorn, aber James platzte dazwischen.

»Nicht doch, nun spielen Sie doch nicht die Gouvernante! Ich bin außer mir vor Sorge, das Haus ist ein Chaos, ich kann in der Küche vor lauter Qualm das andere Ende nicht sehen. Meinen Sie, die Pfanne ist für Würstchen zu heiß?«

»Woher soll ich das wissen«, sagte ich patzig und knallte den Hörer hin.

Gott sei Dank, ich hatte keinen Ehemann.

Am nächsten Morgen setzte Mr. Annett seine Frau um halb neun an der Schule von Fairacre ab.

»Nein, ich komm nicht mit rein«, sagte er auf meine Einladung. »Ich muß an meine Arbeit gehen.«

»Ich verspreche, gut für sie zu sorgen«, sagte ich und winkte ihm nach.

Für jemand, den man mit solcher Plötzlichkeit in einen anstrengenden Job hineinmanövriert hat, sah Isobel bemerkenswert vergnügt aus. Gemeinsam betraten wir das Schulhaus. Mrs. Pringle schwang drohend den Staubwedel.

»Hier kommt eine alte Freundin und hilft uns aus«, rief ich.

»Guten Morgen«, knurrte Mrs. Pringle.

»Ich freu mich direkt auf ein paar Tage in meiner alten Klasse«, sagte Isobel freundlich, ohne die Feindseligkeit zu beachten.

»Sie wird ein gut Stück ordentlicher bleiben als sonst«, räumte Mrs. Pringle ein. »Aber keiner kann Miss Clare das Wasser reichen. Bei der war alles immer blitzblank. Die dachte nämlich an andere. Nicht wie manche.«

»Ich glaube, keiner von uns erreicht Miss Clares Vorbild«, bestätigte Isobel und ging lächelnd weiter.

»Was ist los mit der?« flüsterte sie mir in der Klasse der Kleinen zu. »Die ist ja schlimmer als früher.«

»Sie hat sich über mich geärgert, aber das geht vorbei.«

Isobel fing an, ihren Korb auszupacken. Er enthielt einen rosaweiß karierten Kittel und noch einiges, wie ich anerkennend feststellte.

»Was ist denn das da?«

»Schablonen von Katzen in verschiedenen Stellungen.

Ich habe sie auf einer Ferienreise entdeckt und nicht widerstehen können. Ich werde den Kindern irgendwann aus ›Tom Kitten‹ vorlesen und dachte, sie könnten die zeichnen und dann ausmalen. Man könnte ja, wenn Miss Briggs nichts dagegen hat, einen Wandfries daraus machen.«

»Sie werden begeistert sein und Miss Briggs ebenso. Sie kann sie ja notfalls später abnehmen. Ehrlich, Isobel, Sie haben Ihr Einfühlungsvermögen nicht verloren!«

Ernest drängte sich voller Wichtigkeit zu uns heran und berichtete langatmig, daß eine der »Neuen« erkrankt sei und nicht kommen würde.

Ich dankte ihm, beschloß, grammatikalische Verbesserungen seiner Mitteilung auf später zu verschieben, und forderte ihn auf, die Schulglocke zu läuten.

»So«, sagte ich zu meiner Mitarbeiterin, »jetzt hat der Tag angefangen.«

Über Fairacre senkte sich eine segensvolle Zeit des Friedens. Isobel glitt wie von selbst wieder in ihre frühere, ruhige Art des Unterrichtens, die Kleinen schienen von ihr begeistert, und ich freute mich über die Ruhe im Nebenraum. Miss Briggs' leicht tyrannische Methode ließ die Schüler manchmal sehr laut werden.

Mrs. Pringle trug weiter ihre Märtyrermiene zur Schau, und das Bein, das sich bei Streß verschlimmerte, schien nun, ihrem Hinken nach zu urteilen, konstant in Flammen zu stehen.

Ich war daher nicht überrascht, als sie mir mitteilte, daß sie »bei dem Haus hier mal 'ne Woche aussetzen müsse«.

»Eine Ruhepause wird Ihnen guttun«, sagte ich. »Hoffentlich geht es Ihnen nächste Woche wieder besser.«

»Vielleicht komm ich auch nächste Woche nicht«, drohte Mrs. Pringle mit grimmig gesenkten Mundwinkeln. Mir wurde beklommen zumute, der Schule wegen.

»Wollen Sie länger frei haben?« erkundigte ich mich.

»Waren Sie mal beim Arzt? Ich bin überzeugt, daß wir es irgendwie schaffen, falls Sie sich schonen müssen.«

Mrs. Pringle schnaubte verächtlich. »Ich hab den Knirps gesehen, den Dr. Martin jetzt als Helfer hat. Was der schon weiß! Hat mir irgendeine Salbe verschrieben und gesagt, ich soll das Bein hochlegen und einen Gummistrumpf tragen.«

»Klingt vernünftig«, bemerkte ich vorschnell.

»Außer, daß ich das seit zwanzig Jahren probier«, schnauzte sie. »Wann komm ich denn dazu, das Bein hochzulegen?«

»Ich hab Ihnen doch gesagt, nehmen Sie sich ein paar Tage frei, sagen wir mal eine Woche, und schauen Sie, ob Ihnen das guttut.«

»Was nützt schon eine Woche? Manchmal denk ich, ich werde kündigen müssen.«

Das war eine Drohung, an die ich mich im Lauf der Jahre gewöhnt hatte. Ich hatte immer versucht, den alten Drachen zu besänftigen. Jetzt war ich abgestumpft. Man kann einmal zu oft »Der Wolf! Der Wolf!« schreien.

»Das liegt bei Ihnen«, sagte ich. »Ich habe volles Verständnis dafür, daß Sie erst wieder zu mir ins Lehrerhaus kommen, wenn Sie arbeitsfähig sind. Aber falls Sie beschließen, auch die Reinigung der Schule aufzugeben, versuchen Sie doch, es mir rechtzeitig zu sagen, damit wir eine Anzeige aufgeben können.«

»Und das«, sagte Mrs. Pringle giftig, »ist nun der Dank für treue Dienste!«

Ihr Hinken war ärger denn je, als sie sich zurückzog.

Ich machte mir nun doch Sorgen. Mrs. Pringle kann einen zwar rasend machen, tut aber ihre Arbeit gewissenhaft und ist stolz auf die Art, wie sie die Schule in Ordnung hält. Es hat Zeiten ohne ihre Hilfe gegeben, und ich weiß, wie rasch unser altes Gebäude und seine Einrichtung ihren

Glanz verlieren, wenn besagte Dame abwesend ist. Jemanden an ihrer Stelle zu finden würde nicht leicht sein.

Während sich diese Gedanken in meinem Kopf überstürzten, bemerkte ich zum ersten Mal einen Schmerz in meinem rechten Auge. Auch beim Lesen oder Fernsehen gab es eine verschwommene Stelle.

Ich rannte zum Spiegel und betrachtete mein Auge. Es sah ganz normal aus. Ich bedeckte es und benutzte nur das linke. Das ging ausgezeichnet, doch das rechte war entschieden defekt.

Wie jeden anderen versetzt mich die kleinste Abweichung vom tadellosen Befinden sofort in Panik. Morgen früh als erstes, sagte ich mir, muß ich den Augenarzt anrufen und mir einen Termin geben lassen. Wenn ich Glück hatte, würde mein linkes Auge noch funktionieren, im übrigen war es vielleicht gut, sich die Lage der Löcher der Telefonwählscheibe einzuprägen. Wie lange es wohl dauern würde, die Braille-Schrift zu lernen? Und wie schnell gewöhnte man sich an einen Blindenhund?

Während ich mir diese düsteren Gedanken machte, räumte ich mein Medizinkästchen aus und fand alte Augentropfen, die nach Kampfer rochen. Dieses duftende Zeug goß ich auf einen Wattebausch und band ihn über mein lädiertes Auge. Ich überlegte mir, wann auch das andere, infolge doppelter Belastung, versagen würde.

»Wenn das so weitergeht«, sagte ich zu Tibby, »bin ich bald arbeitslos. Da werden wir uns schwertun, eine Brotrinde für mich und ein Stück Leber für dich zu finden.«

Vielleicht fiel dem Augenarzt etwas ein – nicht zum Thema künftiger Arbeitsbeschaffung natürlich –, was mir eine kleine Hoffnung ließ. Es hieß allgemein, die Augenklinik in Moorfield sei so fabelhaft, und solange man mir nicht die Netzhaut mit diesen gräßlichen Laserstrahlen wieder ankleben mußte, würde man es mit altbewährten Methoden irgendwie schaffen.

John Milton war recht gut zurechtgekommen, sagte ich mir, obwohl seine Tochter es so schwer gehabt hatte, seine Gedichte nach Diktat aufzuschreiben, wie ich vor Jahren in einer Jugendzeitschrift gelesen hatte. Und ich hatte schon mehrere aktive, fröhliche Blinde kennengelernt, die das Leben durchaus noch genossen. Ob ich auch so tapfer sein würde?

Ich ging ins Bett, umgeben von einer Wolke aus Angst und Kampfer, und zählte geflissentlich die Treppenstufen auf dem Weg nach oben.

Es ist immer gut, vorbereitet zu sein.

10

Mrs. Pringle läßt uns im Stich

Ich erwachte bei hellem Sonnenschein und selig erleichtert, weil beide Augen wieder tadellos arbeiteten.

Trotzdem, sagte ich mir, würde ich mich beim Augenarzt ansagen. Bis jetzt hatte ich noch keine Brille gebraucht, nicht einmal für feine Handarbeiten, aber jetzt war ich anscheinend so weit, daß ich Sehkrücken benötigte.

Im Lauf des Tages spielte ich mit dem Gedanken, welches Modell mir stehen würde: Halbgläser gefielen mir eigentlich am besten. Sie wirkten einschüchternd und tüchtig, sehr nützlich für eine Lehrerin.

Andererseits waren die modernen Eulengläser ausgesprochen schick. Mehrere Damen im Dorf bevorzugten nach oben geschweifte Modelle, und Mrs. Finch-Edwards, eine eher extravagante Dame, die bei uns eine Lehrkraft vertrat, hatte eine Brille in Form eines Schmetterlings mit einem blitzenden Juwel an den Flügelspitzen. Ich sah mich offengestanden nicht mit einem so feschen Stück.

Als Mrs. Pringle auftauchte, sagte ich zu ihr: »Ich muß am Samstag vormittag zum Augenarzt. Kann ich Sie mitnehmen?«

»Nein danke«, sagte sie, zog ihre drei Kinne an sich und blickte mürrischer denn je. »Brauchen Sie jetzt endlich eine Brille, ja? Ich wollte nie eine, seit mein Onkel George am Tag der Krönung vom Rad fiel und die Glassplitter sich ihm so gräßlich in die Augen gebohrt haben. Er war nie wieder wie früher!«

Damit entschwebte sie in Richtung Diele ohne das geringste Anzeichen von Hinken.

Nachmittags um halb fünf rief mich zu meiner Freude Amy an.

Sie klang ruhig und heiter, und auf meine Erkundigungen, wo sie denn gewesen sei, sagte sie leichthin: »Ach, hier und dort, weißt du. Ich rufe dich von Vanessa aus an.«

Vanessa, ihre Nichte, lebt auf einem Schloß in Schottland, und mein bescheidenes Gemüt war ganz schockiert beim Gedanken an ein so teures Telefonat.

»Du hättest doch bis nach sechs warten können«, protestierte ich. »Dann ist es viel billiger.«

»Nun laß doch, du alter Geizkragen! Ich krieg das schon hin. Ich komm nämlich heim, vermutlich schon morgen, und gebe am ersten Juni eine kleine Party. Das ist ein Sonnabend, wie du vermutlich weißt. Wir sind acht oder auch zehn. Kannst du kommen?«

»Aber ja. Gern.«

»Gut. Dann versuch ich Horace Umbleditch dazu zu kriegen, und die jungen Mawnes. Horace wäre ein netter Partner für dich, und ich hab ihn überhaupt sehr gern.«

Mir fiel mein letztes Gespräch mit ihrem Mann James ein, und ich erwog, sie wegen James' Eifersucht zu warnen und den ahnungslosen Horace nicht *zu* gern zu haben, doch selbst eine so alte, feste Freundschaft wie die zwischen Amy und mir würde so viel Unverblümtheit nicht vertragen.

»Hast du James schon angerufen?« fragte ich.

»Mein Gott, natürlich. Was ist er nur für ein alter Pedant! Also am ersten Juni, ja? Sagen wir um sieben? Jetzt ruf ich die anderen an und organisiere die ganze Geschichte von hier aus, weil ich hier mehr Zeit habe. Vanessa füttert gerade das Baby, aber sie läßt dich schön grüßen.«

Ich hängte ein, ungeheuer erleichtert, daß Amy heil und gesund war und hörbar ausgezeichneter Stimmung.

Was war nur mit ihr los gewesen?

Als ich morgens in die Schule kam, stellte ich fest, daß ein Wasserhahn nicht zugedreht worden und der Waschtisch mit irgend etwas verstopft war, so daß der ganze Boden schwamm.

Mrs. Pringle, die neben mir eintrat, holte scharf Luft. Ihr Gesicht wurde röter denn je, und ich überlegte schon, wie man sich bei einem plötzlichen Schlaganfall verhielt.

»Das ist der Gipfel!« keuchte sie. »Das war's dann. Jetzt kündige ich. Ich hab es satt!«

»Mrs. Pringle«, bettelte ich, »Sie können mich doch jetzt nicht im Stich lassen, überlegen Sie es sich bitte.«

Doch sie wandte sich ab, ihre Halsfalte waberte vor Wut, und ihre schwarze Wachstuchtasche schaukelte gefährlich in ihrem Arm. Sie stapfte zum Gartentor, und ein paar Frühankömmlinge gingen ihr hastig aus dem Weg.

Ich krempelte die Ärmel auf, drehte den Hahn zu, reinigte den Abfluß (wieder mal Kaugummi, wie ich feststellte) und machte mich mit dem Scheuertuch an die Arbeit.

Nun denn, jetzt wußten wir wenigstens, woran wir waren. Ich beabsichtigte, die Dame abends anzurufen, um ihre Kündigung schriftlich anzufordern oder aber ihr festes Versprechen, so bereitwillig wie ihre Natur es zuließ, an ihre Pflichten zurückzukehren.

Ich wand noch immer das Scheuertuch aus, da traf Isobel ein, und ich erzählte ihr alles.

»Es wird Ihnen viel besser gehen ohne sie. Die war doch die ganze Zeit, die Sie hier sind, schon ein Nagel zu Ihrem Sarge!« sagte sie.

»Das würde ich nicht sagen«, widersprach ich. »Auf perverse Art habe ich die alte Schreckschraube ganz gern, und sie kann das Geld gut gebrauchen, das weiß ich. Ich kann sie nicht einfach rausschmeißen, ohne ihr Gelegenheit zu einem Rückzieher zu geben.«

»Warten wir den heutigen Abend ab«, riet Isobel. »Ich wüßte übrigens eine junge Person für Sie, die zwischen Fairacre und Beech Green wohnt und Arbeit sucht.«

Damit trennten wir uns, und jeder ging an seine Tagesarbeit.

Das Wetter war so milde und verlockend, daß man sich unmöglich wegen Mrs. Pringle oder Amy oder sonst jemanden den Kopf zerbrechen konnte.

Der Mai war auf seinem Höhepunkt. Gewiß, ein Großteil der Narzissen war verblüht und die Krokusse hingen zerzaust herum, aber der Flieder hatte dicke Knospen, und die Pfingstrosen und die Iris prangten in voller Schönheit.

Meine Pfingstrosen sind dunkelrot, wie sie hier am besten gedeihen, und erfreuen mich mit ihren pluderigen, kopflastigen Blüten. Ich habe mehrmals versucht, weiße und blaßrosa zu pflanzen, einfache und gefüllte, aber sie haben sich trotz sorgfältiger Pflege nicht durchgesetzt. Die altmodischen roten aber blühen tapfer Jahr für Jahr, und ich segne ihre robuste Art.

Die dichten Matten der Aubretien und des goldenen Steinkrauts waren noch immer ein schöner Anblick, und der Cotoneaster an der Mauer war gesprenkelt mit rosa und weißen Blüten. Darin summten den ganzen Tag die Bienen, und die Vögel sangen mit frühlingshafter Inbrunst.

Ich trank meinen Tee im Garten, erfreute mich an all dem Schönen und sah zu, wie Tibby sich auf dem Kies rollte. Wenn man doch öfter diese köstliche Einsamkeit genießen könnte, überlegte ich, wie gut und liebevoll und friedlich wäre man dann. Doch in dem Kirchenlied heißt es auch: »... und nur der Mensch ist schändlich.« Das mahnte mich daran, mich aus meinem kleinen Paradies loszureißen und zu Mrs. Pringle zu gehen, meiner ganz persönlichen Schlange.

Die Dame öffnete die Tür nur einen Spalt weit, und nach dem, was ich von ihrem strengen Gesicht sah, erwartete ich eigentlich, daß sie sie mir vor der Nase zuschlug.

Doch nein, sie bat mich herein.

»Setzen Sie sich lieber, wenn Sie schon da sind«, sagte Mrs. Pringle widerwillig, und wir setzten uns zu beiden Seiten ihres leeren Kamins. Jede Fläche glänzte, jede Kachel leuchtete, kein Krümel, kein Fädchen zeigte sich auf dem Teppich, und die Fenster waren kristallklar. Ich war froh, daß Mrs. Pringle mein Heim in seinem gegenwärtigen Zustand nicht sah.

Als könnte sie meine Gedanken lesen, sagte sie: »Um wieder ins Lehrerhaus zu kommen, fühle ich mich nicht wohl genug, wissen Sie. Es gibt zweierlei Arbeit, und manche bricht einem einfach das Kreuz wie zum Beispiel Ihr Küchenboden. Das kommt also nicht in Frage.«

»Das verstehe ich«, sagte ich, »meine Hauptsorge gilt der Reinigung der Schule. Ich bin gekommen, um zu fragen, ob Sie vielleicht Ihre Meinung geändert haben.«

Mrs. Pringles Miene veränderte sich. Man hätte zwar

nicht behaupten können, daß sie milder wurde, aber ihre Mundwinkel hoben sich etwas, und ihre Augen blickten nicht mehr ganz so steinern.

»Ich bin keine, die ihre Meinung ändert, wie Sie sicher wissen, Miss Read. Ich finde, eine Erholungspause steht mir zu. Tagein, tagaus bin ich unterwegs zur Schule, und mein Bein ist nicht, wie es sein sollte. Der Doktor meint, es braucht eine Zeit der Schonung und ich sollte tun, was er sagt, obwohl ich bezweifle, daß er viel davon versteht.«

Sie beobachtete mich streitlustig und schien eine Bemerkung von mir zu erwarten. Ich schwieg. Mrs. Pringle ist ein durchtriebener Fisch, man muß sie an langer Leine zappeln lassen.

»Wollen mal sehen«, fuhr sie fort. »Ich mach eine Woche Pause und schau, wie's dann geht. Dann sag ich Ihnen Bescheid, so oder so.«

»Sehr vernünftig«, sagte ich und stand auf. »Aber nach einer Woche muß ich es wirklich wissen.«

Sie brachte mich schwer hinkend zur Tür und zuckte dabei von Zeit zu Zeit zusammen.

Es knospten ein paar herrliche Madonnenlilien und eine Reihe köstlich duftender Nelken den Weg entlang. Es war kein Unkraut weit und breit zu sehen.

Ich machte ihr ein Kompliment über ihre Blumenpracht.

»So was kriegt man nur durch harte Arbeit«, war die Antwort. »So ist es nun mal auf dieser schlechten Welt.«

Ich lächelte meiner alten Feindin über dem Gartentor zu.

Am Samstag morgen fuhr ich allein nach Caxley und mußte unterwegs vielen kaum flüggen Vögeln ausweichen, die wie betäubt mitten auf der Straße hockten und mir jedesmal fast einen Herzanfall verursachten.

Die Hecken wurden schon grün, und ein paar von den Blutbuchen in den Vororten von Caxley waren von winzigen Blättchen rosig verschleiert. Was für ein Morgen! Was für eine himmlische Jahreszeit! Selbst der Gedanke an das, was mir bevorstand, konnte mir an einem so strahlenden Frühsommertag nicht die Stimmung verderben.

Der Augenarzt war ein junger Kerl, der köstlich nach Rasierwasser roch. Er richtete einen hellen Lichtstrahl in meine Augen und stieß dabei seltsame kleine Grunztöne aus. Ich hoffte innig, es seien zustimmende und nicht entsetzte Laute über den Befund. Womöglich würde man mich gleich ins *Caxley Cottage Hospital* verbringen müssen, dachte ich, oder sogar Moorfield alarmieren.

Danach unterzog man mich den üblichen Tests auf jedem Auge, und ich mußte so weit hinunter lesen, wie ich konnte, damit meine Brille, die ich benötigen würde, so lange als möglich paßte.

Ich kann nicht behaupten, daß es mich freute, als eine Linse nach der anderen vor mein Auge geschoben wurde und ich anzugeben versuchte, ob das rote Licht heller sei als das grüne. Nach einer Weile ist man da keineswegs mehr sicher, so wie das letzte anprobierte Paar Schuhe immer schlimmer ist, als das vorige war, bis man ein wundervoll bequemes Paar mit Erleichterungsschreien begrüßt, kauft, nach Hause trägt, nur um festzustellen, daß es viel zu groß ist.

»Tja«, sagte mein wohlriechender Augenarzt, »Sie brauchen entschieden eine Lesebrille. Ich schreibe Ihnen ein Rezept aus, und meine Assistentin zeigt Ihnen die verschiedenen lieferbaren Gestelle. Ich möchte Ihnen eigentlich zu Halbgläsern raten. Im Moment ist Ihre Fernsicht noch perfekt.«

Ich wurde in einen anderen Raum geführt, verbrachte angenehme zwanzig Minuten damit, passende Gestelle auszusuchen, und endete bei einem ziemlich strengen, goldgefaßten Ding, das mich etwas großmütterlich machte, mir aber gefiel.

»Ich hätte vielleicht etwas Schickeres aussuchen sollen«, sagte ich zweifelnd zu dem jungen Mann, der sich solche Mühe gegeben hatte. »Diese roten sehen phantastisch aus, und die dicken schwarzen würden mir etwas Gelehrtes geben, oder?«

»Oh, ich bin sicher, daß Sie nicht gelehrt aussehen möchten«, sagte er etwas steif, als sei es etwas Genierliches. »Und die roten sind mehr für Jugendliche. Ich meine, daß Ihnen die Halbgläser sehr gut stehen werden, bei Ihrem – äh – mehr seriösen Äußeren.«

Auf dem gesamten Heimweg überlegte ich, ob der Ausdruck »seriöses Äußeres« schlicht »schäbig« bedeuten könnte, und hatte den Verdacht, daß es stimmte.

Es war eine Riesenfreude, Amys Wagen vor meiner Tür warten zu sehen, als ich ein paar Tage später aus dem Schulgebäude trat.

Meine alte Freundin saß auf der Gartenbank, die Augen geschlossen, das Gesicht der Sonne zugekehrt. Sie sah vollkommen glücklich und zehn Jahre jünger aus als beim letzten Mal.

»Amy!« rief ich. »Das ist ja wundervoll. Komm und erzähl mir alles über dein Verschwinden. Du hast uns alle nervös gemacht, kann ich dir sagen, und James war ganz außer sich, als er bei mir anrief.«

»Freut mich sehr, das zu hören«, sagte Amy und gab mir einen Kuß. »Das war einer der Gründe für die ganze Übung, aber nicht der wichtigste, muß ich sagen.«

»Und was war der wichtigste?«

Amy bückte sich, zupfte sich einen langen Grashalm und begann darauf herumzukauen, ehe sie antwortete.

»Man könnte sagen, ich wollte mal ganz ich selbst sein. Verstehst du, ich habe seit Jahren, wie die meisten Ehefrauen, an nichts anderes gedacht als an James. Würde ihm dieses Kleid gefallen, das ich gerade gekauft hatte? Würde er gern im Urlaub nach Italien fahren oder lieber wie gewöhnlich nach Frinton? Das ging bis zu: Ich tu lieber keine Bananen in den Obstsalat, James hat sie nicht so gern. Natürlich haben Frauen mit Kindern es noch schlimmer, das ist mir klar, und sie werden sicherlich in mehrere Richtungen gleichzeitig gezerrt, wenn sie eine Entscheidung treffen wollen, aber ich kam plötzlich darauf, daß ich fast nie genau das getan habe, was ich wollte, wann ich wollte, und es schien mir eine gute Idee, das mal auszuprobieren.«

»Und es hat funktioniert?«

»Tadellos. Ich beschloß wegzufahren, ohne jemand ein Wort zu sagen. Das Ganze hatte nur Sinn, wenn ich allein war, ohne aufgeregte Freunde und Verwandte, die mir dreinredeten. Ich weiß noch, wie du einmal gesagt hast, daß man am meisten die Tage genießt, an denen man allein ist. Du bist den ganzen Tag unter Menschen, ich kann gut verstehen, daß du manchmal eine Atempause brauchst.«

»Aber Amy«, wandte ich ein, »du bist doch auch viel allein. Wieso plötzlich diese Flucht?«

»Ob du es glaubst oder nicht, ich bin fast nie allein, und es ist größtenteils meine eigene Schuld. Die gute alte Mrs. Hopkins kommt dreimal die Woche und putzt. Bert kommt Dienstag und Donnerstag und arbeitet im Garten. Zweimal die Woche spiele ich Bridge, ich gehe zu unzähligen Komitees und tue Gutes, blöd wie ich bin. Findest du es verkehrt, daß ich weggefahren bin?«

Es klang besorgt und nicht so selbstsicher, wie sonst bei ihr üblich.

»Nein, nein«, versicherte ich ihr. »Ich weiß schon, wie dir zumute war, aber jetzt erzähl mal, wo du hin bist.«

Amy lachte gluckernd.

»Also zunächst mal in eine Schönheitsfarm südlich von Cambridge, dort blieb ich ein paar Tage und ließ mich massieren und baden und eincremen – bin übrigens halb verhungert dabei – und verwöhnen. Es war eine prachtvolle

Therapie, und ich hab fünf Pfund abgenommen. Sie hatten den besten Friseur, dem ich je begegnet bin. Mir ist ein Friseur lieber als eine Friseuse, dir auch?«

»Ja, die drohen nicht mit ihren scharfen Krallen einem die Ohren abzureißen.«

»Danach bin ich ins liebe alte Cambridge für ein paar Nächte und habe mich dort herumgetrieben. Es war so friedlich und sah so hübsch aus und war zur Abwechslung wirklich warm. Es hat mir riesig gutgetan.«

»Ich wollte, ich wäre dabeigewesen.«

»Ich auch zuweilen, aber das war ja nicht meine Absicht. Ich muß sagen, ich kam jeden Tag besser ins Gleichgewicht.«

»Und dann?«

»Dann habe ich Vanessa angerufen und gefragt, ob ich ein paar Tage kommen kann, und sie war ganz begeistert. Ich bin gemächlich nach Norden gefahren, durch eine herrliche Landschaft, und hab den Rest meiner Zeit bei Vanessa und den Kindern verbracht.«

Sie warf den bekauten Grashalm weg und seufzte zufrieden. »Natürlich hatte ich ein schlechtes Gewissen wegen James, der sich vielleicht Sorgen machte, aber schließlich hat er mich oft genug warten und raten lassen, und ich glaube, jetzt denkt er manchmal darüber nach. Es tut mir leid, daß er sich an die Polizei gewandt hat. Die armen Kerle haben genug damit zu tun, Einbrecher und Räuber und Mörder zu fangen, ohne sie wegen einer zufrieden herumbummelnden Ehefrau zu behelligen. Aber du? Hast du dir auch Sorgen gemacht?«

»Ein bißchen«, gestand ich, »aber ich hatte das beruhigende Gefühl, daß du die Situation im Griff hast, und wie du siehst, hatte ich recht. Eine Tasse Tee?«

»Aber sicher«, sagte Amy.

Bis das Wasser kochte, erzählte sie mir mehr über die geplante Party.

»Horace wird kommen, und auch Irene und David Mawne, und ich habe auch den netten Gerard Baker wieder getroffen. Er hat bei Vanessa hereingeschaut, unterwegs zu einem Dorf in den Highlands mit einem Namen, den man nur niesen kann. Der kommt auch. Erinnerst du dich, er hat über einen Dichter namens Aloysius Soundso was geschrieben, der mal in Fairacre gelebt hat.«

»O ja. Er war eines Morgens mit Vanessa zu Besuch da, als er das über Loischuß herausgekriegt hatte. Ich schickte ihn zu Mr. Willet.«

»Er hat jetzt was mit dem Fernsehen zu tun, ich glaube, die kommen demnächst und filmen im Dorf was über Aloysius.«

»Das wird ja aufregend! Danach muß ich ihn ausfragen, wenn ich ihn bei dir treffe.«

Nach dem Tee gingen wir wieder in den Garten, und ich pflückte Amy einen richtigen ländlichen Strauß: Iris, Akelei, Nachtviolen, späte Narzissen und frühe Rosen.

Während sie zum Wagen ging, roch sie anerkennend daran.

»Ich muß heim zum armen alten James«, lächelte sie. »Sonst wird er unruhig, weil er meint, ich gehe wieder durch.«

»Aha, du hast also doch ein schlechtes Gewissen«, stichelte ich.

»Aber es ist gut unter Kontrolle«, versicherte sie und fuhr mit ein paar frechen Huptönen davon.

11

Party bei Amy

Es war fast traurig, den Mai zu Ende gehen zu sehen, trotz aller Probleme, die er mir gebracht hatte. Ob wohl der Juni ebenso herrlich werden würde, so duftend, so zärtlich, so voller Blüten überall?

Der Wetterbericht am letzten Maitag versprach uns weiterhin »Milde«, die Wetterkarte war voll von Hochdruckgebieten, und die Isobaren standen weit voneinander getrennt und verhießen nur leichte Winde.

Ich wachte bei wolkenlosem Himmel am Sonnabend auf und genoß ein paar Minuten lang den Luxus, nicht früh aufstehen zu müssen. Ein Rotkehlchen sang im Pflaumenbaum, und gelegentlich zwitscherten ein paar genäschige Amseln. Aber der Chor in der Morgendämmerung war nicht mehr so jubelnd wie vor ein paar Wochen, jetzt waren die letzten Jungen auszubrüten und Nestlinge zu füttern. Ein plötzlich ausbrechendes wütendes Gezeter jagte mich aus dem Bett. Wie ich erraten hatte, belauerte Tibby eine schimpfende Amsel über sich im Fliederbusch.

Als ich ein paar Minuten später im warmen Badewasser lag, dachte ich daran, welches Glück ich hatte mit einem eigenen Badezimmer und heißem Wasser aus dem Hahn. So war es nicht immer gewesen. Ich erinnerte mich an die Anstrengung, die Zinkwanne von ihrem Nagel im Schuppen zu zerren, Regenwasser im Waschkessel zu erhitzen und eimerweise hineinzugießen. Doch das bräunliche, weiche Wasser hatte die Haut seidenglatt gemacht und die Seife hatte doppelt so stark geschäumt wie bei Wasser aus der Leitung.

Trotzdem würde ich nur ungern zu den primitiven Hygienebedingungen meiner frühen Jahre in Fairacre zurückkehren.

Zu Amys Party zog ich leicht zaghaft mein neues blaßgrünes Seidenkleid an. Amy besaß bei Garderobe ein Adlerauge für Schnitt und Farbe, und obwohl ich mir schmeichelte, daß mir die Farbe stand, war ich nicht ganz sicher hinsichtlich der Ärmel. Sie schienen mir zu eng. Sicher würde Amy mir, sobald wir allein waren, mitteilen, daß etwas daran ganz und gar verkehrt war.

Als ich nach Bent hinüberfuhr, stand die Sonne noch hoch und schräge Strahlen drangen durch das junge Laub und tüpfelten den Straßenbelag mit Licht und Schatten.

Etwa eine Meile vor Amys Haus erkannte ich den vor mir fahrenden Wagen als den von David und Irene Mawne und sah, daß Horace Umbleditch, Irenes Bruder, bei ihnen war. Mich sahen sie nicht.

Ich nahm Gas weg, um ihnen den Vortritt zu lassen. Zur Abwechslung wollte ich einmal nicht die erste sein. Amy erzählt mir immer, es sähe aus, als bekäme ich nicht genug zu essen und hätte es eilig, meine Pfoten in den Futtertrog zu kriegen. Ich fand diesen Schweinevergleich etwas grob und sagte es ihr auch.

»Ach, entschuldige«, hatte sie erwidert, »aber es ändert nichts an der Tatsache, daß du beim Betreten der Diele hungrig schnüffelst.«

»Ich bin erstaunt, daß ich überhaupt noch eingeladen werde«, war meine Antwort. »Es ist eine ganz automatische Reaktion auf die leckeren Gerüche bei dir.«

James öffnete mir. Er sah frohgemut wie immer aus, höchstens ein bißchen blasser. Er küßte mich ritterlich auf beide Wangen und führte mich zur übrigen Gesellschaft.

In Amys prächtigem Salon waren die Verandatüren geöffnet und einige der Gäste beobachteten, das Glas in der

Hand, einen Schwarm Buchfinken, der sich im Vogelbad tummelte. Drinnen und draußen schien alles voller Rosen, und der Duft war überwältigend.

Die meisten der Eingeladenen waren alte Freunde, aber es war nett, Amys neuen jungen Vikar und seine Frau kennenzulernen. Sie waren erst kürzlich aus einer Gemeinde im Norden Londons nach Bent gezogen und vom Landleben begeistert.

Es war noch eine ältere, seit kurzem verwitwete Cousine von Amy da, die eine Woche blieb. Zum Glück fiel mir ein, daß sie eine recht bekannte Krimi-Autorin war, und wir hatten einander viel zu erzählen, als wir auf dem gleichen Sofa Platz fanden.

»Kennen Sie Basil Bradley?« fragte ich sie. »Er schreibt historische Romane und wohnt hier in der Nähe.«

»Ja, wir haben denselben Verleger. Der hat wirklich einen Riesenerfolg. Ich glaube, die drucken als Startauflage 10 000 Exemplare«, sagte sie ehrfürchtig. »Ich habe einmal versucht zu analysieren, womit er das Publikum derart fesselt, und kam zu dem Schluß, daß es nicht sein literarischer Wert sein kann. Das klingt vielleicht boshaft, aber so meine ich es nicht. Sein Stil ist etwas überladen, finde ich.«

»Ich meine, er gibt seinen Lesern genau das, was sie wollen«, entgegnete ich. »Sie brauchen nur die Schutzumschläge anzusehen und sehen eine seiner Heldinnen, lauter Locken und ein Gewand mit hoher Taille, und wissen schon, daß sie alle zehn Seiten eine neue Liebesgeschichte anfängt und Unmengen von Bösewichten ihr die Unschuld zu rauben gedenken, und im Hintergrund lauern womöglich noch ein grausamer Vormund und ein paar Gespenster, und alles wird so verlaufen wie beim letzten Buch.«

»Ich mißgönne ihm seine Popularität wirklich nicht«, sagte sie tapfer, »aber es wäre schön, sein Geheimnis zu kennen. Sind Sie ihm schon begegnet?«

»O ja, häufig. Er ist sehr nett, wir haben ihn alle gern. Er eröffnet Wohltätigkeitsbasare, leert zur Weihnachtszeit die Sammelbüchsen in den Gastwirtschaften und tut überhaupt, was möglich ist. Außerdem ist er so bescheiden, wie man nur sein kann.«

»Tatsächlich? Wie nett zu wissen, daß er privat ebenso beliebt ist wie in der Öffentlichkeit.« Es klang etwas wehmütig. Vielleicht hatte sie gehofft, gräßliche Laster enthüllt zu bekommen, doch den Gefallen konnte ich ihr nicht tun. Basil Bradley war so, wie ich ihn geschildert hatte. Die Männer neigten zwar dazu, abschätzige Bemerkungen über seine rosa Hemden, seine Querbinder und zu eleganten pastellfarbenen Seidenanzüge zu machen, aber wir Frauen halten treu zu ihm und enden meist mit: »Und er ist reizend zu seiner Mutter.«

In diesem Augenblick wurde Gerard Baker von James hereingeführt, der, nachdem er allen vorgestellt worden war, bei mir auf dem Sofa landete. Mrs. Hare, Amys Cousine, war vom Vikar und dessen Frau vereinnahmt worden, um den Garten zu besichtigen, und so saß er denn neben mir und fragte mich über Aloysius aus, unseren örtlichen viktorianischen Dichter.

»Es ist aufregend«, sagte Gerard. »Wir kommen jetzt bald nach Fairacre und drehen in Tyler's Row, wo er gelebt hat.«

»Wissen die Hales Bescheid?«

»Ich glaube schon«, sagte er etwas unbestimmt. »Der Regisseur ist ein sehr gewissenhafter junger Kerl.«

»Wird man sich eng an Ihr Manuskript halten?«

»Aber nein.« Er schien überrascht. »Es sind doch vier oder fünf Burschen da, die das Drehbuch schreiben. Man braucht für eine halbe Stunde Fernsehen ein großes Team, wissen Sie.«

Es schien mir übertrieben, besonders weil ich Gerards ausgezeichneten Bericht über Aloysius' Leben und Werk gelesen hatte. Ich hätte gedacht, jeder Beliebige könne ein Skript in Form bringen, mit einigen von den leider allzu blumigen Gedichten dazwischen, um auf die richtige Länge zu kommen.

»Macht sicher viel Arbeit, denk ich mir«, war das einzige, was mir dazu einfiel.

Der Vikar saß rechts von Amy und ich neben ihm. Zu meiner Rechten saß Horace, den ich immer gern treffe. Er lehrt in einer Privatschule, und seine ersten Worte am Eßtisch kamen mir überraschend.

»Ihre Rede neulich bei der Kinder-Sache fand ich ausgezeichnet.«

»Du liebe Zeit, waren Sie dabei? Ich hab Sie gar nicht gesehen. Aber um ehrlich zu sein, ich hab überhaupt niemanden gesehen, ich war viel zu nervös.«

»Wir haben es genossen. Ich hatte unsere neue Schulsekretärin mitgebracht, Eve Masters. Die müssen Sie irgendwann kennenlernen.«

Ich sagte, ich würde mich freuen, und fragte mich heimlich, warum Horace der armen Frau einen so öden Abend zugemutet hatte.

Als erriete er meine Gedanken, sagte Horace: »Ihr Onkel ist eine große Nummer bei ›Rettet die Kinder‹. Der Vortrag in Caxley war ihre Idee. Um ehrlich zu sein, ich hätte lieber die Marx-Brothers gesehen.«

»Ich wünschte, ich hätte Sie gesehen. Sind Sie zu den Erfrischungen geblieben?«

»Wir mußten bald fort, weil mich ein Kollege bis zehn Uhr vertrat, und da wollte ich nicht zu spät zurück sein. Aber Miss Crabbe haben wir noch gehört.«

»Ah, wie gut«, sagte ich höflich.

»Ist das ein verdrehtes Huhn!« bemerkte Horace und nahm sich vom Hauptgang. »Vor ein paar hundert Jahren wäre sie als Hexe verbrannt worden.«

Ich stellte fest, daß mir Horace immer sympathischer wurde. Wie scharfsichtig er doch war!

»Nun, sie bekam freundlichen Beifall«, verteidigte ich sie in dem Versuch, fair zu sein.

»Das war nur die allgemeine Freude darüber, daß die Dame endlich schwieg«, versicherte mir Horace und wandte sich im Gespräch Amys Cousine zu.

»Ich habe Gerald Partridge aus Fairacre diese Woche kennengelernt«, sagte der Vikar. »Ein reizender Mensch. Sagen Sie mal, läßt der sich von den Kindern mit dem Vornamen anreden?«

»Du lieber Gott, nein!« rief ich aus. »Erstens würde ich das nie erlauben, und zweitens fände ich es nicht respektvoll. Sie etwa?«

»Respektvoll?« wiederholte der junge Vikar zweifelnd. »An Respekt dachte ich eigentlich weniger als an Freundschaft. Ich habe überlegt, ob die Kinder in Bent mich gern ›Cyril‹ nennen würden.«

»Das ist Ihre Sache«, antwortete ich und versuchte, nicht zu schockiert zu klingen. »Ich dächte nicht im Traum daran, mich von den Kindern beim Vornamen nennen zu lassen. Es scheint kein Trauma bei ihnen auszulösen, daß sie mich ›Miss Read‹ nennen. Wie haben Sie es denn in Ihrer vorigen Gemeinde gehalten?«

»Leider waren dort die Kinder recht unverschämt, und einige haben meine Gutmütigkeit ausgenutzt.«

Er tat mir allmählich leid.

»Wenn Sie von einer alten Schulmeisterin einen Rat annehmen wollen, würde ich sagen: Denken Sie daran, daß Kinder ganz allgemein unverschämt sind und Sanftmut ausnutzen. Wenn Sie erst wissen, wie Sie über sie Herr werden, ist immer noch Zeit genug für das Verwöhnen, aber wenn Sie nicht von Anfang an fest sind, bekommen die Gören bald die Überhand.«

»Vermutlich haben Sie recht«, sagte er niedergeschlagen.

»Hier – ganz frischer Obstsalat«, verkündete Amy und hob den Deckel von einer prachtvollen, ausgehöhlten Melone. »Oder aber, wenn Sie das lieber wollen, gibt James Ihnen »Mousse au chocolat.«

Der Vikar bekam sofort bessere Laune. In Zeiten von Streß ist etwas Eßbares immer ein rechter Trost.

Als wir am Ende des Abends zu unseren Wagen hinausgingen, erwischte mich James, als ich eben losfahren wollte.

»Entschuldigen Sie, daß ich neulich am Telefon so schroff war, aber ich machte mir solch fürchterliche Sorgen.«

»Aber natürlich, James, mir ging es doch genauso. Ich glaube, Amys kleine Erholungspause ist ihr gut bekommen, finden Sie nicht?«

»Aber komisch war es doch. Schließlich hat sie hier alles, was sie sich nur wünschen kann. Es kam mir so sonderbar vor, aus heiterem Himmel auf und davon zu gehen. Ich kann mir nur denken, daß sie einen leichten Nervenzusammenbruch gehabt hat.«

»Mir hat sie gesagt, daß sie nur mal ganz sie selbst sein wollte – und ungebunden. Das kann ich verstehen.«

James studierte nachdenklich seine Finger auf dem Rand des Wagenfensters. Er ist nicht dumm. Ich wartete gespannt, wie er wohl reagieren würde.

»Ich liebe sie, wissen Sie«, sagte er schließlich ganz ernsthaft.

»Daran zweifle ich keinen Moment«, sagte ich ihm ehrlich. »Und sie Sie auch. Aber auch wenn man noch so glücklich verheiratet ist, bleibt man doch ein Individuum und muß sich manchmal wieder darüber klar werden.«

»Ja, daran wird man denken müssen.«

»Der gute alte Donne«, sagte ich und sah Amy einem Wegfahrenden nachwinken, »legte großen Wert auf die Feststellung, daß kein Mensch eine Insel ist. Ich glaube aber, daß jeder Mensch eine Insel ist und niemand seinen Nächsten wirklich kennt. Deswegen ist es ja so schrecklich, wenn jemand, den wir gut zu kennen glauben, etwas Schlimmes tut, stiehlt oder Selbstmord begeht.«

James lachte plötzlich. »Wollen Sie mir Alpträume machen? Bitte keine Predigten mehr, sonst fang ich noch an zu weinen.«

Er gab mir durchs Wagenfenster einen Kuß und fuhr mir durch die Haare wie ein großer Bruder.

»Adieu, James, und vielen Dank«, rief ich und gab Gas.

»Danke für die Perlen vor die Säue«, erwiderte er frech.

James muß immer das letzte Wort haben.

Es war klar, daß Mrs. Pringle nicht mehr zum Putzen zu mir kommen würde, und ich fühlte mich daher frei, Isobels freundlichen Vorschlag zu befolgen und die Frau zu kontaktieren, die »zwischen Fairacre und Beech Green« lebte. Zwei Tage später saß ich in der Küche der kleinen Mrs. John und sah zu, wie sie ihr Jüngstes mit Brei fütterte.

Sie war klein und gepflegt, lebhaft, hatte glänzende dunkle Augen und erinnerte mich an einen Zaunkönig oder ein Rotkehlchen.

»Sie hätten doch nichts dagegen, daß ich Teresa mitbringe, oder?« fragte sie zaghaft.

Ich versicherte ihr, Teresa sei durchaus willkommen. Wenn sie wollte, könnte sie mit ein paar Spielsachen aus der Klasse der Kleinen spielen.

Das schien die Sache zu entscheiden, wir machten aus, daß die beiden Mittwochnachmittag kommen sollten, und ein zufriedenstellendes Honorar wurde ausgehandelt. Dann kam mir ein Gedanke.

»Sie werden Teresa im Kinderwagen fahren müssen, nicht wahr? Es sind gut anderthalb Meilen. Schaffen Sie das? Was ist, wenn es regnet?«

Mrs. John lachte.

»Ich fahr sie manchmal bis nach Caxley«, erwiderte sie. »Nicht oft, muß ich zugeben, aber ich gehe gern, und als Kind bin ich in Wales überallhin zu Fuß gegangen. Ich werde da sein – bei jedem Wetter«, versprach sie, und ich war sicher, daß sie es sein würde.

Die Schule aber sah Ende der Woche schmuddelig aus, trotz all unserer Bemühungen, alles selber zu machen. Wir vermißten bald Mrs. Pringles schwere Hand.

Am folgenden Sonnabend traf Mrs. Pringle bei mir ein, ließ sich aufseufzend auf der Gartenbank nieder und sagte mit sichtlichem Behagen: »Also der Doktor meint, meinem Bein geht's nicht besser, und er verbietet mir, daß ich schon arbeite.«

Es wunderte mich nicht.

»Wir werden also«, sagte ich, »eine Anzeige für eine Aushilfe aufgeben müssen.«

»Ist nicht nötig, Geld für eine Anzeige zu verschwenden«, sagte sie. »Meine Minnie kann mit zugreifen, solang ich ausfalle. Dieses Ihr Haus müßte mittlerweile auch von Grund auf gemacht werden.«

Ich erklärte ihr – mit geheimer Freude –, daß Mrs. John dafür engagiert worden sei.

Mrs. Pringle brauste auf. »Und wer bitte ist das? Sie täten gut dran, sie zu warnen vor dem Gewicht von Ihrem

Gästebett und der Art, wie der Badezimmerhahn auseinanderfällt, wenn man nicht vorsichtig ist. Die arme Seele, wer sie auch ist, wird zu tun kriegen!«

Ich erklärte ihr, wer sie sei, und erwähnte auch die kleine Teresa.

Mrs. Pringle schüttelte düster den Kopf.

»Zehn zu eins: Die steckt die Finger in die Steckdose!« prophezeite sie. »Und spielt mit den Lichtschaltern. Sie werden im ganzen Haus Fingerabdrücke finden, egal wie sorgfältig die Dame ist. Ich weiß, wie Kinder sind, Miss Read. Sie werden den Tag noch verwünschen.«

Damit erhob sie sich.

»Nun muß ich mich heimschleppen, Bein hin, Bein her. Soll ich Minnie ausrichten, sie soll herkommen?«

Panik überfiel mich. Der Zustand der Waschbecken fiel mir ein, der Fußboden im Klassenzimmer der Kleinen. Ich dachte auch daran, wie lange es dauern würde, ehe jemand auf die Anzeige antwortete, und ich fragte mich, ob die hoffnungslose Minnie sich möglicherweise doch die nächsten paar Tage nützlich machen könnte. Ich wagte den Sprung.

»Bitte machen Sie ihr klar, daß es nur für wenige Tage sein wird.«

»Sie wird ihr Jüngstes mitbringen müssen«, sagte Mrs. Pringle. »Aber wenn Sie schon diese Teresa haben, wird Ihnen ja ein weiteres Kleinkind nichts ausmachen.«

»Achten Sie auf Ihr Bein«, sagte ich abschiednehmend.

»Da bin ich die einzige, die's tut«, entgegnete sie freudlos.

Ich kehrte zurück auf meine Gartenbank und malte mir die Zukunft aus. Der Gedanke an Minnie, ob mit oder ohne Kleinkind, war beklemmend, aber an den Waschbekken der Schule würde sie mit Lappen und einer Dose Vim nicht allzuviel Schaden anrichten können. Es war vielleicht ratsam, das Scheuern des Fußbodens bei den Kleinen zu überwachen. Minnie war durchaus imstande, statt Seifenpulver etwas Gefährlicheres ins heiße Wasser zu kippen, da sie nicht lesen konnte und ihr jedes weiße Pulver passend schien.

Und ich würde darauf achten müssen, daß alle Schränke verschlossen waren. Bei einer unvergeßlichen Gelegenheit hatte sie die Fächer des Papierschranks gewaschen und sämtliche Hefte, buntes Seidenpapier, gummierte Blätter und Zeichenbogen auf die nassen Fächer zurückgelegt. Das Ergebnis war katastrophal. Und was das geheiligte Klassenbuch betraf, das alle Lehrer mit ihrem Leben verteidigen und, falls die Schule brennt, retten sollen, hielt ich es für klug, es allabendlich mit in mein Haus zu tragen, während Minnie bei ihrem Zerstörungswerk war.

Tibby tauchte aus einem Busch Nelken auf, aus ihrem Maul baumelte eine Maus. Als sie mich erblickte, miaute sie siegesgewiß. Die Maus, die ihr dabei entfallen war, räumte rasch das Feld, und Tibby verfolgte sie vergeblich.

Zwei Minuten später kehrte sie zurück, lauthals klagend.

»Kopf hoch, Tibby«, sagte ich, »wir haben alle unsere Mißerfolge.«

12

Minnie Pringle hilft aus

Nun war Miss Briggs wieder im Klassenzimmer der Kleinen und die Trennwand erzitterte hin und wieder von der Wucht ihrer Stentorstimme. Wehmütig dachte ich zurück an den Frieden, den wir während Isobels kurzer Herrschaft genossen hatten.

Das Mädchen sah recht blaß aus und magerer als sonst.

»Das war ein Magenbazillus«, sagte sie zu mir, »und die erste Tracht Pillen bekam mir nicht, dadurch wurde es schlimmer. Das einzig Gute ist, daß ich einen ganzen Zoll schmaler um die Taille geworden bin und man mein Brautkleid enger machen muß.«

Ich machte ihr ein Kompliment über ihre grazile Figur.

»Diese Woche bekommen Sie wahrscheinlich Ihre Einladung«, fuhr sie fort. »Und ich hoffe sehr, daß Sie kommen können. Kennen Sie Leamington?«

»Nein, aber ich freue mich schon sehr.«

»Schön. Ich denke, meine Mutter wird Sie unterbringen können, obwohl einige Tanten und Onkel kommen, auch meine Großmutter väterlicherseits aus Cornwall und ein paar Cousinen aus Holland sind eingeladen, aber ich bin sicher, wir finden Platz für alle. Wir haben drei Schlafzimmer.«

Ich sagte hastig, daß ich nicht im Traum daran dächte, ihrer Mutter lästig zu fallen, wenn so viele Familienmitglieder untergebracht werden müßten, ich würde mir für die eine Nacht ein bescheidenes Hotel suchen.

»Aber nein, ich freu mich doch schon«, sagte sie ganz erstaunt.

Mr. Willet faßte sich, als er sie erstmals wiedersah, äußerst kurz.

»Sieht besser aus mit 3 Kilo weniger drauf, stimmt's? Ein ziemlicher Klotz ist's immer noch, das Mädel, aber jetzt ist sie doch irgendwie lebendiger. Der junge Wayne hat ihr gutgetan. Nichts geht übers Heiraten, wenn man fit sein will. Das sollten Sie auch mal probieren, Miss Read.«

»Keine Chance!« sagte ich und schlug das Klassenbuch auf.

Die anhaltende Hitze, die ich so sehr genoß, forderte von Kindern und Gärten ihren Tribut.

Die Purpurblättchen der Pfingstrosen flatterten auf den dürren Boden. Die Downs schimmerten in bläulichem Dunst, und ich mußte mittags die Vorhänge in meinem Haus gegen die Hitze zuziehen.

Die Regentonnen waren leer, und ein Lautsprecherwagen aus Caxley fuhr die Runde durch die Dörfer, ermahnte uns, Wasser zu sparen, und verbot uns, die Sprinkleranlagen und die Schläuche für unsere verdorrten Gärten zu benutzen.

»Um den mistigen Wagen kümmer ich mich nicht«, teilte Mr. Willet mir mit, »es ist sowieso nur der olle Ted Bates, der sich wichtig macht, und der braucht sich nicht aufzuspielen, der mit dem Weibsstück drüben in Bent. Ich hab ein paar Setzlinge, die kommen so schön und die kriegen ein Tröpfchen Wasser, wenn sie's nötig haben, Ted hin und Ted her.«

Die Kinder waren matt und lustlos. Vielleicht sind sie so an unsere erfrischenden Winde von den Downs gewöhnt, daß die einschläfernde Wärme, die mir so zusagt, sofort ihre Energie herabsetzt.

Unsere hohen Fenster waren so weit wie möglich offen, und die Tür zur Diele sowie die äußere zum Schulhof standen immer sperrangelweit auf. Zwei gewaltige Blumentöpfe sorgten dafür, daß sie offen blieben. Tibby ge-

wöhnte sich an, auf dem äußeren zu sitzen, putzte sich dort das Gesicht und schaute gelegentlich in die Diele und ins Klassenzimmer herein – sehr zur Freude der Kinder.

Doch so sehr ich mich bemühte, die Kinder blieben teilnahmslos. Ich unterrichtete sie draußen unter den hohen Bäumen am Rande des Spielplatzes.

Die Städter glauben gern, daß man bei uns auf dem Land eine Stecknadel fallen hört und tiefe Stille uns umgibt. Doch im Juni beginnt Mr. Roberts mit dem Heuen. Die Ballenpresse rumpelt im Kreis herum auf der Wiese neben der Schule. Der Rasenmäher des Vikars, wenige Meter hinter der Pfarrhofmauer, scheint Überstunden zu machen. Verschiedene Hunde bellen freudig erregt aus vollem Hals, und von Zeit zu Zeit muhen auch noch Mr. Roberts' Kühe dazwischen. Ein kleiner Flugplatz liegt in der Nähe, und über uns hinweg führt die Flugroute zu einem internationalen Flughafen. In nicht allzu großer Entfernung, und bei Südwestwind sehr hörbar, liegt eine Autobahn und im Hochsommer kann das Summen des Verkehrs zum Gebrüll anschwellen.

In den Pausen war bei uns wenig los. Selbst der Kokshaufen wurde vernachlässigt, die Kinder waren zu träge, um hinaufzuklettern. Meist saßen sie im Schatten, rollten Murmeln, kauten gedankenlos an Grashalmen, und nur die Allereifrigsten rangen sich dazu durch, Gänseblümchenketten zu machen oder Wegerich zu köpfen.

Es war trotzdem sehenswert, wie braungebrannt und gesund sie wirkten in ihren winzigen T-Shirts und Baumwoll-Shorts oder -röcken. Selbst Joseph Coggs, der selten in den Genuß kommt, seine Kleidung zu wechseln, trug ein paar gute Sommersachen, die wohl, wie ich vermutete, von dem Flohmarkt stammten, den Miriam Quinn so wakker überwacht hatte. Wenn wir Glück hatten, sagte ich mir, würde die sonnige Wetterperiode uns für den kommenden Winter aufbauen.

Mrs. John begann ihren Dienst, und manchmal schlüpfte ich in der Pause schnell zu ihr hinüber und sorgte dafür, daß sie ihre Tasse Tee bekam.

Teresa schien ein Musterkind. Sie spielte und schlief in ihrem Wagen in einem schattigen Teil des Gartens. Ich ging zurück an meine Arbeit und gratulierte mir zu meiner neuen Helferin.

Ganz anders standen die Dinge natürlich mit Minnie Pringle, die im Schulhaus herumwirtschaftete, wenn der Unterricht zu Ende war. Der Gedanke, sie auch noch zu Beginn des Schultages aushalten zu müssen, war mehr, als ich ertragen konnte, und ich behauptete, in der Frühe kämen wir allein zurecht.

Am ersten Tag blieb ich bei ihr, versuchte zu schützen und zu bewahren, nicht so sehr meine Hilfskraft als vielmehr das Eigentum der Schule. Zum Glück hatte sie ihr Jüngstes bei der Nachbarin gelassen, so daß ich nur Minnie zu dirigieren brauchte. Ich ließ sie bei den Waschtischen anfangen, stellte ihr die Vim-Dose hin und machte sie sogar – als eingefleischte Lehrerin – auf die drei Buchstaben

V–I–M auf der Seite aufmerksam. Minnie nickte energisch mit ihrem wirren roten Lockenkopf und grinste dabei wie eine Irre, und ich dachte, wie bald diese meine erste Lektion vergessen sein würde.

Es gelang mir, sie davon abzuhalten, die unteren Scheiben der Dielenfenster mit dem von Vim starrenden Lappen abzuscheuern, aber den Spiegel ging sie so energisch an, als ich den Rücken drehte, daß ich fürchte, die entstandenen Kratzer gehen nie wieder weg.

Die Böden wischte sie ganz gut, fand ich, und ich führte sie in die Methode ein, den Eimer nur halb voll zu machen, statt ihn überlaufen zu lassen, und zeigte ihr, wo das Kniekissen, die Scheuerbürste und die Schachtel mit Seifenpulver verstaut waren. Letzteres verblüffte sie.

»Du tust nur so viel Pulver rein, daß Schaum entsteht«, erklärte ich ihr und zeigte ihr den darin liegenden Plastikbecher. »Einer ist genug für einen halben Eimer.«

Ich rührte energisch um, bis wir eine brauchbare Mischung hatten.

»Heute abend haben wir nicht viel Zeit, Minnie«, sagte ich zu ihr, »aber wenn du auf der anderen Seite in der Klasse der Kleinen anfangen könntest, wäre das schön. Ich würde dir raten, jeden Abend ein bißchen zu machen.«

»Bei der Tür ist es schmutziger«, machte sie mich aufmerksam, »am besten fang ich dort an.«

»Fang lieber bei den Fenstern an«, riet ich ihr, »und arbeite dich allmählich vorwärts.«

»Wieso?«

»Dann brauchst du nicht über das frisch Gewischte gehen und kniest auf einem trockenen Stück Boden.«

Sie starrte mich verblüfft an und schwieg, dann brach sie in ein gackerndes Gelächter aus.

»Was Sie für ein Köpfchen haben, Miss. Kein Wunder, daß die Kinder was lernen.« Damit machte sie sich für die noch vorhandene Viertelstunde an die Arbeit.

»Die Zeit ist um«, sagte ich schließlich. »Sieht alles prächtig aus, Minnie.«

Ich wollte ihr schon sagen, daß ihre Pflichten vorüber seien, wenn der kurze Zeiger auf der Uhr auf fünf und der lange auf sechs stand, aber der Gedanke, Minnie eine Unterrichtsstunde im Uhrablesen zu geben, kam mir nach einem arbeitsreichen Tag unerträglich vor. Schließlich hatte sie schon gelernt, wo die Putzmittel standen und wie wünschenswert es sei, den Boden zu wischen, ohne auf den bereits sauberen Teil zu treten. Es war genug für einen Tag. Wenn nicht für Minnie, ganz bestimmt für mich.

Am Sonntag morgen frühstückte ich im Garten. Es war erst neun, später würde es zu heiß werden.

Noch lag Tau im Gras, und die Albertinenrose am Schuppen blühte auf. Es ist eine wunderbare alte Rose. Ich liebe ihre dichtgeschlossenen Knospen, die glänzenden Blätter und die blaßrosa geöffneten Blüten. Aber das Beste von allem ist ihr scharfsüßer Duft. Was macht es, daß sie nur einmal im Jahr blüht und ihre Blütenblätter verschwenderisch herumstreut? Sie ist der Vorbote des Sommers und mir die liebste von allen Rosen in meinem Garten.

Ich dachte daran, Miss Briggs um ihre Liste von Hochzeitsgeschenken zu bitten, und brütete abends besorgt darüber. Die Kinder und ich würden in Miss Briggs' Abwesenheit zusammenkommen und uns für das Geschenk der Schule entscheiden. Vermutlich würde es eines der Dinge werden, die da benötigt wurden, nämlich »Suppenschöpfer, kein Plastik« oder eines der »Tabletts verschiedener Größe«.

Es freute mich, daß sie auch »Vasen verschiedener Größe« brauchte, und ich plante, ihr eine als persönliches Geschenk zu überreichen.

An einem heißen Nachmittag redete ich Miss Briggs zu, ihre Kleinen im Schatten der Bäume zu sammeln und ihnen

Geschichten vorzulesen. Dadurch bekam ich Gelegenheit, mit meinen Mitverschwörern über das Geschenk nachzudenken.

Patrick war energisch dafür, ihr ein Meerschweinchenpaar zu schenken, da seine Haustierchen gerade einen prächtigen Wurf produziert hatten. Mir schien, daß Patricks Meerschweinchen viel zu oft Junge bekamen und in Fairacre bereits das Angebot die Nachfrage bei weitem überstieg.

Eileen Burton schlug eine seidene Steppdecke und einen Bettüberwurf vor, möglichst rosa, »weil das immer so hübsch ist«, und Ernest meinte, ein Schubkarren sei etwas Nützliches.

Als ich endlich zu Wort kam, wies ich darauf hin, daß Miss Briggs ihre Wünsche aufgeschrieben hätte, und machte Vorschläge, die unserem bescheidenen Budget entsprachen. Niemand sollte mehr als fünfundzwanzig Pence beisteuern, zehn wären ungefährer Durchschnitt.

Nach längerer Gewissenserforschung wurde ich dazu bestimmt, ein Tablett zu kaufen.

»So groß wie das Geld reicht«, sagte Patrick entschlossen, und ich willigte ergeben ein, mein Bestes zu tun.

Ernest, mit der Aufgabe betraut, Miss Briggs von der Dielentür aus zu beobachten, rief jetzt: »Achtung, sie kommt, Miss. Sie kommt!«

Auf meinen Wink zogen die Kinder hastig ihr Lesebuch und vertieften sich mit unnatürlichem Eifer in seine Seiten.

Als Miss Briggs eintrat, hätten die Ellbogenstöße und bedeutungsvollen Blicke jedem Aufmerksamen signalisiert, daß »was los war«. Fairacre-Kinder sind keine geschickten Heuchler.

Als ich ein paar Tage später einige Briefe zur Post trug, traf ich Peter Hale, der in Tyler's Row lebt. Er hat den Besitz vor Jahren gekauft und er und seine Frau haben die Reihe von vier baufälligen Cottages in ein einziges wunderschönes Haus verwandelt.

Ich fragte ihn, ob sich die geplante Fernsehsendung über Aloysius, der früher in Tyler's Row gelebt hatte, weiterentwickelt hätte.

»Nun ja, vorige Woche sollten zwei Kerle kommen und nachsehen, ob das Innere des letzten Hauses, in dem Aloysius tatsächlich gewohnt hat, Filmaufnahmen wert sei. Aber es ist so verändert, daß ich persönlich es für Zeitverschwendung halte.«

»Was haben sie denn gesagt?«

»Sie sind gar nicht erst gekommen. Diana und ich blieben zu Hause, sagten einer alten Schulfreundin von ihr ab, die zum Tee kommen wollte, aber keiner von den TV-Leuten tauchte auf oder sagte Bescheid.«

»Zu dumm. Glauben Sie, daß genügend Material für eine Sendung vorhanden wäre?«

»Ich habe nur eine rührende Sammlung Knittelverse in der Volksbücherei entdecken können und Mr. Willets Erinnerungen, wie schmutzig unser Dichter war. Ich sehe nicht recht ein, wie man damit das Interesse des Publikums fesseln könnte, aber ein geschickter Produzent könnte natürlich etwas in Richtung ›vernachlässigter Poet in einer feindlichen Welt‹ daraus machen.«

Ein bißchen mehr über die beabsichtigte Sendung hörte ich dann, als Gerard Baker anrief. Er wollte unbedingt wissen, ob das Aufnahmeteam die Schule filmen dürfe.

»Verstehen Sie, Aloysius ist als Junge dort Schüler gewesen«, erklärte er.

»Das könnte gehen«, sagte ich zweifelnd. »Was genau wollen die denn aufnehmen?«

»Eine gute Frage, wirklich! Ich wünschte, ich hätte nichts mit dem allen zu tun. Es ist so viel Hin und Her dabei. Wenn ich Sie wäre, würde ich sie gar nicht hereinlassen.«

»Wieso? Brauchen die denn so lange?«

Er stieß etwas aus, was die Romanschriftsteller als »gequältes Lachen« bezeichnen.

»Sie haben geschlagene zwei Stunden gebraucht, ein paar von Aloysius' Manuskripten und eine Kerze auf einem entsprechend schmuddeligen Tisch zu arrangieren. Die müssen mit dem Licht und dem Ton und wer weiß was noch herumspielen. Ich rate Ihnen, sie nur für Außenaufnahmen zuzulassen. Wenn überhaupt!«

»Vielen Dank für die Warnung.«

»Ich hab gesagt, ich würde mal bei Ihnen sondieren, weil ich Sie kenne. Lassen Sie sich nicht auf zu viel ein. Ich weiß, viel Geduld haben Sie auch in guten Zeiten nicht, und hierbei könnten Sie verrückt werden.«

»Danke«, sagte ich. Ich war nicht begeistert zu hören, daß ich offenbar eine zappelige alte Schachtel war. Und dabei war es doch nett von Gerard, mich zu beraten.

»Sagen Sie ihnen, sie könnten ein, zwei Aufnahmen außerhalb des Gebäudes machen«, sagte ich. »Im Inneren kommt es nicht in Frage.«

»Ich verstehe, was Sie meinen«, sagte Gerard und hängte ein.

»Die Wunder der modernen Technik«, sagte ich zu Tibby, »erweisen sich oft als sehr strapaziös.«

13

Mr. Willet kommt zu Hilfe

Ich muß sagen, meine neue Brille gefiel mir gut.

Ich war darauf gefaßt, daß in der Klasse geflüstert würde, als ich sie zum ersten Mal aufsetzte, doch es herrschte ehrfürchtiges Schweigen, während man mich zum Gegenstand eingehender Prüfung machte.

Der halbe Vormittag war schon vorüber, und die Sonne fing an, mit aller Gewalt von einem wolkenlosen Himmel zu brennen, da kamen die ersten Bemerkungen.

»Tut die Brille Ihnen weh?« fragte Patrick.

»Aber nein«, erwiderte ich, »ich habe sie, *damit* mir die Augen nicht weh tun.«

Kühner geworden, mischten sich jetzt auch andere Kinder ein.

»Warum sind sie nicht so groß, daß sie ganz über die Augen passen?«

»Sind so ulkige kleine Gläser billiger?«

»Wenn Sie die aufsetzen, krieg ich Angst.«

Ich bemühte mich, ihnen den Unterschied zwischen Weit- und Kurzsichtigkeit zu erklären und die Schwierigkeit, sich im Alter scharf auf etwas einzustellen, was einen Schwall von Bemerkungen über die Brillen älterer Verwandter auslöste. Ernest, der manchmal viel gescheiter ist, als er aussieht, fing an, schwierige Fragen über Linsen zu stellen, die ich nicht beantworten konnte, und als er sogar die Wörter »konkav« und »konvex« gebrauchte, mußte ich meine Unkenntnis gestehen und ihn auf den Bücherwagen verweisen, dessen freundlicher Bibliothekar vielleicht ein Buch fand, in dem seine Fragen beantwortet wurden.

Als das Thema meiner neuen Halbgläser endlich erschöpft war und ich strikt verboten hatte, sie anzurühren, geschweige denn durchzuschauen, wie Eileen vorschlug, war schon fast Pausenzeit. Draußen war es so herrlich und die Vögel zwitscherten so lustig, daß es grausam schien, die Kinder im Haus zu halten.

So gingen wir alle vorzeitig in die Pause.

Amy war weniger respektvoll meiner neuerworbenen Sehkrücke gegenüber, als sie eines Abends kam.

»Sie macht dich älter, Liebes«, verkündete sie, nachdem sie mich eine volle Minute lang genau betrachtet hatte. »Wieso hast du dir gerade diese Gläser ausgesucht? Die sehen so schrecklich gelehrt aus, finde ich.«

»Was ist daran verkehrt? Schließlich bin ich eine Studierte.«

»Gewiß, primitiv gesehen bist du das ja auch. Aber diese Brille gibt dir etwas, als wärst du dabei, den dritten Band von jemandes Biographie zu schreiben. Tacitus, sagen wir mal, oder Cicero.«

»Eben darum! Es ist doch nett, gebildet auszusehen.«

»Das mag schon sein, aber man will doch nicht exzentrisch wirken.«

Allmählich bekam ich es mit der Angst.

»Willst du damit sagen, Amy, daß ich mit dieser Brille aussehe, als sei ich nicht ganz normal?«

»Nein, nicht direkt«, sagte Amy, aber in einem Ton, der mich noch mehr bestürzte. »Nein, das würde ich nicht sagen, nicht ganz. Ich meine ja nur, daß sie dich irgendwie alt aussehen läßt, wenn du verstehst, was ich meine«, schloß sie.

»Diese Unterhaltung führt meiner Ansicht nach zu nichts«, sagte ich. »Erzähl mal, warum du eigentlich gekommen bist.«

»Gerard Baker ist drauf und dran, bei diesem Fernsehblödsinn mitzutun, und ich habe ihm ein Bett angeboten, für den Notfall. Ich hab gedacht, ob du ihn vielleicht sehen möchtest, solange er hier ist.«

»Nett von dir, Amy. Gerard seh ich immer gern.«

»Schön!« rief Amy mit unnötiger Begeisterung.

»Nicht so, wie du denkst«, sagte ich energisch. »Nur daß er nett ist und daß es mich interessiert, wie die Sendung wird. Wie ich von Peter Hale höre, wollen sie in seinem Haus Aufnahmen machen – in Tyler's Row.«

»Na, hoffentlich hält er das durch. Eine Freundin von mir hat man geschlagene fünf Stunden von Pontius zu Pilatus gehetzt, und dann war sie genau fünf Minuten im Film zu sehen. Sie sagt, ihre Teppiche seien für immer dahin, und sie mußte ein Wochenende in einem besonders ruhigen Hotel verbringen, um sich von dieser Zerreißprobe wieder zu erholen.«

Wir gingen in den Garten. Die Sonne stand noch hoch am Himmel, und dabei war schon früher Abend.

»Komm mit zur Haustür«, drängte ich, »und schau dir die jungen Schwalben an. Ich glaube, es sind fünf, aber Mr. Willet schwört, es sind nur vier.«

Die Vogeleltern jagten noch immer über den Nachbarfeldern, um die Jungen mit Insekten zu versorgen. Winzige, blauschwarze Köpfchen schauten über den Nestrand, und ein irres Gepiepse brach aus, wenn einer der Elternvögel mit dem Schnabel voller Nahrung sich näherte.

Amy musterte meine Schwelle, die reichlich mit Vogelkot bedeckt war.

»Kannst du denn nicht irgendwas anbringen, um das alles aufzufangen?« fragte sie leicht angewidert.

»Mr. Willet hat es versucht, aber sie mögen es nicht«, erwiderte ich.

»Und wie steht sich der Tyrann Tibby mit diesen Eindringlingen?« wollte Amy wissen. »Ich sehe deutlich, daß du hoffnungslos überfordert bist. Was du brauchst, ist ein

Mann im Haus, der sich um so was kümmert. Nun ist Gerard, das weiß ich bestimmt, unter seinem etwas hilflosen Äußeren sehr praktisch veranlagt. Wann könntest du kommen und ihn treffen?«

»O Amy«, jammerte ich. »Begreif doch endlich, daß ich gern ein Single bin!«

Sie mußte lachen, und wir verließen die anstößige Schwelle und gingen lieber zurück in den Garten.

»Ich glaube, ich weiß, wie dir zumute ist«, sagte Amy schließlich. »Ich empfand meine wenigen Tage Einsamkeit als herrlich erholsam. Und war es nicht Katherine Mansfield, die sagte, eine der Annehmlichkeiten des Alleinlebens wäre die: wenn man ein Haar im Honig fände, wußte man wenigstens sicher, es wäre das eigene.«

Es kam keine Zuschrift auf meine Anzeige wegen einer Schulputzfrau. Mrs. Pringle wäre entzückt über eine solche Nachricht gewesen, und ich hatte nicht die Absicht, es ihr zu erzählen. Der dörfliche Buschtelegraf würde es ihr bald genug zutragen.

Obwohl ich so vorsichtig war, Mr. Willet nichts darüber zu sagen, erriet er es offenbar, daß nicht gerade ein Ansturm auf den Posten herrschte. Eines Nachmittags fragte er plötzlich: »Behalten Sie denn dann die verflixte Minnie?« Wir waren auf dem Schulhof, und die Kinder verschwanden rasch um die Wegbiegung. Das Klirren von Eimer und Besen drang aus dem eben erst verlassenen Klassenzimmer.

»Nur so lange, bis wir jemand auf Dauer finden«, sagte ich zurückhaltend.

»Auf die müssen Sie aufpassen«, warnte Mr. Willet. »Die hat ihren Kleinen gestern den Bodenlumpen auslutschen lassen. Ich hab's selber gesehen.«

»Nein!« rief ich entsetzt. »Er kann ja eine gräßliche Krankheit kriegen.«

Mr. Willet wedelte unbekümmert mit der Hand.

»Um das Gör hab ich mir keine Sorgen gemacht, aber es tut dem Lumpen nicht gut, wenn man an ihm kaut. Die kosten heutzutage ein Vermögen, sagt Alice. Sie zerschneidet meine alten Hosen in hübsche Vierecke für so was und spart dadurch ein nettes Sümmchen, kann ich Ihnen sagen.«

»Ich nehme an«, sagte ich tastend, »daß Mrs. Pringle noch immer in ärztlicher Behandlung ist, oder? Ich meine, ich weiß, daß sie ihre Fehler hat.«

»Das kann man wohl sagen«, warf Mr. Willet ein.

»Aber sie putzt fabelhaft. Ich glaube nicht, daß Minnie es noch sehr viel länger schafft.«

»Sie können ja noch mal hingehen zu dem alten Drachen«, meinte Mr. Willet und klatschte eine Fliege auf seinem Schenkel tot, die den Schwalbenbabys sicher gut geschmeckt hätte. »Aber ich schätze, die will nur ausprobieren, wie lang Sie's mit der Minnie aushalten. Die Mrs. P. hat ihre boshaften Seiten, wie Sie wohl wissen.«

Ich wußte es, aber ich wagte es vor Mr. Willet nicht zu äußern. Da hörte man plötzlich Radau drüben im Schulhaus. Ich stellte meine Tasse auf die Gartenbank und lief hinüber. Was würde ich sehen müssen, dachte ich beim Laufen. Zerbrochene Fensterscheiben, zerschlagene Waschbecken, zertrümmerte Bänke schwammen vor meinen Augen. Minnie war zu allem fähig.

Ich bemerkte einen zerbeulten Lastwagen auf dem Weg vor der Schule, erkannte ihn aber in der Hitze des Gefechts nicht gleich.

Ich stürzte ins Gebäude und sah mich einem grimmig blickenden Mann gegenüber. Minnie kreischte hinter meinem Katheder, und das am Scheuertuch kauende Kind brüllte wie am Spieß.

»Was ist hier los?« rief ich und übertönte den Tumult.

Minnie wies mit dem Finger anklagend auf den Eindringling.

»Es ist Ern«, kreischte sie. »Er ist ganz durcheinander.«

Das war nur zu augenfällig. Der Kerl knirschte mit den Zähnen und atmete schwer. Sein Gesicht war gerötet, seine Fäuste waren geballt. Ich hatte Minnies Ehemann noch nie gesehen, aber es schien kaum der Moment, zu ihm zu sagen: »Guten Tag, wie geht's?«

»Ich muß Sie bitten zu gehen«, begann ich mit so viel Autorität, wie ich aufbrachte. Was, wenn er über mich herfiel? Ich wünschte, ich hätte in der Fachhochschule in Caxley Karate-Unterricht genommen. »Dies ist Schuleigentum, und Minnie tut hier Dienst«, fuhr ich fort.

Er wandte sich drohend zu mir. »Sie halten den Mund! Die hat ihren Dienst getan und auch noch mit ihrem verfluchten Bert. Sie kommt jetzt mit mir heim. Die mach ich zur Schnecke, und das ohne Ihre Hilfe.«

Erstaunlicherweise erschrak ich nicht. Wahrscheinlich, weil ich so wütend war über sein Eindringen.

»Minnie bleibt hier bis halb sechs«, belehrte ich ihn energisch. »Ich rate Ihnen heimzugehen, sonst hole ich sofort die Polizei. Ich dulde keine Schlägereien in meiner Schule.«

Er stieß eine Reihe von Kraftausdrücken aus, von denen viele mir unbekannt waren, wandte sich aber zu meiner Erleichterung zur Tür.

»Ich wart' auf dich«, sagte er drohend zu der am Boden kauernden Minnie und entfernte sich mit Riesenschritten.

Der Kleine brüllte noch immer, daß einem fast der Kopf platzte, und ich holte erst einmal die Bonbondose, ehe ich mich Minnie zuwandte. Ein großes, birnenförmiges Bonbon brachte wenigstens das Kind zum Schweigen, obwohl es unter gegebenen Umständen gefährlich war, es ihm in den Mund zu stecken. Ich dachte, Ersticken war immer noch besser als ein Höllenlärm, und stellte einen umgestürzten Eimer wieder auf.

»So, Minnie«, sagte ich. »Jetzt setz dich hin und erzähl mir alles.«

Aus dem zusammenhanglosen Bericht der tränenreichen Minnie ging hervor, daß Bert, ihr alter Bewunderer, sie in Erns Abwesenheit besucht hatte.

»Ich hab doch nie 'n Spaß«, jammerte Minnie und wischte sich ihre nasse Nase mit dem Handrücken. Wieder trat ich an den Schrank und versorgte sie mit einer Handvoll Papiertaschentücher.

Minnie betrachtete sie verwundert.

»Putz dir damit die Nase«, befahl ich. Sie gehorchte, wenn auch ungenügend.

»Der Ern, der führt mich nie wohin und gibt mir kein Geld, um Essen für die Kinder zu kaufen und alles. Er würd' auch das nehmen, was ich hier verdiene, wenn er's finden könnt'.«

Hier stieß sie ein unterdrücktes Kichern aus, zerrte an ihrem Ausschnitt, bückte sich und offenbarte ein Bündel Pfundnoten, das innen in ihrem schmuddeligen Unterhemd mit einer riesigen Sicherheitsnadel festgesteckt war.

Es sah höchst unbequem aus, fand ich, zeigte jedoch, daß Minnie ein gewisses Maß an Schläue besaß.

»Tantchen hat mir gesagt, daß ich das so machen muß«, fuhr sie fort und kratzte sich den roten Schopf. Ich hätte es wissen können. Die Erfahrung lehrte, daß Mrs. Pringle bei jedem Konflikt immer einen Schritt voraus war.

»Aber Minnie, so kannst du doch nicht weitermachen. Er ist schließlich dein Ehemann und er ist natürlich – äh – aufgeregt – wenn du es mit anderen Männern treibst.«

Sie sah mich erstaunt an.

»Es sind doch keine andern Männer, es ist doch bloß Bert. Und er kommt doch gar nicht oft. Ich meine, doch nur, wenn Ern weg ist.«

Ich gab auf und ging zu Dingen über, die außerhalb von Minnies Eheproblemen lagen. »Ich kann so etwas in der Schule nicht dulden. Was wäre gewesen, wenn die Kinder dabei gewesen wären? Erns Ausdrücke waren –«

»Er hat nichts wirklich Schlimmes gesagt. Heute nicht, hat er nicht. Er kann viel schlimmere«, rühmte sie.

»Hör mal, Minnie, jetzt mach hier deine Arbeit fertig und dann komm, ehe du gehst, hinüber ins Lehrerhaus. Dort besprechen wir alles Weitere.«

Auf dem Heimweg schaute ich den Pfad hinunter und tatsächlich, Erns Lastwagen stand noch immer in einiger Entfernung. Sollte ich die Polizei rufen oder nicht?

Zwanzig Minuten später erschien Minnie, den Kleinen im Schlepptau, und ich setzte sie an den Küchentisch mit einer stärkenden Tasse Tee. Während sie die trank, wusch ich dem Kind Gesicht und Hände mit einem Tuch, das danach sofort in die Mülltonne wanderte. Der Kleine war unter dem Schmutz ein niedlicher Junge.

»Er is' noch da«, sagte Minnie.

»Ich weiß. Ich fahr dich heim.«

»Der kommt mir nach.«

»Es ist doch auch *sein* Zuhause.«

Minnie fing wieder an zu weinen.

»Jetzt nimm dich zusammen, Minnie. Sieh es doch mal von Erns Standpunkt aus.«

Sobald Minnie sich gefaßt hatte, brachen wir nach Springbourne auf. Der Lastwagen war verschwunden und parkte auch nirgends in der Nähe von Minnies Siedlungshaus. Die Luft war anscheinend rein.

»Nun flitze mal schnell«, sagte ich und öffnete die Wagentür. »Und Minnie, schau dich nach einem anderen Job um. Wir nehmen nächste Woche lieber jemand anders für die Schule.«

Ich dachte, jetzt würden wieder Tränen fließen, aber statt dessen grinste sie mich irre an.

»Bert kennt 'ne Dame in Caxley, die nimmt mich«, sagte sie. »Ich soll in einem Gasthaus putzen.«

Ich sah sie ins Haus treten, wendete und fuhr dankbar heim. Mir war, als hätte ich einen schweren Ringkampf hinter mich gebracht. Wenn man es sich recht überlegte, stimmte das auch.

So schön der Mai ist, ein sonniger Juni läuft ihm fast den Rang ab.

Die frühen Morgen in Fairacre sind kühl und taufrisch, und um halb zehn, sobald das Klassenbuch geschlossen war, führte ich die Kinder manchmal spazieren.

Dem Stundenplan nach hätten wir Rechenstunde haben sollen, aber die konnten wir ja nachholen, wenn es fürs Draußensein zu heiß wurde.

Die Hecken hatten jetzt dichte grüne Blätter und trugen dazwischen wilde Rosen, rosa und zart wie Muscheln.

Die Lämmer wurden täglich größer, waren aber noch klein genug, um herumzuhüpfen und sich gegenseitig und

ihre geduldigen Mütter mit den Hörnern zu stoßen und die Felder auf und ab zu rennen, die wolligen Köpfe zu schütteln und laut zu blöken.

Überall waren Vögel. Verdutzte Jungvögel saßen auf dem Spielplatz, Kiebitze flatterten zu Dutzenden über Mr. Roberts' Felder. Die Grannengerste auf dem Feld nahe bei der

Schule fing an zu bleichen, und ihre schweren Kolben neigten sich.

Die jungen Schwälbchen waren jetzt fast so groß wie ihre Eltern und machten kurze Übungsflüge vom Telefondraht zur Fernsehantenne auf dem Schuldach. Ihr piepsendes Geschwatze begann schon früh um vier.

Ein besonders zahmes Rotkehlchen sahen die Kinder entzückt auf dem Blumentopf sitzen, der die Tür aufhielt. Seine Flügel ragten zusammengelegt nach hinten heraus und es glich einem Mann, der seine Frackschöße schürzt und sich den Rücken am Kamin wärmt.

Die Sommernächte waren so schön wie die Tage. Jede Nacht schien der Mond, riesig und golden, und bei Vollmond hätte man fast ein Buch lesen können, so hell war es.

Im Garten gab es sonderbare Geräusche, die Igel schnüffelten und schlurften herum. Ein Wiesel kläffte, und eine Eule ließ ihren gespenstischen, zittrigen Schrei hören. Die Schatten der Bäume lagen still und schwarz auf dem silbrigen Rasen, und das Mondlicht schimmerte auf den Fenstern und dem Dach des Schulhauses. Die Schlaflosigkeit in solchen Nächten hatte durchaus ihren Wert, soviel Schönheit erlebte man selten, und ich genoß sie um so intensiver. Was waren die winzigen Nadelstiche alltäglichen Ärgers dagegen.

Der ›Caxley Chronicle‹, unsere Lokalzeitung, brachte einen Bericht über einen Mann, der unter der Anklage »unsittlicher Entblößung« vor Gericht stand. Das war vermutlich Amys »gräßlicher Mann«. Er war in einem Park in Caxley verhaftet worden.

Ich hatte ein schlechtes Gewissen, weil ich vergessen hatte, mich auf Amys Rat mit Farbspray einzudecken, konnte jetzt aber wohl aufatmen. Vielleicht würde mich Amy nicht weiter ins Kreuzverhör nehmen.

Ich legte die Zeitung zusammen und ging zur Schule

hinüber. Heute fühlten sich die Morgenstunden irgendwie anders an. Die Sonne schien durch einen leichten Dunst, und es herrschte eine unheimliche Stille. Schon jetzt war es drückend heiß, und die offenen Fenster ließen keinen erfrischenden Luftzug herein.

»Das ist das Ende vom Sommer«, sagte Mr. Willet bei seinem Eintreffen. »Noch heute abend kriegen wir ein Gewitter, denken Sie an meine Worte. Wär nicht mal schlecht!«

»Wieso das denn? Sonne kann man doch nie genug haben!«

»Sehen Sie die Regentonnen? Leer wie die Eierschalen. Wie ich sehe, zerreißt es Ihre schon. Ich geb meiner hie und da einen Schwupp Wasser, wenn der olle Ted Bates nicht auf Streife ist. Bei der Hitze braucht Schiefer 'ne Menge.«

»Wollen Sie damit sagen, daß mir alles Regenwasser davonfließen wird, wenn es anfängt zu gießen?«

»Sehr wahrscheinlich«, erwiderte Mr. Willet fröhlich. »Andrerseits können Sie auch Glück haben und die Risse schließen sich, wenn sie naß werden. Es heißt doch, der Teufel verläßt die Seinen nicht.«

»Vielen Dank«, sagte ich barsch.

Mr. Willet lachte gluckernd.

»War 'n Witz, Miss Read. Sie sind ein bißchen durcheinander wegen der Putzfrauengeschichte, denk ich. Aber Gott sei Dank hört Minnie heute auf. Die kann einen wirklich kribblig machen, und das ist klar bei den zwei Kerlen, die sie an der Nase herumführt. Sie haben ganz recht, daß Sie sie rausgeworfen haben.«

Ich war zu verblüfft, um etwas dazu zu sagen, und dachte wieder einmal, wie wenig ich doch über die Buschtrommel in einem Dorf wußte, da ging er schon zur Tür.

»Sie könnten's mal mit Bella George versuchen«, sagte er, die schwieligen Finger schon auf der Türklinke. »Ihr Alter hat die Schicht gewechselt, und sie ist eine Perle mit dem Bodenlumpen. Das heißt, wenn das verdammte Pringle-Gör uns einen übriggelassen hat.«

Er zwinkerte mir zu und verschwand.

Bella George, natürlich, warum es nicht mit ihr versuchen. Der liebe Mr. Willet, dachte ich zärtlich. Immer auf seiten des Lehrers!

14

Regen und Romantik

Wie immer behielt Mr. Willet mit seiner Wettervoraussage recht. Am Vormittag war der Himmel bereits bedeckt und die Schwüle bedrückend. Die Wolkenwand im Westen hatte eine merkwürdige Kupferfarbe, und es sang kein Vogel. Kein Lufthauch bewegte Blumenblätter oder Laub. Es war, als wartete die Erde auf etwas.

Das erste Donnergrollen kam, als die Kinder nach der Schulspeisung spielten. Es kam näher und näher, tückische Blitze zerfetzten den Himmel. Ich rief die Kinder ins Haus, als eben die ersten Tropfen fielen.

Binnen zehn Minuten hatten wir eine Überschwemmung. Die Regentropfen kreiselten wie Silbermünzen auf dem Schulhof, und der kalkige Staub am Rande des Ackers wurde erst pockennarbig und verwandelte sich sekundenschnell in Schlick.

Wasser ergoß sich sprudelnd aus den Dachrinnen und vom Dach. Kleine Flüsse strömten an den Wegrändern entlang, und die Kirche verschwand hinter einem Vorhang silberner Tropfen.

Der Lärm war fürchterlich und ehrfurchtgebietend. Donner krachte und Blitze zuckten, und ich hörte jemand in der Klasse der Kleinen jammern. Auch meine Klasse hatte Angst, blieb aber still. Es war so dunkel im Klassenzimmer, daß ich das Licht anknipste. Es knatterte gewaltig, und unter dem entsetzten Aufstöhnen der Kinder ging die Lampe wieder aus.

»Köpfe aufs Pult«, befahl ich, »macht ein Nickerchen.« Vergebliche Hoffnung, dachte ich dabei, aber arbeiten war unmöglich. Sie legten die Köpfe auf ihre Bänke, und ich konnte nur hoffen, daß das Wimmern im Nachbarzimmer nicht ansteckend war.

Das Unwetter hörte so plötzlich auf, wie es angefangen hatte. Der Donner entfernte sich, die Blitze wurden weniger bösartig. Ich ließ die Kinder bleiben, wo sie waren, und fragte mich, ob sie wohl das Trommeln der Regentropfen auf dem Sommerlaub und das stete Plopp-plopp aus der Dachrinne als ebenso hübsch empfunden hatten wie ich. Der Geruch nach nasser Erde war erfrischend.

Der Regen hielt an, und als der Unterricht vorbei war, wurde klar, daß Miss Briggs und ich einige Heimtransporte vor uns hatten. Die meisten Kinder trugen Shorts, T-Shirts oder dünne Baumwollkleider.

Ein paar Mütter mit aufgespannten Regenschirmen und den Gummimänteln der Kinder über dem Arm erschienen. Deren Sprößlinge waren bald auf dem Heimweg.

Mr. Roberts' Landrover hielt platschend am Gartentor, und er lud alle Kinder zum Mitfahren ein, die unweit des Postamts zu Hause waren. Ein halbes Dutzend drängte sich aufgeregt in den Schutz seines Wagens.

Miss Briggs quetschte zwei Kinder neben sich auf den Beifahrersitz, und ich blieb mit der Familie Coggs übrig.

Als wir meinen Wagen bestiegen, tauchte Minnie Pringle auf. Sie schob den verbeulten Kinderwagen. Sein Insasse sah ziemlich trocken aus, aber von Minnie troff das Wasser, und ihr rotes Zottelhaar hing ihr in nassen Strähnen in die Stirn. Ihr Grinsen war so fanatisch wie immer.

Wenn wir Glück hatten, war es ihr letztes Pensum Arbeit, das sie in der Schule leisten würde, und infolge meiner Erleichterung schlug mir das Gewissen.

»Minnie«, rief ich aus dem Wagenfenster, »tu doch deine nassen Sachen in die Küche und mach dir eine Tasse Tee, eh du anfängst.«

»O prima, mach ich«, schrie sie begeistert, wendete den Kinderwagen und strebte zum Lehrerhaus.

Ich war schon halbwegs beim Haus der Coggs, als ich mir überlegte, welche Verwüstungen Minnie beim Teekochen in meiner Küche anrichten könnte.

Die Hintertür von Mrs. Coggs' Haus führte direkt in die Küche, und ich drängte die drei Kinder hinein. Auf dringende Aufforderung ihrer Mutter trat ich ebenfalls ein.

Ich hatte das Haus schon bei verschiedenen Gelegenheiten besucht und war immer mit einem Gefühl der Erleichterung, aber auch der Hoffnungslosigkeit wieder gegangen. Es schien das verkommenste Haus in ganz Fairacre zu sein, und manchmal war man vom Geruch nach ungewaschenem Geschirr und verschmutzten Kleidern wie betäubt.

Ich kann nicht behaupten, daß es diesmal einen erfreulich ordentlichen Anblick bot, aber es hatte sich doch gebessert. Zunächst einmal stank es nicht mehr so durchdringend. Es standen nur wenige benutzte Kochtöpfe auf dem Abtropfbrett und die waren zum Einweichen voller Wasser.

Über die meisten der schäbigen Stühle waren Zeitungen oder Kleider zum Trocknen ausgebreitet, aber der Tisch war leer und hatte sogar ein Tischtuch. Mrs. Coggs selbst war bedeutend sauberer und zufriedener. Arthurs Gefängnisaufenthalt hatte der Gesundheit seiner Ehefrau durchaus aufgeholfen, und ich argwöhnte, daß Alice Willets und Bella Georges freundliche Unterstützung der Familie beträchtlich zugute gekommen war.

Beim Gedanken an Bella George fiel mir Mr. Willets Rat ein. Und da ich in der Nähe war, würde ich sie sofort aufsuchen.

Ich fand sie in ihrer Küche beim Teigausrollen. Sie sah so heiter aus wie immer, bat mich, mich zu setzen, und wusch sich die bemehlten Hände.

»Ich komme ein anderes Mal«, sagte ich. »Sie haben doch zu tun.«

»Teig wird sowieso besser, wenn er ein Weilchen steht«, sagte Bella. »Kann ich Ihnen helfen?«

»Ich hoffe es«, gestand ich und berichtete von meinen Schwierigkeiten. Sie schien nachzudenken, und das stimmte mich zuversichtlich.

»Warum eigentlich nicht«, sagte sie schließlich. »Jack ist die nächsten sechs Wochen auf der neuen Schicht, und das bedeutet, daß er um zwei Uhr nachmittags geht und manchmal abends gar nicht heimkommt. Die müssen ein paarmal die Woche nach East Anglia rüber, und dann bleibt er dort über Nacht. Ich könnte leicht das machen, was Minnie jetzt macht, aber am frühen Morgen putzen täte ich nicht so gern.«

Ich erklärte ihr hastig, daß das so bleiben könne, bis wir eine Putzfrau in Dauerstellung hätten. Dann lief ich durch den Regen schnell zu meinem Wagen und ließ Bella ihre Pastete backen.

Während der Wagen durch die Pfützen zischte, war mein Herz leicht bei dem Gedanken, daß Bella die gute, irre Minnie ablösen würde.

Über der Landschaft lag am nächsten Tag ein dicker weißer Nebel, doch mittags klarte es auf und die Sonne schien. Der eben noch so graue Rasen war über Nacht grün geworden. Regentropfen funkelten auf den Rosen und die Erde dampfte leicht.

Meine Regentonnen flossen über, und es würde mir ein Vergnügen sein, Mr. Willet am Montag morgen mitzuteilen, sie seien wasserdicht wie eh und je.

Minnie Pringle hatte ihren Lohn und ihre Kündigung mit fröhlicher Unbekümmertheit entgegengenommen, und was sie weit mehr bewegt hatte, war mein Abschiedsgeschenk, ein Glas Pulverkaffee. Erstaunlicherweise hatte während meiner kurzen Abwesenheit nichts Schaden genommen, sie hatte sogar das Geschirrtuch zum Trocknen aufgehängt.

Während ich mein Rührei aß, studierte ich das Abendprogramm im Fernsehen. Man bot mir eine nette halbstündige Operation am offenen Herzen, ein Interview mit den Überlebenden eines Grubenunglücks, eine Diskussion zwischen Drogensüchtigen über ihre Probleme und eine andere über Abtreibungen.

»Weißt du was, Tibby«, sagte ich und legte die Zeitung weg. »Wir lesen lieber ein Buch.«

Alles in allem war der Abend großartig.

Miriam Quinn kam eines Abends nach der Schule vorbei und holte sich ein Buch mit Strickmustern, das ich ihr zu leihen versprochen hatte. Es war ein altmodisches Buch über Kinderkleidchen, aber die Muster waren leicht und hatten immer die richtige Größe, ein seltener Vorteil bei Mustern.

Während ich ihr die zeigte, die ich schon oft nachgestrickt und sehr tauglich gefunden hatte, fuhr Amys Wagen vor, und sie und Gerard Baker kamen herein.

Miriam kannte Amy, und ich wollte Gerard gerade vorstellen, da merkte ich, daß sie einander etwas verdutzt musterten.

»Ich glaube, wir kennen uns«, sagte Gerard. »Jedenfalls kenne ich Ihren Bruder Lovell.«

»Cambridge?« sagte Miriam auf gut Glück.

»Genau!«

Ich fand, darauf sollten wir etwas trinken, und holte, während sie weiter forschten, einen Sherry.

Sie waren noch dabei, sich an dies und jenes zu erinnern, als ich wieder ins Wohnzimmer kam.

»Ich habe Sie zum ersten Mal auf dem Maiball gesehen«, sagte Gerard, »Sie hatten ein cremefarbenes Kleid an und eine Kamelie im Haar.«

»Du lieber Himmel!« rief Miriam aus. »Was für ein unglaubliches Gedächtnis müssen Sie haben! Ich erinnere mich nur noch schwach an diese Gelegenheit.«

»Sie waren intensiv von einem Burschen namens Martin Farrar in Anspruch genommen, wenn ich mich recht erinnere«, bemerkte Gerard.

Zu meinem Erstaunen wurde Miriam rot. Ich hatte sie noch nie verlegen erlebt.

»Miriam plant schon Weihnachtsgeschenke«, sagte ich hastig und reichte Amy das Strickmusterbuch.

Draußen schimpfte eine Amsel im Fliederbusch. Tibby war gewiß wieder mal dabei, zu provozieren.

Eine leichte, warme Brise bewegte die Vorhänge, und die Luft war erfüllt von allen Düften des Sommers.

»Tragen Kinder denn immer noch gestrickte Strümpfe?« fragte Amy und studierte ein Foto in dem alten Buch. »Oder gestrickte Mieder, wie es hier heißt?«

»Bei diesem Wetter nicht«, sagte Gerard. »Haben Sie schon mal einen solchen Sommer erlebt? Sogar in Norfolk muß es warm sein. Wenn es so bleibt, haben wir die Außenaufnahmen von Aloysius' Cottage in zwei Tagen geschafft. Wir fangen übrigens am Donnerstag an.«

»Komm doch am Mittwoch zum Abendessen«, sagte Amy. »Sie hoffentlich auch«, schloß sie an Miriam gewandt.

»Sehr gern. Vielen Dank.«

»Kommt in den Garten«, schlug ich vor. »Der Abend ist zu herrlich, um im Haus zu bleiben.«

Amy nahm mich beiseite, als Gerard und Miriam mein Rosenbeet besichtigten.

»Gerard scheint mir auffallend animiert und aufmerksam«, sagte sie ziemlich streng. »Ich hatte vor, ihn am Mittwoch zu deinem Tischherrn zu machen, aber ich muß erst schauen, ob Horace frei ist.«

»Ach, Amy«, rief ich ungeduldig, »das ist doch egal. Es ist schön, daß die zwei es so gut miteinander können, und ich bin auch als fünftes Rad am Wagen völlig zufrieden, da sei ganz sicher.«

»Ich habe den Tisch gern symmetrisch«, sagte Amy, »aber nun ist es mal so. Wenigstens wird James dabei sein. Er versucht, dieser Tage daheim zu sein, besonders, wenn ich Gäste habe.«

»Gut«, sagte ich. »Ich kann aber auch wegbleiben, wenn du dich mit der Tischordnung plagst«, bot ich großmütig an.

»Unsinn!« sagte Amy. »Du mußt natürlich kommen. Gerard ist bis dahin bestimmt wieder ganz der alte.«

Darauf ließ sich nichts erwidern. Nach einigen Runden durch den Garten verabschiedeten sich Amy und Gerard.

»Das war ja ein merkwürdiger Zufall«, rief Miriam, als sie fort waren. »Wissen Sie, er war damals riesig nett zu mir. Ich war furchtbar schüchtern, und er hat sich die Mühe gemacht, den ersten Teil des Abends für mich zu sorgen. Später tauchte dann Martin auf, und ich fürchte, für den Rest des Balles hatte ich nur noch Augen für ihn. Unverzeihlich, so etwas!« schloß sie zerknirscht.

»Als junger Mensch ist man immer ein bißchen herzlos«, tröstete ich. »Hier, vergessen Sie die Strickmuster nicht. Sie haben mich darauf gebracht, auch schon mit Stricken für Weihnachten anzufangen!«

Als ich nachts aufwachte, hing das ganze Fenster voller Sterne. Ihre Helligkeit war unglaublich. Es war kein Mond zu sehen, aber zum ersten Mal in meinem Leben sah ich das Zimmer von sanftem Sternenlicht erhellt, und das alte Kinderliedchen fiel mir ein, das die Kinder beim Seilhüpfen singen: »Mondlicht, Sternenlicht,/Boney, der kommt heute nicht ...«

Ob sie wissen, wer Boney war, dachte ich. Morgen muß ich daran denken, ihnen von Bonaparte zu erzählen.

Ich stieg aus dem Bett, um in den dämmrigen Garten

hinauszuschauen. Es war totenstill, nicht einmal ein Igel raschelte, jedes Blatt hing regungslos. Einige Minuten lang stand ich da wie verzaubert und dankte den Sternen, daß ich in Fairacre leben durfte, dann bekam ich kalte Füße und kroch wieder ins Bett. Ich schlief traumlos.

Wie schon so oft, traf ich auch diesmal zu früh bei Amy ein.

»Ich bin so froh, dich ein paar Minuten für mich zu haben«, begrüßte sie mich. »Ich habe unglaubliche Neuigkeiten. Nach dem Besuch bei dir habe ich Horace angerufen, und weißt du, was?«

»Er ist krank geworden?«

»Nein, nein. Er klang fürchterlich gesund.«

»Er hat eine Stellung im Ausland angenommen?«

»Auch nicht. Laß mich erzählen, statt phantastische Vermutungen anzustellen. Ich bin wirklich ganz außer mir, und wegen dir, muß ich sagen.«

Ich schwieg ergeben.

»Erinnerst du dich an dieses Sekretärinnenwesen. Eve Masters? Er hat sie zu der Veranstaltung ›Rettet die Kinder‹ mitgenommen, hast du mir damals erzählt.«

»Natürlich.«

»Weißt du was? Sie sind *verlobt!*« Plötzlich wurde Amy besorgt. »Möchtest du dich nicht setzen? Es muß ein Schock für dich sein.«

»Nicht für mich«, sagte ich, »aber vermutlich für dich. Wie steht es denn nun mit deiner Tischordnung?«

»Ach, laß das doch jetzt. Du bist wirklich tapfer. Ich bin ganz außer mir. Ich meine, ich hatte doch immer gehofft, daß er und du –«

»Ich nicht«, sagte ich. »Ich freu mich riesig über diese Nachricht. Sie haben für heute abend wohl schon eine Verabredung, was?«

»Ihre Eltern kommen her, um ihn richtig kennenzulernen, und sie haben im ›Green Man‹ in Caxley einen Tisch reserviert. Ich kann nur hoffen, daß sie nicht ausgerechnet Ente wählen. Meine Portion Ente war beim letzten Mal, als mich James dorthin ausführte, das reinste Gummi.«

Sie gab mir schnell einen Kuß.

»Geht's dir auch bestimmt gut? Du bist so wunderbar ruhig. Ich hätte unter diesen Umständen sicherlich geflennt.«

»Du bist auch nicht so hartgesotten wie ich, Amy«, wies ich sie zurecht, weil schon die anderen Gäste vor der Tür standen. »Unverbesserliche Kuppler kriegen eben manchmal was auf die Finger«, schloß ich gouvernantenhaft.

»Meine Mutter«, sagte Amy, »hätte gesagt, du hast im Besteckkasten bei den Messern geschlafen. Viel zu scharf!«

Noch immer lachend öffnete sie die Tür, um die übrigen Gäste einzulassen.

15

Geschenke des Sommers

Die goldenen Tage hielten an. Woche für Woche hatte die Sonne gestrahlt, und wir bekamen fast einen Schreck, als wir merkten, daß wir schon Juli hatten und sie noch immer schien. Bald würde der Ferienanfang da sein mit allem, was er für eine Lehrerin bedeutet, unsere Miss Briggs würde heiraten, und ich mußte meine Autokarten herausholen und die beste Route für meinen ältlichen Wagen suchen, der mich zu diesem fröhlichen Ereignis nach Bad Leamington bringen sollte.

Schon sahen einige der Kornfelder aus, als müsse man sie abernten, Skabiosen und Flockenblumen verdrängten die Queen-Anne-Spitzen des Wiesenkerbels, der an den Böschungen geschäumt hatte. Das kürzliche schwere Gewitter schien das Tempo des natürlichen Wachstums beschleunigt zu haben, und es machte mich traurig, daß schon frühe Astern und Dahlien in den Cottagegärten knospten. Ich hatte nicht den Wunsch, den herrlichen Sommer in einem verfrühten Herbst enden zu sehen.

Die Kinder sahen so kerngesund aus wie noch nie. Ich sagte mir, daß sie im kommenden Winter weniger Husten und Schnupfen haben würden bei all den Vitaminen oder was es war, womit die Sonne sie ausrüstete. Auch ich fühlte mich in Höchstform und freute mich, so lange hintereinander leichte Sachen und Schuhe tragen zu können. Gewöhnlich sehen die Baumwollkleider nur kurze Zeit das Tageslicht und verschwinden dann wieder im Schrank, weil man dankbar etwas Wärmeres anzieht. Das war in diesem Sommer anders, und ich hätte beinahe Mr. Willet geglaubt, der mir versicherte, daß in seiner Kindheit alle Sommer so gewesen seien.

Die erste Brut Schwalben konnte bereits perfekt fliegen, jetzt bauten die Eltern das zweite Nest. Aus irgendeinem Grunde galt das erste über der vorderen Veranda als nicht mehr passend, und es gab viel Geschwatze und Gezwitscher bei der Suche nach besseren Plätzen.

Zu meiner Bestürzung beschlossen sie ihr zweites Nest auf einem waagrechten Bündel Abflußrohre zu bauen, das auf Haltern unterm Dach der hinteren Veranda angebracht war.

»Runterreißen!« riet Mr. Willet. »Wenn Ihre Abflüsse verstopft sind, sind Sie dran! Soll ich's runterschlagen?«

»Bitte nicht, nein. Sie haben so schwer daran gearbeitet. Das können wir nicht machen.«

»Ich könnte das schon«, sagte Mr. Willet entschlossen. »Sie sind viel zu weichherzig. Wenn dann was mit Ihren verdammten Abflüssen los ist, bin ich vermutlich der Idiot, der auf dem Rad hertigern und sie reparieren muß.«

»Aber das *muß* doch nicht passieren.«

»Besser nicht. Na ja, wenn Sie es so wollen, lassen wir die kleinen Mistviecher in Ruhe. Und wenn ich mir einen Bruch hebe, besuchen Sie mich hoffentlich im Krankenhaus.«

Aber er lächelte dabei.

Kurz nach Amys Party hielt vereinbarungsgemäß ein Lieferwagen vor Tyler's Row.

Vier Männer mit einer Riesenmenge Ausrüstung wurden ausgeladen, darunter viele Meilen Kabel und eine Anzahl interessanter Lampen auf Ständern.

Die Bewohner von Fairacre blieben bereits am Gartentor der Hales stehen, wenn sie einkaufen gingen, Briefe aufgaben oder ihren täglichen Gesundheitsspaziergang absolvierten.

Über den Grund des ganzen Treibens gab es Spekulationen. »Mr. Hale will sie nicht im Haus haben«, sagte Mr. Willet. »Und ich nehm's ihm nicht übel. Die Kerle sehn aus wie das Letzte. Kein einz'ger hat 'n Schlips an.«

»Es heißt, sie brauchen vielleicht Statisten. Wär's nicht nett, mal im Fernsehn zu sein?« fragte seine Frau.

»Mr. Hale erlaubt nicht, daß sie auch nur einen einzigen Zweig vom Apfelbaum schneiden, nur weil er der Kamera im Wege ist. Der kann nämlich ungemütlich werden, wissen Sie. Wahrscheinlich, weil er Schulmeister ist, denk ich mir. Das verdirbt offenbar den Charakter«, fuhr Mr. Willet fort.

»Danke schön!« sagte ich.

Mr. Willet zeigte sich von meinem Sarkasmus unbeeindruckt.

»Dieser Knilch, der Baker, der sich für den Loischuß interessiert, der ist auch immer dabei.«

»Ich weiß«, sagte ich.

»Was meinen Sie, macht der der Miss Quinn den Hof?«

»Nicht, daß ich wüßte«, sagte ich frostig, innerlich voller Bewunderung über das unheimliche Interesse der Dorfbewohner für das Privatleben anderer.

»Ich hab ja nur gefragt, weil er ein paarmal in Holly Lodge war.«

»Er und Miss Quinn kennen sich seit Jahren«, gab ich zu. »Er war mit ihrem Bruder im College.«

Ich halte mich immer an das Prinzip, andere eine begrenzte Menge wissen zu lassen. So sind sie mit dem bißchen beschäftigt. Wenn man Glück hat – für gewöhnlich eine sinnlose Hoffnung –, bleibt dann der springende Punkt der Angelegenheit verborgen.

Ich grübelte über dieses Bruchstück an Information, als ich abends im Garten saß. Mr. Lamb von der Post hatte mir einen riesigen Korb gebracht, groß wie der eines Bäckers, und voller Stachelbeeren.

Mit meiner besten Nagelschere – es schien die einzige scharfe im ganzen Haus – ging ich daran, sie von Stengel und Blüte zu befreien.

Es saß sich angenehm dort. Tibby rollte sich zu meinen Füßen. Ein Star hatte sich in sonderbarer Stellung am Ende des Rasens niedergelassen, mit weit ausgebreiteten Flügeln, entweder um sich zu sonnen oder um Ameisen aufzupikken.

Von ferne hörte man ein Knistern aus dem Garten des Vikars, der dabei war, seine Heckenabfälle zu verbrennen. Manchmal zog ein Wölkchen blauer Rauch über meinen Garten hinweg zu Mr. Robert's Maisfeld. Ich wußte, daß Mr. Partridge dort selbst zugange war, sorgsam darauf bedacht, das Feuer unter Kontrolle zu halten.

Wo um Himmels willen, dachte ich, sollte ich die vielen Stachelbeeren unterbringen? Ich konnte sie zwar zu Gelee und Marmelade verarbeiten, aber es gibt eine Grenze für den Vorrat an Eingekochtem, den eine alleinlebende Person bewältigen kann.

Mrs. Coggs fiel mir ein. Sie sollte Marmelade und ein paar Weckgläser Kompott geschenkt bekommen. Das einzig Schwierige war, es ohne Mr. Lambs Wissen zu Mrs. Coggs zu schmuggeln.

Danach wandte ich mich in Gedanken wieder Mr. Willets Spekulationen zu. Irgendwie konnte ich mir nicht vorstellen, daß Miriam Gerard ernst nahm. Sie schien so ehrgeizig in ihrem Beruf, arbeitete schwerer als andere und liebte ihr kleines Zuhause hinter der Hecke. Irene und David Mawne waren ideale Hauswirte, hilfsbereit wenn nötig, aber voller Respekt gegenüber Miriams energischem Wunsch nach Privatsphäre.

Nein, alles in allem, beschloß ich und knipste die letzten Blüten und Stielchen ab, würde Miriam wahrscheinlich bleiben, was sie war. Sie war gern in ihrer eigenen Gesellschaft, so gern wie ich.

Ich schleppte den übervollen Korb auf die kühlen Ziegel in der Speisekammer. Morgen war noch Zeit genug, sie in Angriff zu nehmen.

Es klopfte an der Hintertür. Auf der Schwelle stand Mrs. Pringle, einen Korb in jeder Hand.

Darin waren Stachelbeeren.

»Kommen Sie herein«, lud ich sie ein und versuchte, begeistert auszusehen.

Sie lächelte huldvoll, trat ein und stellte die Körbe auf den Küchentisch. Ich mußte aufpassen, die Speisekammertür nicht aufzumachen, solange sie da war.

»Sie mögen gewiß ein paar Stachelbeeren«, sagte sie. »Es scheint heuer eine Rekordernte zu geben.«

»Stimmt«, pflichtete ich ihr bei. »Setzen Sie sich, ruhen Sie Ihr Bein aus und erzählen mir, wie es geht.«

Mrs. Pringle schien außergewöhnlich liebenswürdiger Stimmung, und ich dachte schon, sie habe sich entschlossen zurückzukehren. Direkt fragen wollte ich sie aber nicht.

Wir sprachen über allgemeine Themen und wichen dem Hauptthema aus, an das wir beide dachten. Ein paar Minuten lang beschäftigte uns das gute altbewährte Thema des Wetters, wobei Mrs. Pringles Äuglein, wie ich bemerkte, auf den Möbeln ruhten, die normalerweise von ihr gepflegt wurden und die sie vermutlich im Zustand fortgeschrittenen Verfalls anzutreffen hoffte.

»Und wie geht es bei Ihnen im Dorf?« erkundigte ich mich.

»Tja, ich glaube, Sie wissen da genausoviel wie ich. Mr. Mawne scheint jetzt ruhiger, wo seine Frau wieder da ist. Er ist einer, der eine Frau zur Gesellschaft braucht, aber welcher Mann braucht das nicht?«

Ich hielt das für eine rein rhetorische Frage und antwortete nicht.

»Das gleiche ist es mit diesem Wayne«, fuhr Mrs. Pringle fort. »Der ist richtig verknallt in seine Miss Briggs. Ist eben die Liebe, verstehen Sie. Um die sich letztlich alles dreht, wie es heißt.«

Mrs. Pringles Gesicht bekam etwas rührselig Mitleidiges. Ich war zu überrascht über diese seltene Zurschaustellung von Zärtlichkeit, um zu antworten.

»Ich nehm an, Sie gehn auf die Hochzeit?«

»Ja, tu ich«, gelang es mir zu antworten.

»Hochzeiten hab ich gern. Egal, ob sie von Anfang an daneben sind, ich unterhalt mich gut dabei, ich mag nur nicht, wenn die schwangeren Mädels Weiß tragen. Minnie hat's getan, wissen Sie. Ich hab ihr gesagt, daß das eine Schande ist, aber sie wollte es nicht anders.«

»Wie geht es Mrs. Coggs?« fragte ich, um das Thema auf ungefährlicheres Gebiet zu bringen.

»Gut ohne ihren Arthur. Aber besucht hat sie ihn natürlich.«

Das war mir neu.

»Ja, Mr. Partridge hat sie zweimal mitgenommen. Sie sagt nicht viel darüber, wie's dem geht, aber er tut ihr sicher leid, und sie muß ihn lieben, sonst wär sie nicht all die Jahre bei ihm geblieben.«

Insgeheim dachte ich, daß die arme Mrs. Coggs kaum eine andere Möglichkeit gehabt hatte bei der Horde Kinder, die von ihr abhingen, aber eine so harte Kritik wäre bei Mrs. Pringles gegenwärtiger romantischer Stimmung nicht angekommen.

Wie typisch für unseren gutherzigen Vikar, eines seiner abtrünnigsten Pfarrkinder im Gefängnis zu besuchen. Er beschämte uns alle mit seinem angewandten Christentum.

»Wie ich seh, hilft dieser nette Mr. Baker den Fernsehleuten«, fuhr Mrs. Pringle fort. Aha, dachte ich, jetzt kommen wir der Sache näher. Ob jetzt Miriam Quinns Name fiel?

Er fiel.

»Ich hab gehört, er und Miss Quinn kennen sich seit Jahren.«

»Das stimmt«, bestätigte ich.

»Sie sind anscheinend gern zusammen. Meine Cousine in Caxley hat sie eines Abends im ›Green Man‹ gesehn.«

»Ah ja?« sagte ich kühl.

»Meine Cousine ist dort Barfrau und quält sich schrecklich abzunehmen. Sie ist Zwangsesserin, sagt der Doktor, und bei all den Erdnüssen und Chips, die da rumliegen, ist die Versuchung groß.«

Ob sich Mrs. Pringle endlich vom zu dünnen Eis entfernen würde? Von mir, gelobte ich heimlich, würde sie keine weiteren Informationen bekommen.

»Jaja, so ist es«, sagte sie und erhob sich majestätisch. »Es ist das gleiche bei Hoch und Niedrig, nicht wahr? Mrs. Coggs, Mr. Mawne, Miss Briggs und Miss Quinn, alle im Banne der Liebe, könnte man sagen.«

Ich folgte ihr in die Küche und bemerkte, daß sie nicht die Spur hinkte.

»Kommen Sie, ich schütte Ihre Körbe aus«, sagte ich und holte eine Riesenschüssel aus der Spüle, um ihren Segen aufzunehmen.

Auf dem Weg über den Schulhof schaute sie in die Diele hinein.

»Ich nehm an, die Bella tut noch immer gut, was?«

»Gewiß, sie macht ihre Sache fabelhaft.«

Ein leicht mißgünstiger Ausdruck überzog das Gesicht meiner alten Gegnerin. Ich war ganz erleichtert: Das war die Mrs. Pringle, die ich kannte!

Ich ging ein paar Meter mit ihr den Weg hinunter. Noch schien die Sonne und auf den Wegrändern lag Staub. Rosaweiß gestreifte Winden krochen die Abhänge hinauf.

»Also nochmals vielen Dank«, sagte ich herzlich. »Die prächtigen Stachelbeeren werden mir schmecken.«

Sollte ich sie direkt fragen, ob sie vorhatte wiederzukommen? Ich hatte es auf der Zunge, aber ich dachte an die Mahnung des Sprichworts: Schweigen ist Gold.

Wir verabschiedeten uns, und jede ging ihres Weges.

Während ich am nächsten Morgen die Anwesenheitsliste abhakte, klopfte es und ein junger Mann steckte den Kopf durch die Tür.

»Ob wir wohl ein, zwei Außenaufnahmen vom Gebäude machen dürften?«

Er hatte ein einnehmendes Wesen und schien einigermaßen sauber, obwohl Mr. Willet recht hatte – Schlips fehlte.

»Wann wollen Sie denn kommen?«

»Sagen wir mal drei Uhr?«

»Das ginge.«

Er kam tiefer ins Zimmer und ich gab den Kindern einen Wink. Sie standen auf. »Guten Morgen, Sir«, sagten sie im Chor.

»Oh. Ah. Ja, euch auch.«

Diese selbstverständliche Höflichkeit schien ihn zu verblüffen. Vielleicht war er nicht gewohnt, »Sir« genannt zu werden, vermutlich war er immer nur Nigel oder Basil.

»Das hier könnte ein interessanter Take werden«, sagte er und sah sich anerkennend um. »Ich nehme an, Aloysius hat an einem dieser Pulte gesessen.«

»Wohl kaum«, sagte ich. »Sie sind erst in den fünfziger Jahren aufgestellt worden.«

»Wir könnten ja mit der Attrappe von einem früheren Pult arbeiten«, fuhr er nachdenklich fort.

»Es wäre höchst beschwerlich für Sie, hier drin zu filmen«, sagte ich energisch. »Es wäre auch meinen Vorgesetzten nicht recht, daß die Kinder bei der Arbeit gestört werden.«

»Ich könnte ja mit denen reden«, erbot er sich.

»Ich würde Ihnen das nicht zumuten. Filmen Sie draußen, das Innere ist seit Aloysius' Zeiten so sehr verändert –«

Ich brach ab. »Übrigens«, setzte ich hinzu. »Wie hieß eigentlich Aloysius mit Nachnamen? Ich habe ihn hier in Fairacre nie anders nennen hören als Loischuß.«

Er mußte lachen. Ein recht netter junger Mann, dachte ich, auch wenn er keinen Schlips trug.

»Lloyd. Loischuß Lloyd. Wie klingt das?«

»Erstklassig«, sagte ich, als er zum Abschied winkte.

Die Kinder waren natürlich heftig aufgeregt bei dem Gedanken, »im Fernsehen aufzutreten«, so sehr ich mich bemühte, ihnen zu erklären, daß ihr Erscheinen nicht willkommen wäre.

»Überhaupt wärt ihr ganz falsch angezogen«, machte ich sie aufmerksam.

»Wir könnten uns doch verkleiden.«

»Wir haben doch noch so 'n Zeug –«

»Solches Zeug.«

»Stimmt, so 'n Zeug wie wir's hatten, als wir das Hundertjährige hatten.«

Ich verbat mir weitere Diskussionen und drohte ihnen, es gäbe heute nachmittag keine Geschichte, wenn sie weiter Zeit verschwendeten.

Der Tag schleppte sich hin. Die Sonne brannte. Sicher würde in diesem herrlichen Licht die Schule prächtig aussehen, wenn die Kameras zu laufen begannen.

Es wurde drei Uhr und es wurde später. Außer ein paar schilpenden Spatzen und einer Ringeltaube, die auf dem Dach gurrte, war es still wie im Grab.

Nichts passierte während der ganzen Lesung aus der ›Schatzinsel‹, obwohl ich spürte, daß die Kinder auf näher kommende Fahrzeuge horchten.

Um Viertel vor vier beteten wir, wünschten einander einen »schönen Nachmittag«, und ich begleitete meine Schar zum Schultor.

»Und trödelt nicht«, beschwor ich sie. »Geht direkt heim. Ich denke mir, die Filmerei wird morgen stattfinden.«

Sie gingen widerstrebend. Die Armen waren bitter enttäuscht.

Um Viertel nach sechs trafen vier junge Männer ein, darunter Nigel – oder auch Basil –, und sie gingen auf dem Schulhof hin und her und berieten über den günstigsten Blickwinkel.

Ich trug ihnen eine Kanne Tee, vier Becher, Milch, Zukker und Kekse hinaus und ließ sie damit allein.

Ich muß sagen, sie zeigten sich außerordentlich dankbar für diese Erfrischung und hatten alle Kekse gegessen, als ich eine Stunde später das Tablett holen kam.

Ich verbrachte den Abend damit, die erste Portion Stachelbeeren einzukochen. Während ich darauf wartete, daß die Gläser fertig wurden, ging ich mit meiner schwergeprüften Nagelschere an Mrs. Pringles Spende.

Mittendrin kam Amy.

»Mein Gott, bin ich froh, dich zu sehen«, rief ich aus. »Ich ertrinke in Stachelbeeren.«

Ich führte sie in die Küche. Acht Töpfe rubinrotes Gelee leuchteten auf dem Abtropfbrett. Aus dem Backrohr drang kräftiger Obstduft.

»Du Glückliche«, sagte Amy. »Hier riecht es herrlich.«

Sie blickte erstaunt auf die Schüssel, die noch auf die Behandlung mit meiner Nagelschere wartete.

»Möchtest du welche?« fragte ich. »Bitte sag doch, daß du welche möchtest! Ich kann sie bald nicht mehr sehen!«

»Kannst du wirklich welche entbehren? Ich liebe sie. Ich mag all die netten, preiswerten Obstsorten wie Rhabarber und Stachelbeeren so gern, auf die andere verächtlich herunterschauen.«

Erleichtert füllte ich etliche Pfund von Mrs. Pringles Stachelbeeren in eine Tüte.

»Hast du Gerard irgendwo gesehen?« fragte Amy, als wir endlich im Wohnzimmer saßen.

»Nein. Ich habe es auch nicht erwartet. Wahrscheinlich hat er viel zu tun.«

»Er hat nicht so viel zu tun, daß er nicht tagtäglich nach Fairacre kommen könnte«, sagte Amy streng. »Ich glaube, er besucht Miriam jeden Abend. Unser Haus scheint er nur noch zum Schlafen zu benutzen.«

»Wahrscheinlich will er euch nicht die Zeit stehlen.«

Amy blies ein paar Rauchringe, wie sie es so gut konnte. »Gut, mag sein. Ich persönlich finde, Miriam ist ein reizendes Mädel und viel zu schade für Gerard. Du hättest weit besser gepaßt.«

»Wie habe ich das zu verstehen?«

»Du weißt, was ich meine. Du hast mit dem guten Gerard eine Menge gemeinsam. Miriam wird vielerlei an ihm finden, das sie gern ändern möchte. Ich weiß noch, daß James, als ich ihn kennenlernte, auch einige lästige Eigenschaften hatte.«

»Und hat er sich seitdem gebessert?«

»Hoffentlich nicht. Trotz der erwähnten lästigen Eigenschaften gefiel er mir, wie er war. Das ist so geblieben.«

»Das ist gut. Ich finde, James ist ein Schatz. Ich hätte ihn mir selber geschnappt, wenn du nicht dazwischengekommen wärst.«

Das gefiel Amy sichtlich.

»Alles in allem bin ich froh, daß ich dazwischengekommen bin. Es ist erstaunlich, wie viele Frauen glauben, ihren Mann nach der Heirat entsprechend ihren Vorstellungen ummodeln zu können.«

»Glauben sie das wirklich?«

»Aber ja. Wie oft habe ich ein Mädchen sagen hören: Das wird ganz anders, wenn er erst verheiratet ist. Meiner Ansicht ist es nicht nur eine Unverfrorenheit, sondern auch fürchterliche Zeitverschwendung. Schließlich: Wenn man einen Mann nicht so mag, wie er ist, warum ihn dann heiraten?«

Ein Zischeln aus der Küche beendete unsere Unterhaltung. Ich wollte Amy gerade von Mrs. Pringles plötzlicher Beschäftigung mit der Liebe berichten, aber die Stachelbeeren gingen vor.

»Und tausend Dank dafür, Süße«, sagte Amy zum Abschied und legte den Gang ein.

Ich kehrte in meine duftende Küche zurück. Noch immer wartete eine weitere Schüssel Stachelbeeren aufs Putzen. Nun standen schon sechs Einmachgläser neben den Marmeladetöpfchen.

Das Telefon klingelte. Mrs. Mawne war am anderen Ende. Ob ich wohl ein paar Stachelbeeren brauchen könnte. Sie hätten heuer eine Rekordernte.

Ich erklärte, daß ich bereits mehr davon hätte, als ich im Moment bewältigen könne. Und das in mehr als einem

Sinn, dachte ich, als ich den Hörer auflegte. Das Schuljahrende, Miss Briggs' Hochzeit, Mrs. Pringles andauernde Abwesenheit, Fernsehteams und Berichte über Gerard – es kam alles zusammen.

Zum Abendessen gab es nur ein Stück Brot mit warmem Stachelbeergelee. Ich muß sagen, es war sehr gut.

16

Sonnenschein und Sport

In der letzten Unterrichtswoche fuhr ich nach Beech Green, um mit Miss Clare Tee zu trinken.

Trotz des blendenden Lichts und der sengenden Hitze war das Innere des kleinen Cottages, das eines Tages – zu meiner nie enden wollenden Verwunderung – mir gehören sollte, halbdunkel und kühl. Strohdächer isolieren ausgezeichnet, und trotz gewisser Nachteile (etwa daß sie Vögel anziehen, die darin nisten, und daß sie fachgerechte Pflege brauchen) ist es schön, wie sich dieses Naturdach in die Landschaft fügt.

Ihr Garten war gepflegt wie immer. Die Randbeete zu beiden Seiten des Ziegelweges waren bunt von Stiefmütterchen, Nelken und frühen Astern.

Das Gemüsebeet war sehr ordentlich. Miss Clare konnte nicht mehr selbst gärtnern, aber eine junge Nachbarsfamilie war froh, den Garten zu haben und Miss Clare zum Dank für ihre Großzügigkeit daraus zu beliefern. So waren beide Teile zufrieden.

»Ihr Nachbar ist fast so tüchtig wie Mr. Willet«, sagte ich und besah mir die Reihen Schalotten, die nur noch gezogen werden mußten, die dicken bronzefarbenen Zwiebeln und die Erbsen an ihren Stöcken.

»Er war schon als Junge sehr ordentlich«, sagte Dolly Clare nachsichtig. »Sehr geschickt mit den Händen, konnte schon als kleines Kind mit dem Lineal umgehen.«

Ich zerrieb ein sonnenwarmes Pfefferminzblatt zwischen den Fingern und atmete tief ein.

»Nur eins haben wir nicht: Petersilie«, fuhr Dolly fort. »Sie wissen ja, es heißt, Petersilie geht siebenmal zum Teu-

fel, eh sie einmal keimt. Ich fürchte, heuer ist unsere überhaupt nicht aufgegangen.«

Ich versprach, ihr eine von meinen Petersilienwurzeln zu bringen, und wir gingen hinein, um den Kessel aufzusetzen.

Der runde Tisch im Erker war schon gedeckt. Das beste Porzellan, verziert mit Veilchen, die silbernen Teelöffel, vom Alter dünn gewetzt, und hauchdünne Butterbrote erwarteten uns, neben einem prächtigen, von Dolly selbstgebackenen Biskuitkuchen.

In Dollys Haus setzte man sich zu den Mahlzeiten immer zu Tisch. Nur hie und da wurde eine Tasse Kaffee in einem Lehnsessel genossen, und selbst wenn die Hausfrau allein war, deckte sie sich einen Tisch und dinierte in schlichter Würde, als hätte sie Gäste. Sie hatte ihr Niveau beibehalten. Meine saloppen Eßgewohnheiten waren damit verglichen schlampig.

Dolly meinte dazu: »Ich glaube, so etwas beginnt in der Kindheit. Meine Mutter wollte immer alles perfekt haben. Und wenn man erst einmal so alt ist wie ich und vielleicht sehr plötzlich abberufen wird, möchte man nicht gern verwahrlost angetroffen werden, nicht wahr?«

»Daran hatte ich noch nie gedacht.«

»Wissen Sie, für mich ist jeder neue Tag ein Geschenk. Wenn ich morgens aufwache, bin ich glücklich, daß ich noch einen weiteren Tag verbringen darf.«

»Auch wenn Ihre Arthritis Sie schmerzt?«

»Auch dann.« Dolly lachte. »Irgendein Körperteil spielt sich immer auf, wenn man über achtzig ist. Ich habe mehr Glück als andere und lebe noch immer gern.«

Nach dem Abspülen machten wir einen Spaziergang entlang des Feldwegs, der hinter Dollys Haus das Hundertackerfeld begrenzt.

Die Brombeeren blühten in den Hecken, und auf deren Nordseite nickten die großen, rahmfarbenen Dolden des Holunders.

»Ich binde einen ganzen Kopf Holunderblüten in ein Stück Musselin und tauche ihn ins Stachelbeergelee. Er gibt einen wunderbaren Geschmack.«

Ich erzählte ihr von meinen Stachelbeeren und der weit weniger eleganten Lösung, die ich für sie gefunden hatte. »Und schauen Sie sich meine Hände an«, sagte ich und hielt sie ihr hin.

Dolly streckte ihre brüchig-zarten Hände aus, und ich sah erstaunt, daß sie noch ärger verfärbt waren als meine.

»Bohnen und schwarze Johannisbeeren«, sagte sie und musterte sie gelassen. »Ich weiß, man sollte sich Handschuhe anziehen, aber die frischen jungen Dinger fühlen sich so nett an.«

Bei der Heimfahrt war ich in bester Stimmung. Dollys Gesellschaft wirkt in dieser hektischen Welt wie ein kühler Trunk.

Die Vögel waren trotz beginnender Dämmerung noch auf Futtersuche, und ich mußte einem bronzefarben glänzenden Fasan ausweichen, der über die Straße stolzierte.

Die Schafe waren vor kurzem geschoren worden und sahen fast aus wie weiße Ziegen, wie sie da gemächlich über die Wiesen trotteten. Alle Kreatur gedieh in diesem herrlichen Sommer, und ich war glücklich, mich dazuzählen zu können.

Ehe ich eine Brille besaß, war mir nie klar gewesen, wie trügerisch das elende Ding sein kann. Wenn ich in der Schule bin, helfen mir die Kinder im eifrigen Chor, sie aufzuspüren.

»Auf dem Klavier, Miss!«

»Auf dem Fensterbrett, Miss!«

»Sie haben sie auf, Miss!« Letzteres selbstverständlich unter großer Heiterkeit.

Zu Hause ist es weniger leicht. Wenn ich unten bin, habe ich das Ding oben liegen lassen und umgekehrt. Ich glaube, ich habe derzeit viel mehr Bewegung als sonst, indem ich meine Brille suche.

Allmählich lerne ich, erst beim Telefon nachzusehen, wo ich sie brauche, um das Kleingedruckte im Telefonbuch zu entziffern, dann beim Bücherschrank am Kamin und als Drittes bei einer herumliegenden Zeitung.

Was passieren wird, wenn ich in zunehmendem Alter zwei brauche, eine zum Lesen und eine für die Ferne, ist zu fürchterlich, um es mir auszumalen, und bifokale, wie mir Mrs. Pringle einmal mitteilte, lassen einen kopfüber jede Treppe hinunterstürzen. Ich werde sie wohl dauerhaft an mir befestigen müssen.

Das Fernsehteam blieb drei Tage im Dorf und war bald als willkommene Ergänzung von Fairacres Charme akzeptiert.

Peter Hale, der anfangs offensichtlich sehr zurückhaltend gewesen war, schien jetzt ganz betrübt, daß die Aufregung vorbei und der Fernsehwagen für immer verschwunden war.

Wir begegneten uns auf einem Abendspaziergang.

»Denken Sie nur, ich war mit dem Vater von einem der

Burschen in der Schule. Dem ältesten übrigens. Daran merkt man sein Alter.«

»Ich treffe ständig ehemalige Schüler in Caxley«, sagte ich, »und ich hab nicht nur vergessen, wie sie heißen, sondern auch, ob sie vor drei oder vor dreizehn Jahren abgegangen sind.«

»Na, das tröstet mich. Es war recht interessant, ihnen bei der Arbeit zuzuschauen. Natürlich wundert es einen, daß sie einen halben Tag für ein paar Aufnahmen brauchen, und ich bin froh, daß sie sich gegen Innenaufnahmen entschieden haben.«

Ich sagte ihm, daß auch ich gegen das Filmen im Inneren gewesen war.

»Wie ich erfahren habe, bauen sie im Studio ein viktorianisches Klassenzimmer auf und zeigen die Hängelampen, Tafeln und den Rohrstock ganz deutlich.«

»Wann wird der Film denn gezeigt?«

»Irgendwann nächsten Monat. Sie haben gesagt, sie würden es mich wissen lassen, und ich rufe Sie dann an.«

»Vielen Dank. Ich freue mich darauf, Aloysius Lloyd zu sehen.«

»War das sein Nachname? Das höre ich zum ersten Mal. Übrigens, haben Sie genügend Stachelbeeren?«

Das bejahte ich.

Der Höhepunkt des Sommerquartals an unserer Schule ist das Sportfest. Mr. Roberts, der Farmer, überläßt uns bei dieser Gelegenheit eine seiner Wiesen und treibt netterweise ein paar Tage vorher Kühe oder Schafe anderswohin, so daß Mr. Willet den Platz für die Zuschauer durch Seile abtrennen kann.

Außerdem gehört es zu Mr. Willets wenig beneidenswerten Aufgaben, den Platz von den sichtbaren Kuhfladen zu reinigen und die Maulwurfshügel einzuebnen. Bei diesem Job helfen ihm drei, vier der größeren Jungen mit

Begeisterung. Wenn das Sportfest sich nähert, habe ich keinerlei Schwierigkeiten, die Ordnung in der Klasse aufrechtzuhalten. Die Hoffnung, zu einem von Mr. Willets bahnsäubernden Teams gewählt zu werden, führt zu Folgsamkeit während des Unterrichts.

Normalerweise studieren wir das Barometer und lauschen besorgt dem Wetterbericht. Das Schlußwort hat natürlich Mr. Willet, der die Anzeichen eines Wetterwechsels am besten kennt. Doch in diesem Jahr, bei wochenlangem »Schönwetter« und »sehr trocken« auf unseren Barometern, konsultierten wir nicht einmal Mr. Willet.

»In ein, zwei Tagen könnt's ein bißchen naß werden«, äußerte er am Morgen des großen Tages, »aber am Nachmittag wird es wohl noch halten.«

»Es sieht alles prächtig aus«, sagte ich zu ihm und musterte den Platz, bevor der Unterricht begann. Das Gras war noch voller Tau, der Himmel wolkenlos. Die Wiese, vor kurzem gemäht, zeigte sich der Welt sauber und ordentlich.

»Hatte viel Ärger beim Einschlagen der Pfähle«, bemerkte Mr. Willet, »noch nie war die Erde so hart. Sagen Sie den Gören lieber, sie sollen die Beine anheben, oder wir kriegen ein paar aufgeschlagene Knie.«

Vormittags gingen die Wellen der Aufregung hoch, und es schien mir geraten, die Kinder durch Zahlenspiele und Kopfrechnen etwas zu dämpfen, statt sie seitenlang in die Hefte schreiben zu lassen. Wie immer bei solchen Gelegenheiten waren die Mädels viel ruhiger als die Jungen. Letztere scheinen ein stärkeres Wettbewerbsdenken zu haben, was sich in lästigen Prahlereien äußert.

»Schau mal meine Muskeln«, prahlte Eric und ließ sie vor seinem Banknachbarn spielen.

»Auch nicht größer wie die Kniescheibe von 'nem Spatzen«, gab Ernest zurück.

In der Pause wurde eifrig von einem Ende des Spielplatzes zum anderen gesprintet und über die von den Mädchen willig gehaltenen Seile gehüpft. Ich drückte ein Auge zu und warnte nur die Kleinen, zur Seite zu gehen.

Miss Briggs hatte sich rückhaltlos in die Festvorbereitungen gestürzt, den größten Teil des Programms festgelegt, darunter einen Mütter-Lauf und ein furchtbar schweres Hindernisrennen für diejenigen Väter, die mutig genug waren, dabei mitzumachen. Man mußte unter einer von Mr. Roberts freundlicherweise zur Verfügung gestellten und am Boden befestigten Plane durchkriechen, Reifen bewältigen, über Seile springen und einen Grasstreifen überqueren, indem man auf umgestülpte Blumentöpfe trat.

Mehrere Eltern sollten Schiedsrichter spielen und die Punkte der einzelnen Kinder notieren. Ich war verantwortlich für den Einkauf unzähliger Schokoriegel und die Herstellung von Rangabzeichen aus Pappe, verziert mit goldenen Sternen – nach dem ewigen Stachelbeergelee der Vortage eine schöne Abwechslung.

Die Essensdame brachte uns kalten Schinken, Pellkartoffeln und etwas Salat und eine Art Wackelpudding als Dessert. Alles fand allgemeine Anerkennung.

»Genau das Richtige für heute«, meinte Patrick wohlwollend. »Wir woll'n heut keine dicke Pampe. Die macht ein' langsam.«

Ein paar verwegene Knaben erklärten, sie wollten vor dem Rennen überhaupt nichts essen, doch stellte ich fest, daß sie ebenso wacker zulangten wie die übrigen.

Um zwei Uhr waren wir alle draußen in der Sonne. Für die Älteren waren am Rande der »Rennbahn« Stühle aufgestellt, doch die meisten Mütter und einige der Väter, die nicht bei der Arbeit waren, lagen im Gras und betreuten die vielen ganz Kleinen.

Miss Briggs und ich hatten beschlossen, mit den Rennen über hundert Yards für Jungen und Mädchen zu beginnen, und zwar getrennt in drei Altersgruppen. Dem folgte die

Springkonkurrenz der Mädchen, und danach kamen die ganz Kleinen an die Reihe.

Abgesehen davon, daß eines der Kleinen in die falsche Richtung rannte und Patrick über ein festes Grasbüschel stürzte und sich den Knöchel verstauchte, ging alles gut.

Linda Moffats Mutter, die die Punktliste zu führen hatte, war vollauf mit einem Strom von Kindern beschäftigt, die, mit roten, blauen und gelben Karten für den ersten, zweiten und dritten Platz fest in der Hand, atemlos an ihren Tisch drängten. Ich hatte die vergleichsweise leichte Aufgabe, nur den Sieger bei jedem Rennen festzustellen.

Der Hindernislauf erwies sich als das Aufregendste, man wurde fast taub von dem frenetischen Gebrüll, mit dem die Kinder die Teilnehmer anfeuerten. Sogar die Kühe auf der Nachbarwiese kamen heran und schauten über die Hecke.

Mr. Lambs Collie war aus dem Postamt entwischt und tollte zwischen Zuschauern und Wettkämpfern herum, leckte den unter der Zeltplane herumkriechenden Kindern das Gesicht und begrüßte alle mit größter Begeisterung. Bei wirklichen olympischen Spielen wäre das nicht gut gegangen, aber in Fairacre vergrößerte es noch das Vergnügen.

Inmitten des Trubels sah ich zu meinem Erstaunen Mrs. Pringle majestätisch über das Gras segeln, ihr blauer Strohhut war mit einem weißen Entenflügel dekoriert. Anscheinend war dies eine festliche Gelegenheit, und ich fühlte mich geschmeichelt, daß sie uns mit ihrer Gegenwart und ihrem Hut beehrte.

Sie nahm auf dem letzten Stuhl Platz und winkte ein paar Nachbarn. Unmittelbar ihr auf den Fersen kam Mrs. Coggs. Ihr antiker Kinderwagen hatte seine Mühe und Not auf der unebenen Wiese.

Es freute mich, daß sie rechtzeitig gekommen war, um zu sehen, wie Josephs Altersgruppe den Hürdenlauf begann. Er schenkte ihr ein blendendes Lächeln, während er sich einreihte. Ob es die Anwesenheit seiner Mutter war oder einfach seine eigene magere Wendigkeit, die den Ausschlag gab: er gewann mit mehreren Yards Vorsprung, und alle Zuschauer applaudierten.

Das Rennen der Mütter war eine schickliche Angelegenheit, ein Sprint über hundert Yards. Die jüngeren zogen dazu die Schuhe aus, aber die älteren, wie Mrs. Moffat, die mir für dieses Rennen ihre Pflichten übertrug, stöckelten in hohen Absätzen dahin – und sie kam als zweite an, erste wurde Patricks Mutter.

Nun aber kam der Glanzpunkt des Nachmittags, sieben tapfere Väter traten an den Start. Insgeheim setzte ich auf einen Neuankömmling im Dorf, einen gewissen George Fuller, den Vater einer blonden Tochter, die in Miss Briggs' Klasse ging. Er war schlank und lebhaft und schien der sichere Sieger.

Ernests Vater mit seinen 96 Kilo würde, so glaubte ich, aus dem Rennen sein, noch ehe das Pfeifchen ertönte. Die

anderen fünf waren an Gewicht und Sportlichkeit ziemlicher Durchschnitt.

Mr. Fuller rechtfertigte meine Hoffnung, indem er die Reifen als erster erreichte und geschwind hindurchglitt. Auch über die Seile sprang er mit dem Aplomb des Leichtathleten und war der erste, der sich unter der Zeltbahn hervorwand. Er wurde von Mr. Lambs Hund und dem Beifall der Zuschauer entzückt begrüßt.

Jetzt kam die Sache mit den Blumentöpfen, und zu meinem Schrecken sah ich, daß das Balancieren auf einem Blumentopf mit einem Fuß und mit der Hand den nächsten Topf einen Yard weiter vorzuschieben eine Kunstfertigkeit war, die dieser junge Vater noch nie versucht hatte. Wenn er herunterfiel, verlangte die Ehre, daß er die Übung wiederholte.

Hier war Ernests Vater in seinem Element. Sein Gezappel unter der Zeltbahn war zirkusreif gewesen, und die Zuschauer hatten sich vor Lachen gekrümmt. Selbst Mrs. Pringle gelang ein Grinsen. Doch er besaß trotz seiner Fülle jenes nachtwandlerische Gefühl für Gleichgewicht, das so oft schwergewichtige Leute zu ausgezeichneten Tänzern macht. Er flitzte vorwärts mit seinen zwei Blumentöpfen, überholte alle anderen und wäre beinahe mit dem unseligen Mr. Fuller zusammengestoßen, der einmal wieder zum Ausgangspunkt zurück mußte.

Er siegte mit Yards Abstand, und Ernest stürzte auf ihn los, um ihn zu beglückwünschen, indem er die Arme um seines Vaters imposante Taille schlang und dem armen Mann auf den Füßen herumtrampelte.

Der bekam den stärksten Beifall von allen, als er herantrat, um seinen Schokoriegel in Empfang zu nehmen.

»Den hat er verdient«, sagte Mrs. Pringle.

Wir waren alle einverstanden.

Als wir die Stühle in die Schule zurückgetragen, die Reste der vom Elternbeirat freundlicherweise gespendeten Kuchen und Limonaden weggeräumt und die Seile, Reifen, Bälle und so weiter an ihren angestammten Platz zurückgeschafft hatten, waren wir alle müde. Die größeren Jungen falteten Mr. Roberts' Zeltbahn unter viel Geschrei und Geschubse, aber schließlich war auch das getan und sie wurde in den Schutz der Schuldiele gezerrt.

»Und was ist mit den Pfählen?« fragte einer.

»Die überlaß Mr. Willet«, entgegnete ich. »Er wird sich morgen um sie kümmern.«

Die Eltern entfernten sich, umschwirrt von Kindern, die sich noch immer in ihren kürzlichen Triumphen sonnten.

Miss Briggs lehnte eine Tasse Tee im Lehrerhaus ab. Sie traf sich mit Wayne, um einen Teppich fürs Schlafzimmer auszusuchen.

So war ich denn mit Tibby allein, und es war sehr friedlich nach dem Tumult des Nachmittags.

Später in der Nacht weckte mich prasselnder Regen. Mr. Willet hatte wieder einmal recht gehabt: Wir hatten unser Sportfest nur um Haaresbreite geschafft.

17

Miss Briggs macht Hochzeit

Es regnete noch immer, als ich mich am nächsten Morgen anzog. Es war nicht der heftige, sintflutartige Guß, der vorher das Gewitter begleitet hatte, mehr ein sanftes, stetes Getrippel auf trockene Erde und durstige Pflanzen.

Die Luft war lau. Es war einer der Tage, die die Iren als »weich« bezeichnen. Die Downs waren verschleiert, und sicher auch das Flußtal des Cax unweit Fairacre.

Es war sonderbar, die Kinder in Gummimänteln und mit Regenschirmen eintreffen zu sehen. Wochenlang hatten die Garderobehaken in der Diele nur ein, zwei Strickjäckchen oder einen schlappen Strohhut getragen. Jetzt spritzten Regentropfen von Gummimänteln auf den Boden, und das Oberlicht, eben erst erneuert, ließ, wie konnte es anders sein, nah bei meinem Katheder manchmal einen Tropfen fallen.

Dieser Wetterwechsel schien die Kinder eigentümlich zu beeinflussen. Ich hätte gedacht, daß nach der drückenden Hitze die kühlere Luft sie ankurbeln würde, doch das genaue Gegenteil war der Fall. Möglicherweise waren sie erschöpft von ihren gestrigen sportlichen Anstrengungen. Es wurde viel gegähnt, und mehrere Kinder klagten, ihnen sei kalt. Wer Wolljacken in der Diele hatte, wurde nach ihnen geschickt, und um die übrigen zu wecken und zu wärmen, machten wir ein paar rasche Freiübungen. Ich kann nicht behaupten, daß sie eine große Änderung bewirkten, aber es brachte die Kinder wenigstens dazu, ihre Rechenbücher herauszuholen und etwas, wenn auch flüchtig, zu arbeiten.

In der Pause tauschten Miss Briggs und ich unsere Eindrücke aus. Auch ihre Klasse war auffallend schläfrig, und drei der Kleinen waren effektiv eingeschlafen.

»Ich glaube, es ist hier feucht«, meinte Miss Briggs.

»Aber das war es seit über hundert Jahren«, belehrte ich sie. »Und wenn nicht die Öfen brennen oder eine lange Hitzeperiode herrscht, trocknet die Schule nie wirklich aus.«

»Es wird Zeit für eine neue. Wayne meint, diese hier gehört abgerissen. Ich bin sicher, er könnte eine weit bessere bauen – und das mit einer richtigen Feuchtigkeitsisolierung.«

»Davon bin ich überzeugt«, stimmte ich zu. »Aber bei der augenblicklichen staatlichen Finanzlage wird ihm die Behörde wohl keine Gelegenheit dazu geben.«

»Nun ja«, sagte Miss Briggs und stellte die Kaffeetassen zusammen. »Nur noch eine Woche!«

Das war ein fröhlicher Gedanke.

Eines Abends in dieser letzten Woche kam Bella George zu mir ins Lehrerhaus, nachdem sie im Schulhaus ihr Putzpensum beendet hatte.

Die Luft war noch immer kühl. Die wirkliche Hitze schien uns verlassen zu haben, wie ich hoffte, nur für wenige Tage. Wir saßen im Haus, und Tibby, ungewöhnlich überschwenglich, sprang ihr laut schnurrend auf den Schoß.

»Fühlen Sie sich geehrt«, sagte ich.

»Eigentlich liebe ich Katzen nicht so besonders, und ich glaube, das spüren sie, daher versuchen sie sich einzuschmeicheln. Eigensinnige Tiere, nicht wahr?«

Ich mußte ihr recht geben.

»Die Sache ist die«, sagte Bella und streichelte die Katze, »nächsten Monat ändert sich Jacks Schicht wieder, und ich kann doch nicht unentwegt weiter putzen, nicht wahr?«

»Wir hatten Glück, Sie so lange zu haben«, erwiderte

ich. »Ich werde die Stelle ausschreiben lassen müssen, damit wir im nächsten Schuljahr jemand regelmäßig haben.«

»Soll ich Mrs. Pringle sagen, daß Sie das vorhaben?«

Ich dachte kurz nach. Mrs. Pringle hatte uns total in der Hand und wußte das auch. Andererseits hoffte ich ehrlich, daß sie wiederkam. Besser der Spatz in der Hand als die Taube auf dem Dach.

»Lassen Sie es vorläufig noch«, sagte ich schließlich. »Ich werde die Anzeige erst aufgeben, wenn das Schuljahr zu Ende ist. Bis dahin hat sie sich möglicherweise gemeldet.«

Ich begleitete Bella zum Gartentor und sah sie auf ihrem Fahrrad den Weg entlangschwanken.

Am letzten Schultag arrangierten wir eine kleine Feier, um Miss Briggs ihr Hochzeitsgeschenk zu überreichen und ihr Glück zu wünschen.

Der Vikar vertrat die Schulbehörde und hielt eine würdevolle kleine Ansprache, und die Kinder bemühten sich, nicht ungeduldig zu zappeln, bis die Geschenke ausgepackt wurden.

Miss Briggs war freudig errötend der Mittelpunkt der Szene und sah fast hübsch aus. Sie dankte dem Vikar und ging dann daran, das größte Päckchen auszupacken, das von den Kindern stammte.

Ich hatte ihnen das Tablett heimlich vorher gezeigt und ihre Kommentare entgegengenommen. Es war ein ovales Tablett mit großartigen goldenen Griffen und einer aufgemalten Girlande aus Feldblumen. Die Kinder waren mit meiner Wahl sehr einverstanden gewesen, und nun warteten wir alle auf Miss Briggs' Reaktion.

Sie war vollkommen befriedigend. Ihre Freude schien echt, und sie bedankte sich herzlich bei den Kindern. Die saßen strahlend und selbstzufrieden und tauschten glückwünschende Blicke, die zu sagen schienen: Na, waren wir nicht schlau!

Die Behördenchefs hatten ihr einen hübschen kleinen Reisewecker in rotem Etui geschenkt, und ich hatte mein Geschenk, eine Coalport-Vase, zu den anderen Sachen gestellt, damit der Haufen recht groß würde.

Als noch das Jüngste von den Kleinen mit einem Strauß, fast so groß wie es selbst, aus der Diele getappt kam, war Miss Briggs sprachlos vor Freude.

Nachdem alle gratuliert hatten, sprach der Vikar das Schlußgebet, ermahnte die Kinder, während der Ferien brav zu sein, ihren Müttern zu helfen und am dritten September wiederzukommen. Dann schüttelte er Miss Briggs und mir die Hand und ging.

Binnen fünf Minuten war das Klassenzimmer leer, bis auf Miss Briggs und mich.

Sie wickelte geschäftig ihre Geschenke wieder ein, und als sie aufblickte, sah ich zu meinem Erstaunen, daß sie den Tränen nahe war.

»Es ist alles schön gelaufen«, sagte ich. »Sie haben den Kindern große Freude bereitet mit Ihrer hübschen kleinen Rede.«

»Aber nicht so viel wie sie mir«, sagte sie mit zitternder Stimme. »Und Sie auch. Es ist eine wunderbare Schule. Ich war hier so glücklich.«

Sie putzte sich energisch die Nase, und ich beugte mich taktvoll zu den Schränken hinunter, um sie abzuschließen.

»Ich seh Sie dann auf der Hochzeit«, sagte sie und sammelte ihre Päckchen. »Ich rufe Sie aber vorher noch mal an.«

Es dauerte noch eine volle Woche, ehe ich mich auf den Weg zur Hochzeit machen mußte, und ich ging dafür einkaufen: einen großartigen Hut, passend zu meinem Ensemble, und verschiedene weniger romantische Artikel wie Butterbrotpapier, Marmeladeglasdeckel, einen neuen Milchtopf und einen neuen Fußabstreifer. Den vorigen hatten die Schwalben nicht gerade verbessert, und da er schon viele Jahre treu gedient hatte, hielt ich es für vernünftig, ihn endlich wegzuwerfen.

Außerdem hatte ich aus Caxley ein paar Vorhangmuster mitgebracht mit der Absicht, die schäbig gewordenen im Wohnzimmer zu ersetzen.

Als ich ausgerechnet hatte, wie viele Yards Stoff ich brauchen, wieviel sie mich kosten würden, auch ohne das Nähen, Aufhängen, Besatz, Leisten und Zwirnband, wurde ich ganz mutlos. Vielleicht wäre es klüger zu warten, bis ich aus meinen Ferien wieder zurück war?

Noch während ich die Musterbücher durchblätterte und überlegte, ob ich einige Sparbriefe zu Bargeld machen, den Stoff kaufen und die ganze Transaktion als »Investment« deklarieren sollte, erschien Miriam Quinn.

»Wie schön, daß Sie kommen«, rief ich erfreut. »Es ist eine Ewigkeit her, seit wir uns bei Amys Party getroffen haben. Was haben Sie denn so getrieben?«

Ich hoffte, daß sie antworten würde: Mich mit Gerard getroffen, aber das tat sie nicht. Miriam ist nicht für mädchenhafte Vertraulichkeit, und dafür respektiere ich sie. Sie sah jedoch munterer aus als sonst, und ich nahm an, ich würde bald mehr erfahren. Oder war der Dorfklatsch, wie so oft, unbegründet?

»Ich muß leider im Büro in Caxley die Stellung halten«, sagte sie. »Barney macht eine Geschäftsreise im Mittleren Osten, alles großartige Sachen und lukrativ, und hat mir für drei Wochen die Verantwortung übertragen. Ich bin kaum zu Atem gekommen.«

Ich wußte, Miriam war Privatsekretärin von Sir Barnabas Hatch, dem Finanzmagnaten, der den Wert dieser unerschütterlichen und kompetenten jungen Frau durchaus anerkannte. Ich hoffte nur, daß sie entsprechend honoriert wurde, und nahm an, daß das der Fall war. Wenn jemand eine fundierte Kapitalanlage zu schätzen wußte, war es Sir Barnabas, und in Miriam besaß er einen Schatz.

Ich zeigte ihr die Muster und erklärte ihr mein Problem. Sollte ich oder sollte ich nicht?

»Wir wollen uns mal die ansehen, die schon da sind«, sagte sie praktisch, und wir gingen ins Wohnzimmer.

»Ich würde sie noch ein Jahr hängen lassen«, meinte Miriam. »An denen ist doch nichts verkehrt. Oder können Sie sie nicht mehr sehen?«

»Weit gefehlt. Ich befolge Ihren Rat nur zu gern. Meine Mutter hat immer gesagt, ich sei der geborene Verzögerer. In diesem Fall ist der Gedanke an zwei-, dreihundert eingesparte Pfund noch wirkungsvoller.«

»So viel?«

»Wahrscheinlich sogar mehr.«

»Eigentlich bin ich gekommen«, sagte Miriam später beim Aufbruch, »um Sie zu einer kleinen Dinnerparty am nächsten Donnerstag einzuladen. Könnten Sie da?«

»Verflixt, nein. Da bin ich in Leamington. Tut mir so leid.«

»Es wird andere Gelegenheiten geben, und Sie werden Hochzeitstorte und Champagner genießen.«

Sie winkte noch einmal vom Gartentor her, und ich wunderte mich wieder einmal darüber, wieso man oft wochenlang zu nichts Nettem eingeladen wird, und wenn eine Einladung kommt, hat man schon eine Verabredung. Das Leben ist doch manchmal so widerborstig wie eine Katze.

In gehobener Stimmung und bei hellem Sonnenschein trudelte ich gen Oxford. Ich hatte alle Schalter daheim genau nachgeprüft und Tibby Mr. Willet zum Versorgen überlassen. Er hatte versprochen, abends und morgens mein Haus aufzusuchen und dafür zu sorgen, daß die Katze ihre gewohnten teuren Mahlzeiten einnahm.

»Nicht, daß es ihm schaden würde, ein paar Tage zu fasten«, bemerkte er. »Wenn dieses Katzenvieh nicht an Herzverfettung stirbt, würde es mich wundern. Lebt doch wie 'n König, hab ich recht?«

Im Fond des Wagens war ein Koffer mit meinen Alltagskleidern und Toilettensachen. Ein weiterer enthielt meinen »Hochzeitsstaat«. Ein neues cremefarbenes Seidenkostüm war sorgsam in so viel Seidenpapier verpackt, wie Amy es benutzt haben würde, und meine neuen cremefarbenen Schuhe waren mein ganzer Stolz. Nur eines war mir noch lieber: mein prachtvoller Hut, über und über voller seidener Teerosen.

Selbst Amy hatte sich von diesem modischen Aufwand beeindruckt gezeigt.

»Weißt du, in dieser prachtvollen Montur könntest du die Braut selber sein«, lautete ihre schmeichelhafte Stellungnahme. Das war in der Tat ein hohes Lob. Ich bin selten in der Lage, Amy zu imponieren, am allerwenigsten mit meiner Kleidung.

»Und dabei habe ich keine Ahnung, wann ich dieses Zeug wieder tragen werde«, sagte ich.

»So was kommt nie aus der Mode«, tröstete Amy. »Häng

es weg für andere Hochzeiten, oder auch für eine Gartenparty. Man weiß nie – vielleicht brauchst du es für deine eigene Trauung, aber jetzt, wo Horace Umbleditch sich wie ein Irrer in diese verfehlte Verlobung gestürzt hat, muß ich zugeben, daß die Aussichten nicht brillant sind.«

»Ich werde tapfer bleiben«, versprach ich.

»Natürlich könntest du jemand Passendes bei der Hochzeit kennenlernen«, fuhr Amy fort und strahlte bei dem Gedanken. »Zum Beispiel irgendeinen Onkel –«

»Oder auch einen Opa«, warf ich ein. »Oder einen achtzigjährigen Freund der Familie, der bereits mit einem Bein im Grabe steht –«

»Ja, gewiß«, sagte Amy, ohne auf meinen Sarkasmus zu achten.

Als ich mich Woodstock auf der gefürchteten A 34 näherte, kam ich an den Toren zum Blenheim Palace vorüber und dachte an die Herzogin Consuelo, eine Amerikanerin. Sie war so vernünftig gewesen, was an der herzoglichen Tafel übrigblieb, in *zwei* Container füllen zu lassen, der eine für Süßes, der andere für Salziges. Jahrelang hatte man solche Reste zusammengeschüttet wie Schweinefutter und an die Armen der Stadt verteilt.

Am frühen Nachmittag landete ich im Hotel, nicht weit von der Allerheiligenkirche, in der die Trauung stattfinden sollte. Es lag in einer stillen Straße mit eleganten georgianischen Häusern. Ich ließ mir gleich mein Zimmer zeigen, um auszupacken und mich frisch zu machen.

Der folgende Tag war ohne Programm, und ich erkundete die Stadt und machte einen gründlichen Schaufensterbummel, versuchte sogar das Wasser in der Königlichen Trinkhalle und beschloß, nie deren Dauerkunde zu werden.

Die Bildergalerie und das Museum waren an einem warmen Nachmittag ein angenehmer Aufenthaltsort. Ich bewunderte ein paar moderne Gemälde und schöne Stücke

Wedgwood- und Worcester-Porzellan und beschloß, eines Tages wiederzukommen. Dieser Besuch war ersichtlich zu kurz.

Unsere Miss Briggs war ein wahres Wunder, als sie am Arm ihres Vaters den Mittelgang heraufkam, und ich wünschte, Mr. Willet könnte sie so sehen.

Die Schneiderin aus Caxley hatte ein wunderhübsches Kleid aus weißer Seide mit kurzer, spitzengesäumter Schleppe geschaffen. Dazu trug die Braut ein viktorianisches Sträußchen aus weißen Rosenknospen und einen dazu passenden kleinen Kranz. Zwei Jugendfreundinnen waren die Brautjungfern, in gemusterten Voile gekleidet. Das Ganze wirkte jugendlich und natürlich.

Die Briggs hatten das Glück, in einem der Regency-Häuser zu wohnen. Wir gingen unter einer Markise hindurch direkt in den Garten, wo eine wahrhaft fürstliche Tafel gedeckt war.

Wayne, schöner denn je, umarmte und küßte mich so begeistert, daß mein herrlicher Hut danach ganz schief saß. Jedenfalls war es mir gegen Ende der Feier schon ganz egal, ob ich den Hut auf- oder abgesetzt hatte, und als ich endlich in meinem Hotelzimmer war, konnte ich nur noch daran denken, daß ich Gott sei Dank so lange schlafen konnte, wie ich wollte, ohne von jemand gestört zu werden, und daß noch zwei weitere Tage blieben, um den köstlichen kleinen Badeort zu genießen.

18

Weit fort von allem

Als ich nach Fairacre zurückkehrte, ging gerade die Sonne unter. Ich hielt bei Mr. Willet, um den Schlüssel abzuholen und ihm zu danken, daß er Tibby versorgt hatte.

»Ihr Katzenvieh grämt sich aber nicht, wissen Sie, wenn Sie nicht da sind, also glauben Sie ja nicht, daß Sie vermißt werden.«

»Das habe ich mir schon gedacht.«

»Schlabbert fast 'n halben Liter Milch und verputzt zwei Schälchen Futter pro Tag. Genau wie die Katzen im Fernsehn. Dabei fällt mir ein: Morgen sind wir dran.«

»Woran?«

»Im Fernsehn. Wir. Fairacre. Tyler's Row. Loischuß. Alles. So gegen Viertel nach sechs.«

»Na, fabelhaft.«

Er begleitete mich zum Wagen. Wie immer war sein Garten wie im Bilderbuch.

»Alice wird's leid tun, daß sie Sie verpaßt hat. Sie ist drüben in Springbourne bei ihrer Cousine Aggie. Irgend so ein Kirchenunfug.«

»Hoffentlich sind Sie nicht meinetwegen nicht mitgefahren?«

»Nein, nein. Es ist eins von diesen Abstinenzlertreffen. Aggie ist ganz groß beim ›Sichenthalten‹. Na ja, wir auch, aber die gute Ag ist noch grimmiger drauf, wenn Sie wissen, was ich meine, und sie hat so 'nen Kerl von der andern Seite von Caxley, der fährt auf dem Rad rum und spricht von den Übeln des Alkohols.«

»Hoffentlich kriegt der überhaupt was zu trinken, wenn er an einem warmen Abend so weit radeln muß.«

»Ach, der kriegt 'ne Tasse Tee und 'n Keks, das ist sicher. Ich glaube, Aggie hatte Angst, daß nur wenige kommen, weil doch August ist und alle im Garten zu tun haben oder in die Ferien gefahren sind. Deswegen ist Alice hin, damit es mehr werden. Na, besser sie als ich.«

Bei der Heimfahrt grübelte ich über Mrs. Willets Ausflug. Mir klang er nicht nach »Kirchenunfug«.

Tibby ignorierte meine Schmeicheleien und blickte hochmütig in die Ferne.

Das sollte mich lehren, eine Katze allein zu Hause zu lassen!

Es war viel aufzuräumen, ehe ich mit Cousine Ruth verabredungsgemäß nach Guernsey starten konnte.

Ich fing an zu waschen und zu bügeln, beantwortete einen Stoß Briefe und räumte ein paar Schränke aus. Mit erstaunlichen Ergebnissen. In der Speisekammer fand sich ein Weihnachtsplumpudding, der mindestens drei Jahre in einer dunklen Ecke gestanden haben mußte, und der Schrank auf dem Treppenabsatz hatte eine Packung Briefpapier versteckt gehalten, die ich monatelang gesucht hatte.

Bei alledem hielt ich mich in der Nähe des Fernsehers auf und wartete auf den großen Augenblick.

Er kam nicht. Jedenfalls nicht am vorgesehenen Tag. Peter Hale rief mich nachmittags an und sagte, es gäbe Ärger mit einem Streik und das Programm wäre für den nächsten Tag um die gleiche Zeit vorgesehen.

Ich schaltete aus und beschloß, meine Briefe aufzugeben und mich in Mrs. Pringles Höhle zu wagen. Doch gerade als ich meine Briefe in den Kasten steckte, erschien die Genannte auf der Bildfläche, offenbar in der gleichen Absicht.

»Hallo!« rief ich. »Ich wollte gerade zu Ihnen!«

»Und weswegen?«

»Offen gestanden wegen der Anzeige, die diese Woche in

die Zeitung soll, wenn Sie noch immer außerstande sind, die Arbeit wieder aufzunehmen.«

Mrs. Pringle richtete sich beleidigt auf. »Wer sagt, daß ich dazu nicht imstande bin?«

»Sind Sie es oder nicht?«

»Ich behaupte nicht, daß ich hundert Prozent fit bin, und der neue Doktor ist anscheinend nicht begeistert von der Idee, daß ich wieder zur Arbeit gehe, aber so ist es.«

»Was ist wie?« beharrte ich. »Sie wissen, der Posten steht Ihnen immer noch offen, wenn Sie ihn wollen, aber ich muß jetzt sofort wissen, wie es steht, so oder so. Ich nehme an, Sie wissen, daß Bella im nächsten Schuljahr den Job nicht übernehmen kann, ich muß also jemand einstellen.«

Mrs. Pringle schaute listig.

»Ja, ich hab schon gehört, daß es Bella zuviel wird. Wundert mich nicht, natürlich. Es ist für jeden zuviel, wenn wir ehrlich sind.«

»Und wie lautet Ihre Antwort?«

»Ich glaube, ich schaffe es nicht.«

»Gut. Dann ist das klar.«

»Wir wollen nichts überstürzen. Morgen geh ich zum Arzt, und wir sollten abwarten, was der meint.«

Ich zögerte. Die alte Hexe genoß sichtlich jede Minute des Gesprächs, und ich war entschlossen, nicht die Geduld zu verlieren.

»Gut, kommen Sie morgen abend zu mir, dann entscheiden wir das«, sagte ich. »Aber die Anzeige muß noch in dieser Woche raus.«

»Ja, dann komm ich nach der Sendung«, sagte Mrs. Pringle.

»Ist mir recht, ich erwarte Sie gegen sieben«, sagte ich. Damit trennten wir uns.

Fairacre sah auf dem Fernsehschirm wunderbar aus. Der Mann, der den Aloysius spielte, sah etwas zu sauber und wohlgenährt aus, fand ich und dachte an Mr. Willets Schilderung des Dichters, aber alles in allem war die Sache gelungen, und ich verstand gut, daß sich die Bewohner Fairacres eine ganze Weile in diesem Ruhm sonnen würden.

Eine halbe Stunde später erschien Mrs. Pringle – unübersehbar hinkend. Mir sank der Mut.

Als sie es sich auf dem Sofa bequem gemacht, Erfrischungen abgelehnt und ihr Teil über das Wetter beigesteuert hatte, fand ich es an der Zeit, zur Sache zu kommen.

»Also wie denken Sie darüber«, begann ich und kam mir vor wie ein Fernsehreporter, der die gramgebeugten Verwandten irgendwelcher Unfallopfer interviewt. Man kennt das ja: »Wie fühlt man sich denn so, wenn die Leiche der Tochter gefunden worden ist?« – »Wie ist Ihnen, seit man Ihnen das Bein amputiert hat?«

Mich verblüfft, daß nicht eines dieser erbarmungswürdigen Opfer dem Befrager ins Gesicht springt oder wenigstens knurrt: »Na, wie wäre *Ihnen* denn?«

Zum Glück nahm Mrs. Pringle meine Frage nicht wörtlich. Sie zog ihre vier Kinne ein und holte tief Luft.

»So leid es mir tut«, sagte sie, »der Doktor meint, ich muß mich noch schonen. Er hat gesagt, es liegt bei mir, sich für oder gegen den Job zu entscheiden, und nachdem ich eine Nacht darüber geschlafen hab, glaub ich, es wär am besten, wenn ich nein sage.«

Es klang, als hätte sie die kleine Ansprache gut geübt, aber am Ergebnis änderte das nichts.

Ich spürte einen Stich aufrichtigen Bedauerns.

»Das verstehe ich, selbstverständlich geht Ihre Gesundheit vor. Aber es tut mir echt leid. Wir müßten schon Glück haben, wenn wir je wieder eine so phantastische Reinmachefrau finden. Den Brief geb ich jetzt gleich auf.«

Da nun alles erledigt war, machte sie noch eine Runde durch den Garten und begab sich auf den Heimweg.

Nun denn, es war entschieden. Ich frankierte den Brief und schrieb auch noch eine Karte, um sie im Postamt auszuhängen – zu Händen von Mr. Lamb.

Ich ahnte, daß es wahrscheinlicher war, aus dieser Quelle Resultate zu erzielen als durch eine Anzeige im ›Caxley Chronicle‹.

Zwei Tage später waren Cousine Ruth und ich auf Guernsey. Wir bezogen ein überaus komfortables Hotel in St. Peter Port, das auf den Hafen hinausging. Nachts hörten wir die See über den Kies zischeln.

Es machte Spaß, täglich den Dampfer von Weymouth eintreffen und die Fischerboote auslaufen zu sehen. Das Wetter war so milde wie daheim, und ich hatte das Meer noch nie so blau gesehen, nicht einmal auf Kreta, wo ich einmal mit Amy die Ferien verbracht hatte. Ruth wurde täglich besserer Stimmung. Wir taten all das, was Touristen auf Guernsey tun. Wir erforschten Castle Cornet, das wir aus unserem Hotelfenster liegen sahen, wir besuchten den klaustrophobischen Wohnsitz von Victor Hugo, ein paar interessante Bildergalerien und zahllose Läden, in denen man uns zum Kauf von besonders schöner Konfektion und

Schmuck verlockte. Selbstverständlich kauften wir uns jeder einen wollenen Guernsey-Pullover, einen rehbraunen für Ruth und einen marineblauen für mich, und versicherten einander, daß sie uns gegen die Winterstürme schützen würden, obwohl auch nur an solches Wetter zu denken fast unmöglich schien.

Was uns besonders gefiel, war das Fort-Grey-Marine-Museum, in dem alles so phantasievoll ausgestellt und Holz und Messing so makellos geputzt war, daß mich plötzlich der Gedanke an Mrs. Pringle durchfuhr. Wie hätte sie so viel Reinlichkeit zu schätzen gewußt!

Als wir am Ende des Urlaubs vom Flugplatz heimfuhren, wurden wir von schweren Regengüssen empfangen. Die Scheibenwischer kämpften wild, und jeder vorüberfahrende Wagen warf eine Gischtwolke auf. Die Straße war teilweise überschwemmt, und die letzten Meilen begleiteten uns raschfließende Bächlein zu beiden Seiten der Autostraße.

Mr. Willet hatte rücksichtsvollerweise den Hausschlüssel in seinem geheimen Versteck hinterlassen (das allgemein bekannt war!), nämlich unter einem großen Stein unweit der Haustür. Ich schloß daraus, daß er und seine Frau über Tag weggefahren waren.

Ruth übernachtete bei mir, ehe sie nach Norden fuhr, und wir tranken gemütlich Tee und legten dazu die Beine auf Hocker. Natürlich fiel mir Miss Clare mit ihren formvollendeten Teegewohnheiten ein. Vielleicht war ich wirklich zu schlampig? Dabei tat es so gut, sich mit der Teetasse auf dem Beitischchen zurückzulehnen, die Keksdose in Reichweite. Ruth schien das Arrangement ebenfalls zu gefallen.

»Sie haben den ollen Schlüssel also gefunden?« fragte Mr. Willet, als ich ihn das nächste Mal traf. »War's schön? Sie sehen prima aus.«

Ich erzählte ihm von unseren Ausflügen und welches Glück wir mit der Wahl des Hotels und mit dem Wetter gehabt hatten.

»Aber wir sind bei Regen heimgekommen. Wie war es denn hier?«

»Das war unser einziger Guß. Kam gerade rechtzeitig, um die Regentonnen wieder zu füllen und den Stangenbohnen aufzuhelfen.«

»Irgendwas Neues?«

»Warten Sie mal: Arthur Coggs kommt in ein, zwei Wochen wieder raus, schlimm genug. Mr. Hale ist von der Gartenleiter gefallen, als er seine Hecke schnitt, und hat sich den Knöchel verstaucht. Mr. Mawne hat einen Vogel gesehn, der von Rechts wegen nicht hergehört, und hat drüber an die Vogelgesellschaft in London geschrieben, und die haben zurückgeschrieben, daß er sich geirrt hat. *Geirrt!* Unser Mr. Mawne! Sie können sich denken, wie aus dem Häuschen der ist. Es fliegen die Fetzen!«

»Die Federn, meinen Sie.«

»Na ja, vielleicht. Was war sonst noch? Meine Alice hat sechzig Pfund Stachelbeergelee und vierzig Pfund Himbeergelee gemacht, meine Eierkürbisse kommen prima vorwärts, weil ich sie hinter dem Rücken vom ollen Ted Bates fleißig begossen hab. Und in Caxley haben sie Mumps.«

»Hoffentlich werden wir nicht angesteckt.«

»Und dann natürlich die Sache mit der Putzfrau.«

Ich spitzte die Ohren.

»Haben Sie schon Antworten gekriegt?« fragte er.

»Keine einzige.«

»Nicht mal vom ›Caxley‹?«

»Nein, das habe ich auch nicht erwartet. Ich glaube, die Karte bei Mr. Lamb hat mehr Chancen, beachtet zu werden.«

»Ja, hat es bereits«, antwortete er geheimnisvoll.

»Was wollen Sie damit sagen?«

»Sie werden's bald genug merken«, sagte er und wandte sich zur Tür. »Ich sag nix mehr.«

Damit machte sich der verrückte Kerl mit raschen Schritten auf den Heimweg.

Die nächsten paar Stunden zerbrach ich mir den Kopf über Mr. Willets rätselhafte Bemerkung. Hatte ich das Inserat falsch formuliert? Würden die Kandidaten für diese Stellung sich in Massen herandrängen? Hatte Mrs. Pringle eine Bremse angezogen und Bewerber mit fürchterlichen Schilderungen der nötigen Arbeit verschreckt? Zuzutrauen war es ihr.

Nach vielen sinnlosen Ängsten beschloß ich Mrs. John aufzusuchen und festzustellen, ob sie unerwartet Ordnung bei mir gemacht hatte, und ihr ein Töpfchen Guernsey-Honig und einen prächtigen Teddybär von der Insel zu bringen, den ich schon so liebgewonnen hatte, daß ich es für klüger hielt, ihn der künftigen Besitzerin unverzüglich auszuhändigen.

Das Land sah sehr hübsch aus nach dem Regen, einige Felder waren nach früher Ernte bereits umgepflügt. Heutzutage verschwenden die Farmer keine Zeit, dachte ich, und erinnerte mich an die goldenen Stoppeln, die früher noch Wochen stehengeblieben waren.

Schon war etwas an Hecken und Böschungen schäbig und deutete auf den kommenden Herbst. Flockenblumen und Skabiosen brachten Farbe in die welkenden Gräser. Eicheln und junge Kastanien formten sich. In den Obstgärten bekamen die Pflaumen Farbe, und man pflückte die ersten Frühäpfel.

Mrs. John war entzückt über ihren Honig und Teresa über ihren Bären. Ja, sie habe einmal hereingeschaut, sagte sie fast entschuldigend, und Mr. Willet hätte ihr das Haus aufgesperrt.

»Alles sah so tadellos aus«, sagte ich. »Sie hätten sich nicht soviel Mühe machen sollen.«

»Ich wollte ja erst einen Zettel schreiben, aber schließlich nahm ich mir doch vor, Sie selber zu sprechen.«

»Sehe ich Sie nächste Woche? Fühlen Sie sich jetzt besser?«

»Gerade darüber wollte ich mit Ihnen reden.« Sie drehte verlegen an ihren Fingern. »Wissen Sie, der Arzt sagt, daß wieder ein Baby unterwegs ist. Es ist ein bißchen früher, als wir uns vorgenommen hatten, aber wir freuen uns sehr. Das einzig Dumme daran ist, daß ich den Job aufgeben muß, und den hatte ich so gern.«

»Ich hatte Sie ja auch so gern bei mir. Sie haben es erstklassig gemacht, und ich werde Sie schmerzlich vermissen, aber Sie müssen tun, was der Arzt sagt.«

Wir trennten uns voller Herzlichkeit, und ich versprach, mit ihr in Verbindung zu bleiben.

Teresa war zu sehr mit ihrem Teddybär beschäftigt, um mir Lebewohl zu sagen.

So ist das nun, dachte ich auf der Heimfahrt. Jetzt muß ich auch noch eine neue Putzfrau für mich suchen und nicht nur eine für die Schule. Während der Ferientage, und das war nicht mehr lange, würde ich es allein schaffen, aber wenn am dritten September der Unterricht wieder begann, würde ich eine Hilfe finden müssen.

Vielleicht wußte Mr. Willet auch das? Wenn ich ihm das nächste Mal begegnete, würde ich ihn einem Verhör unterziehen.

Leider war der arglistige alte Knabe mir mehr als gewachsen.

19

Mrs. Pringle auf dem Kriegspfad

Die letzten Tage der Sommerferien verflogen mit unangenehmer Schnelligkeit. Eines Abends kam Amy herüber.

»Ich muß einiges an Fairacre-Klatsch nachholen«, sagte sie. »Ich habe dich ja seit der Fernsehsendung nicht gesehen. Ich muß sagen, die haben das Dorf wie das reinste Arkadien aussehen lassen.«

»Ist es ja auch«, versicherte ich ihr.

»Ach, hör schon auf! Du weißt genau, daß in deinem Paradies ebenso viele Schlangen sind wie in meinem in Bent. Wie geht's der fürchterlichen Mrs. Pringle?«

Ich erzählte ihr von der Unschlüssigkeit der genannten Dame und meiner gegenwärtigen Zwangslage.

»Das mit Mrs. John ist zu schade«, sagte sie und besah sich den Fußboden und die Möbel genauer. »Sie hat hier alles wirklich auf Vordermann gebracht. Du wirst sie vermissen.«

Ich ignorierte die Verleumdung des Normalzustandes meiner Wohnung und pflichtete ihr bei.

»Ich glaube, Miriam Quinn ist im Moment in Norfolk«, fuhr sie fort. »Hab ich recht?«

»Ja, das hast du.«

»Ich frage nur, weil ich heute früh eine sehr merkwürdige Postkarte von Gerard Baker bekommen habe, aufgegeben an einem Ort, der Great Snoring heißt!«

»Kaum zu glauben!«

»Es stimmt, Liebes. Aber es war nicht die Adresse, die mich aufgeregt hat, sondern das Überschwengliche des Textes.«

»Nun erzähl schon, ich kann es kaum erwarten!«

»Ich hätte die Karte mitbringen sollen, um sie dir zu zeigen, aber gerade als ich aus dem Haus gehen wollte, klingelte das Telefon, deshalb hab ich sie liegenlassen. Er schreibt, er sei der glücklichste Mann der Welt, und was für ein Segen es doch sei, Fairacre in Norfolk zu treffen.«

»Großer Gott!«

»Ganz recht«, sagte Amy streng. »Es sieht so aus, als hättest du dir wieder mal einen netten Mann entgehen lassen. Ich hatte von dem Moment an Angst, als sie beide sich in eben diesem Raum zu Gesicht bekamen. Es konnte nicht gutgehen.«

»Aber es ist doch gut ausgegangen, Amy, falls Miriam und Gerard vorhaben, sich zu verloben. Nur –«

»Nur was?«

»Nur schien mir Miriam ein eingefleischter Single und so zufrieden in ihrem Beruf. Ob es überhaupt wahr ist?«

»Ich kann es mir nicht anders erklären. Du etwa? Zwei Leutchen, die mit Fairacre zusammenhängen und jetzt in Norfolk sind? Nein, ich glaube, es ist ein Fall von Liebe.«

»Du klingst so gefühlsduselig wie Mrs. Pringle«, wies ich sie zurecht. »Die erzählt mir auch andauernd, daß sich letztlich alles um die Liebe dreht. Nicht daß sie das in die Tat umsetzt, wie du weißt. Aus dieser Richtung kommt mir sehr wenig Liebe.«

»So ist es nun mal«, sagte Amy aufstehend. »Komm, wir machen eine Runde durch deinen Garten, wie die Heldinnen bei Jane Austen, und du erzählst mir alles über Guernsey und die Hochzeit. Hat man deinen phantastischen Hut bewundert?«

»Aber sicher.«

»Und hat er einen Schwarm in Frage kommender, angesichts der Hochzeitsfeierlichkeit weich und wehmütig gestimmter Männer angezogen?«

»Tut mir leid, hat er nicht.«

Amy bückte sich und roch an einer *Gloire de Dijon*-Rose an der Mauer.

»Macht nichts«, tröstete sie. »Allein zu leben in solch himmlischer Umgebung hat auch etwas für sich.«

»Aber das predige ich dir doch schon seit jeher.«

Es tat wohl, ausnahmsweise einmal das letzte Wort zu haben.

Abends rief überraschenderweise Elizabeth Mawne an.

»Sie haben doch hoffentlich nicht unsere Gartenparty morgen vergessen? Zugunsten der Königlichen Vogelschutzgesellschaft?«

Ich mußte gestehen, daß ich es wirklich verschwitzt hatte.

»Egal«, sagte sie freundlich, »ich rufe nur an, weil Sie mir etwas für den Kuchenstand versprochen hatten und ich feststellte, daß es nicht eingetroffen ist.«

»Ich mache mich sofort ans Werk«, versprach ich gehorsam. »Für die Vogelschutzgesellschaft tu ich alles.«

»Das ist nett von Ihnen. Um ehrlich zu sein, Henry hätte die ganze Geschichte fast abgesagt, weil er eine bitterböse Auseinandersetzung mit einem der Vorstandsmitglieder wegen eines seltenen Vogels oben in den Downs hatte.«

»Wie aufregend. Was war es denn für einer?«

»Das dürfen Sie mich nicht fragen, meine Liebe. Ich habe keine Ahnung von Vogelarten. Jedenfalls konnte ich ihn soweit beruhigen, daß morgen die Gartenparty stattfinden kann. Um ein Haar hätte er die Plakate in ›Zum Schutz der Katzen‹ geändert!«

»Das klingt, als hätte es ihn schwer getroffen. Armer Henry.«

»Tja, wenn man eine Autorität für Vögel ist, dann ist es unangenehm, gesagt zu bekommen, man könne einen ›Großen Soundso‹ nicht von einem ›Kleinen Dingsbums‹ unterscheiden, nicht wahr?«

»Ganz meine Meinung.«

»Dann freuen wir uns also, Sie um halb drei zu sehen. Natürlich mit einem Kuchen.«

»Natürlich«, bestätigte ich ergeben und ging in die Küche, um einen Schwung Pfannkuchen zu backen. Tibby begleitete mich in der Hoffnung auf Abendessen und nahm huldvoll ein Bröckchen kaltes Huhn entgegen, ehe ich mit der Arbeit anfing.

Was für ein Sommer, dachte ich, als ich am folgenden Nachmittag durchs Dorf ging. Normalerweise erfüllen mich vor solchen Veranstaltungen im Freien allerlei Ängste für die Organisatoren, aber in diesem Sommer konnte man nichts falsch machen.

Die Cottagegärten waren lustig bunt von Kermesbeeren, Herbstastern, Stiefmütterchen und Rittersporn. Noch immer blühten Rosen an den alten Ziegelmauern, und Stockrosen reichten hinauf bis an die Strohdächer.

Kleine Vögel spreizten ihre Federn neben dem Weg und nahmen ein Staubbad. Katzen dösten auf Fensterbrettern und genossen die Wärme, während Hunde den Schatten aufsuchten und hechelten.

Mr. Roberts' Kühe, die jetzt wieder unser ehemaliges Sportfeld nutzten, standen unter einer Baumgruppe, schlugen mit den Schwänzen nach den quälenden Fliegen, und ein in der Ferne brummendes Flugzeug, das am hohen blauen Himmel eine Spur hinterließ, ergänzte die Schläfrigkeit des Nachmittags.

Im Garten der Mawnes allerdings herrschte Geschäftigkeit. Ich lieferte meine Pfannkuchen beim Kuchenstand ab und fragte, ob man mir einen leckeren Englischen Kuchen reservieren würde.

»Erst wenn Mr. Bradley seine Rede gehalten hat«, sagte Mrs. Mawne, die neben mir auftauchte. »Vorher dürfen wir nicht mit dem Verkauf anfangen.« Sie eilte davon.

»Diese Kommandeuse«, vermerkte Mrs. Lamb, die die

Aufsicht über den Stand hatte. »Keine Sorge, Miss Read. Ich kümmer' mich schon drum, daß Sie ihn kriegen.«

Ich dankte ihr, ging etwas ernüchtert weiter und lauschte Basil Bradley, der einen etwas wackeligen Schemel bestiegen hatte und seine Eröffnungsrede hielt.

Wie immer sah er tadellos aus, das lockige Haar perfekt geschnitten, sein rosa Hemd und perlgrauer Anzug ein wohltuender Anblick. Wir sind stolz auf unseren lokalen Schriftsteller. Er ist großzügig mit seiner Zeit und seinem Geld. Außerdem, was sehr wichtig ist, faßt er sich bei Reden immer kurz, und das hat ihm unser aller Zuneigung gewonnen.

Dieser Nachmittag bildete keine Ausnahme, und binnen fünf Minuten hatte ich den Kuchenstand erneut aufgesucht und meinen Englischen Kuchen abgeholt. Mrs. Lamb machte ein Bombengeschäft, und das blauweiß gestreifte Schüsselchen, das ihr als Kasse diente, war schon voller Scheine und Münzen.

Mir fiel ein besonders leckerer Schokoladenkuchen auf, mit Walnüssen dekoriert, der im Schatten unter dem Tisch versteckt war. Als Mrs. Lamb sah, daß ich mich dafür interessierte, sagte sie nur »Reserviert für Mrs. Mawne« und rollte die Augen gen Himmel.

Der Tee wurde an Kartentischchen aus dem Gemeindehaus serviert, die man mit verschiedenen geborgten Tischdecken gedeckt hatte. Sie erwiesen sich selbst auf Henry Mawnes ebenem Rasen als beunruhigend wackelig, aber es war hübsch, unter Freunden zu sitzen, die geblümten Kleider der Frauen zu bewundern und die beinahe nackten, tiefgebräunten Kinder.

Gegen vier Uhr hatte ich das Gefühl, meine Pflicht getan zu haben, und ging heim. Es schien noch heißer geworden zu sein. Ein Mann, begleitet von mehreren kleinen Kindern, die ausschließlich Shorts trugen, kam mir entgegen.

Beim Näherkommen erkannte ich, daß es Arthur Coggs mit seiner gesamten Nachkommenschaft außer Joseph war.

Er machte einen etwas niedergeschlagenen Eindruck, aber wir blieben beide stehen und wechselten ein paar höfliche Worte. Die Zeit im Gefängnis war ihm gut bekommen, fand ich, er sah ohne das viele Bier gesünder und schlanker aus.

»Und wo ist Joe?« fragte ich.

»Daheim bei seiner Mum«, sagte Arthur. »Liest irgendein Buch.«

»Er steht jetzt ausgezeichnet in der Schule«, teilte ich ihm mit.

»Er denkt auch an nix andres«, erwiderte Arthur geringschätzig. Seinem Ton nach hätte das Kind ein hoffnungsloser Krimineller sein können.

»Das ist schön«, sagte ich betont. »Ich freue mich schon, ihn nächste Woche wiederzusehen.«

Mr. Lamb jätete den Vorgarten des Postamts, als ich vorbeiging.

»Unser alter Freund ist wieder da«, sagte er und nickte hinter Arthur her. »Schade, daß er nicht die ganze Strafe abgesessen hat. Aber der Knilch in Beech Green hat ihm Arbeit auf einem neuen Bauplatz angeboten, Arthur fängt am Montag an. Wenn ihm danach ist«, setzte er hinzu.

»Na, dann hoffe ich nur, daß der Arbeitgeber weiß, was er sich einhandelt.«

»Sie können sich darauf verlassen, daß massenhaft Leute es ihm gesagt haben.«

»Aber für Arthur ist es gut. Er könnte eine Weile auf dem geraden Weg bleiben.«

»Ja, ja, könnte er«, sagte Mr. Lamb. Er trat nahe an sein Gartentor und senkte die Stimme. »Haben Sie wegen dem Reinmache-Job schon Besuch gekriegt?«

»Nein, warum?«

Mr. Lamb sah sich verstohlen um und kam noch näher.

»Erinnern Sie sich an die Karte, die Sie mir dagelassen haben?«

»Natürlich.«

»Wie Sie weg waren, ist Minnie Pringle reingekommen ums Kindergeld und wollte wissen, was es ist. Sie wissen doch, daß sie nicht lesen kann.«

Ich bejahte nachdrücklich.

»'n richtiger Skandal, was? Wir haben seit hundert Jahren die Schulpflicht, und immer noch trifft man auf Trottel wie diese Minnie. Jedenfalls hab ich es ihr vorgelesen, und in dem Moment kommt Mama Pringle rein.«

Hier wurde Mr. Lambs heiseres Flüstern zum Falsett.

»›Was machst denn du hier?‹ fragt sie die Minnie. ›Ich überleg, ob ich mir diesen Job nicht näher anschau‹, sagt Minnie, frech wie sonstwas. Und Mama Pringle wird rot wie 'n Puter und sagt: ›Nein, du bestimmt nicht, mein Mädchen‹ und stapft davon, ohne was zu kaufen.«

»Das ist das erste, was ich höre«, sagte ich. »Aber Bob Willet hat schon gesagt, daß diese Karte ernstlich Probleme gemacht hat.«

»Probleme? Mord beinah, nach dem, was die Nachbarn mir erzählt haben. Als die Min heimkam, hat ihr die Alte fürchterlich zugesetzt und ihr gedroht, ihr ein blaues Auge zu verpassen, wenn sie sich traut, den Job anzunehmen, den sie ›ihren Job‹ nannte. Minnie ist dann heim nach Springbourne, aber sie hat nicht schwören wollen, daß sie sich *nicht* bewirbt, und ihre alte Tante kocht immer noch vor Wut.«

»Eine schöne Bescherung!« bemerkte ich. »Ich weiß nur, daß Mrs. Pringle den Job nicht will, und hoffe immer noch auf irgend jemand anders, obwohl die Zeit allmählich knapp wird. Minnie jedenfalls kommt überhaupt nicht in Frage.«

»Auf keinen Fall«, pflichtete Mr. Lamb mir bei. »Die richtet mehr Schaden an, als sie nützt, würd' ich meinen.«

»Vielen Dank, daß Sie es mir gesagt haben«, sagte ich und hob meinen Korb auf. »Jetzt bin ich wenigstens vorbereitet.«

Es war ein tauiger Morgen, als ich erwachte, und ich freute mich auf einen weiteren goldenen Tag.

Voll guter Vorsätze plante ich, mein Haus gründlich sauberzumachen, insgeheim angestachelt von Amys Bemerkung, es verlange dringend nach Mrs. Johns Diensten.

Doch das Leben wartete natürlich wieder einmal darauf, querzuschießen.

Als ich total zerzaust war und eine Weile auf dem Bauch gelegen hatte, um den Staub unter den Betten vorzukehren, klingelte es an der Haustür.

Fluchend lief ich die Treppe hinunter. Es war fast half elf. Wer immer es war, könnte eine Tasse Kaffee bekommen und würde mich dann hoffentlich meiner Hausarbeit überlassen.

Es kommen nicht viele Leute an die Haustür. Ich erwartete dort eine Zigeunerin zu finden, die mir Wäscheklammern verkaufte, oder jemand Ernsthaftes mit einer Handvoll Traktate, der mich fragte, ob ich schon errettet sei. Freunde und Nachbarn kommen gewöhnlich an die Hintertür und rufen laut und fröhlich, um festzustellen, ob ich da bin.

Beim Aufreißen der Haustür, die infolge sparsamer Benutzung manchmal klemmt, war ich tief erschüttert, mich Miss Crabbe und meiner früheren Mitarbeiterin, Miss Jackson, gegenüber zu sehen.

»Was für eine nette Überraschung«, sagte ich mit gespielter Begeisterung. Manchmal wundert es mich, daß mich nicht ein Donnerkeil vom Himmel trifft, wenn ich derart heuchle, aber so ist es eben mit der Zivilisation.

»Kommen Sie herein. Ich wollte gerade Kaffee kochen.«

Die Damen folgten mir ins Wohnzimmer, wo eine volle

Kehrichtschaufel auf dem Kaminvorleger lag, eine Vase mit Rosen war von Tibby in der verständlichen Hast, sich beim Anblick der Besucher davonzumachen, umgerissen worden. Das Wasser rieselte stetig, und ein paar welke Blätter, die durch die Verandatür hereingeweht waren, vervollständigten die allgemeine Unordnung.

»Wir kommen eben von einem wundervollen Kurs in Dorset und haben den Wegweiser nach Fairacre gesehen, und da fanden wir, wir müßten einfach bei Ihnen hereinschauen«, sagte Hilary Jackson, und ihre Zähne funkelten mit den Brillengläsern um die Wette.

»Freut mich riesig«, log ich, ergriff mit der einen Hand die Kehrichtschaufel und versuchte mit der anderen ein paar lose Haarsträhnen zurückzustreichen. »Ich stelle nur eben den Kessel auf, dann müssen Sie mir alles erzählen.«

Ich entfloh in die Küche und tat mein Bestes, mich in Ordnung zu bringen. Zu schade, ich trug einen farbbespritzten Baumwollhänger, keine Strümpfe und Sandalen, bei denen zwei Riemen lose waren. Minnie Pringle sah, dachte ich, in diesem Augenblick sicherlich ordentlicher aus als ich.

Ich holte Tassen und Untertassen heraus und inspizierte

die kläglichen Reste auf dem Boden der Keksdose. Zum Glück hatte ich ein paar Haferkuchen schottischer Herkunft, hart und krümelig, mit ihnen ergänzte ich das kümmerliche Angebot.

Die Damen folgten meiner Einladung, sich im ersten Stock etwas frisch zu machen, und ich hoffte nur, daß sie nicht der Länge nach über den Staubsauber auf dem Treppenabsatz stürzen würden. Die Betten waren abgezogen, Stöße von Bettüchern zierten das Treppengeländer. Das Haus muß einen völlig chaotischen Eindruck gemacht haben.

Es war nicht zu ändern. Es gelang mir, das Wasser aufzuwischen und ein paar Kissen geradezurücken, ehe die Damen zurückkehrten, angenehm nach meiner Fliederseife duftend.

»Wir hatten gehofft, Sie auf dem Kursus zu sehen«, sagte Miss Crabbe und nahm einen schottischen Felsbrocken. »Es war wirklich anregend, nicht wahr, Hilary?«

»Ja, wirklich«, sagte das Mädchen ernsthaft. Sie war so vernünftig gewesen, sich aus den Bröseln in der Keksdose ein halbes Plätzchen herauszufischen. »Es ging um schwierige Kinder. Die Hälfte von ihnen ist, wie wir nur zu gut wissen, das Opfer unglücklicher Ehen.«

»Aber es gibt noch so viele andere Faktoren«, fuhr Miss Crabbe fort, die mutig versuchte, mit dem Eckzahn ein Stück aus ihrem Haferkuchen zu brechen. »Verständnislose Lehrkräfte, Erbkrankheiten und der Druck des modernen Lebens.«

Insgeheim dankte ich dem Schicksal, daß ich nicht unter den Anwesenden gewesen war, und wechselte das Thema, indem ich weiteren Kaffee anbot und mich erkundigte, welche Route nach Fairacre sie genommen hätten.

Miss Crabbe kämpfte noch immer mit ihrem Haferkuchen und versuchte jetzt, ihn in Stücke zu brechen, ehe sie die Krümel in den Mund steckte. Sie fing an mir leid zu tun.

»Lassen Sie ihn liegen, falls er zu hart ist«, sagte ich.

»Nicht doch. Er ist köstlich und voller Ballaststoffe«, sagte sie. »Ich bin so sehr für alles Grobe.«

»Ich esse zu allem Kleie«, ließ sich Hilary hören, die mit ihrem halben Plätzchen fertig war. Ich bot ihr Haferkuchen an, aber sie lehnte ab.

Nach dem Kaffee führte ich die Damen durch den Garten. Ich glaube nicht, daß sie irgend etwas wirklich bemerkten, sie waren noch so erfüllt von der geistigen Anregung des vergangenen Kurses.

Doch sie schienen zufrieden, auf der Gartenbank zu sitzen und ihren Disput fortzusetzen, und ich entschuldigte mich, weil das Telefon klingelte.

Es war Bella George.

»Ich wollte Sie besuchen«, sagte ich. »Sind Sie noch immer bereit, die Schule vor Quartalsbeginn in Ordnung zu bringen?«

»Aber ja. Deswegen rufe ich an. Aber ich hielt es für besser, vorher zu fragen, ob Mrs. Pringle auch bestimmt nicht wiederkommt. Ich möchte der Dame nicht in die Quere kommen.«

Ich war entschieden auf Bellas Seite und sagte es ihr auch.

»Aber Sie brauchen doch jemand für dauernd. Wie wär's mit Mrs. John?«

Ich erzählte ihr von dem kommenden Baby.

»Ach du liebe Zeit, da haben Sie ja auch niemand.«

»Es sieht so aus. Aber ich nehme es nicht zu tragisch.«

»Also dann bis morgen«, sagte Bella und hängte ein.

Ich benutzte die Gelegenheit, die Kaffeetassen wegzuräumen und im Wohnzimmer Ordnung zu schaffen. Der obere Stock mußte warten.

Durchs Fenster sah ich meine zwei Besucherinnen noch immer in ernsthafter Unterhaltung. Die Uhr zeigte Viertel vor zwölf, und ich überlegte, ob ich ihnen Lunch anbieten müßte. Wir Singles haben keinen kalten Braten oder große Portionen Gulasch in der Speisekammer stehen. Heute zum Beispiel hatte ich nur ein Kotelett, das ich hatte grillen wollen, und ein bißchen frischen Salat aus dem Garten. Wenn es zum Schlimmsten kam, brachte ich höchstens ein Omelett zustande, was Miss Crabbe, der Vegetarierin, gut gefallen würde.

In Gedanken ließ ich den Brotbestand an mir vorüberziehen (ärmlich), die Käsesituation (verheerend, nur verschimmelten Cheddar), die Obstlage (zwei schwarz gewordene Bananen und ein paar saure Äpfel). Natürlich könnte ich immerhin ein Glas Stachelbeeren aufmachen. Ich kehrte zurück zu meinen Gästen.

»Es ist bald zwölf«, sagte ich munter. »Würden Sie gern zum Lunch bleiben? Oder sollen wir zum ›Beetle & Wedge‹ auf ein Sandwich gehen, wenn Ihnen das lieber ist?«

Meine Erkundigungen wurden erschrocken und aufgeregt entgegengenommen.

»Fast zwölf? Du meine Güte. Hilary, wir müssen sofort los!« Miss Crabbe war aufgesprungen, und Hilary suchte nach ihrer Handtasche.

»Nein, nein. Sehr freundlich von Ihnen, aber wir haben abends in Cambridge eine Verabredung und müssen weg.«

Ich gab mir Mühe, bedauernd auszusehen.

»Wir sind wunderbar erfrischt durch Ihren köstlichen Kaffee und die Haferkuchen«, sagte Miss Crabbe beim Einsteigen in den Wagen. »Wenn Sie übrigens je in Cambridge sind, kommen Sie unbedingt bei uns vorbei.«

Ich dankte ihr und half den Wagen aus meiner etwas schwierigen Einfahrt hinauszudirigieren. Dann ging ich an meine vernachlässigten Pflichten.

Das Lammkotelett war lecker und schmeckte mir noch besser, weil ich es in köstlicher Einsamkeit essen durfte.

20

Der Sommer geht zu Ende

Wie versprochen, erschien Bella am nächsten Tag, scheuerte, staubte ab und polierte. Mitten am Vormittag ging ich mit Kaffee hinüber, wir setzten uns auf die Schulbänke, und ich bewunderte die Schildpattöfen, die bereits glänzten wie Jet, und das blitzende Messinggestänge des Kamingitters.

»Sieht prachtvoll aus«, sagte ich zu ihr.

»Ich hab's gern, wenn etwas glänzt«, erwiderte sie und rührte verträumt in ihrem Kaffee. »Gestern abend hab ich mit Jack gesprochen, und er hat gesagt, es macht ihm nichts aus, wenn ich noch eine Woche aushelfe. Sagen wir mal, bis Sie jemand zum Putzen gefunden haben.«

»Das ist sehr nobel von ihm, und ich weiß es zu schätzen. Übrigens sieht alles etwas hoffnungsvoller aus. Mr. Roberts hat gestern erzählt, er bekäme zu Michaeli einen neuen Viehhüter, dessen Frau einen Job braucht. Vielleicht übernimmt sie ihn.«

»Und Bob Willet hat gesagt, wenn's soweit ist, übernimmt er die Öfen. Das könnte ich nämlich wirklich nicht.«

»Ich habe alle meine Späher unterwegs«, sagte ich. »Den Vikar, die Annetts, Miss Clare, Mrs. Mawne und Mrs. Partridge. Bei so vielen wird sich schon jemand finden. Wenn Sie bis dahin nach der Schule ein oder zwei Tage kommen könnten, wäre ich mehr als dankbar.«

Zufällig traf ich Mr. Willet am Nachmittag auf dem Friedhof und dankte ihm für seine Bereitschaft in Sachen Öfen.

»Du liebe Zeit, da ist nichts dabei«, meinte er und ließ sich auf dem flachen Grabstein von Hezekiah Bootle nieder, der 1832 aus dem Leben geschieden war, betrauert von allen, die ihn kannten.

»Ich sorg schon dafür, daß Sie und die Kinder es warm haben«, fuhr er fort. »Ein bißchen heizen hat mir immer Spaß gemacht. Es bleibt heiß, was?« schloß er, schob die Mütze auf den Hinterkopf und kratzte sich am Kopf.

»Ein herrlicher Sommer«, bestätigte ich. »Ich kann mich gar nicht erinnern, daß es schon einmal so war.«

Wir saßen nebeneinander in der Sonne. Bienen umschwärmten den Klee zu unseren Füßen. Ein Paar Kragentauben trippelten auf dem Kiesweg und sahen dabei aus wie zwei in klerikales Grau gekleidete Geistliche. Hoch über uns flog ein Schwarm Krähen nach Westen, ihr rauhes Gekrächz verklang in der Ferne.

Es war sehr friedlich. Ich werde nie begreifen, wieso die Leute an einem sonnigen Nachmittag etwas gegen einen solchen Ort haben können.

Wir schwiegen eine Weile ganz gemütlich, dann griff Mr. Willet seufzend nach seiner Sense.

»Also nichts Neues wegen Bellas Job, was?«

Ich berichtete ihm von Mr. Roberts' neuem Viehhüter.

»Ah ja, das Paar kenn ich. Hat vor paar Jahren drüben in Springbourne gewohnt. Ja, wenn die den Posten nimmt, wird sie gut arbeiten. Ein strammes Mädel. Heißt Martha. Es gibt nicht viele Marthas heutzutage.« Er erhob sich mühsam.

»Tja, dann werd ich meine Gräten mal wieder in Bewegung setzen. Machen Sie sich keinen Kummer wegen der Putzfrau. Sie werden sehen, es taucht eine auf.«

Damit trennten wir uns.

Auf einem Spaziergang durch das friedliche Dorf traf ich Mr. Lamb, der seinen Hund ausführte. Nach einer stürmischen Begrüßung durch den letzteren, die mir die Strumpfhose zerriß, hatte Mr. Lamb gute Nachrichten für mich.

»Ich hab von einem Bewerber für den Posten der Putzfrau gehört«, sagte er.

»Wie nett von Ihnen. Jeder sucht und kümmert sich. Welche ist es denn diesmal?«

»Die Frau von einem der Postboten. Sie wohnen in Beech Green, und sie hat bisher in Caxley in einer Fabrik gearbeitet. Die hat vorigen Monat zugemacht, und sie könnte ein bißchen Geld gebrauchen. Nette Frau. Vernünftig und mit viel Armschmalz.«

»Klingt ja wunderbar.«

Ich erzählte ihm von der Frau des Viehhüters. »Jetzt haben wir also echte Hoffnung auf jemand. Aber ich werde Mrs. Pringle vermissen, obwohl sie oft unangenehm sein kann. Doch ich sehe nicht, daß sie wiederkommt.«

»Würden Sie sie denn gern wollen?«

»Ja. Sie hat seit Ewigkeiten die Schule gut bedient, obwohl sie so ein –« Ich suchte nach einem Ausdruck, der passend, aber nicht beleidigend war.

»Ein boshafter alter Drachen ist?« schlug Mr. Lamb vor und zerrte sein überschwengliches Haustier von meiner ruinierten Strumpfhose weg.

»Ja, stimmt.«

»Na, diesmal haben Sie vielleicht die Wahl. Das Mädel aus Springbourne, Martha Sounds, kenn ich, und ich weiß auch, daß dem Reg seine Alte gut arbeiten täte. Jedenfalls: Viel Glück!«

Er ging flotten Schrittes davon, der Hund hechelte, weil es ihm nicht schnell genug ging, und ich kehrte heim und dachte, wie hilfreich doch in sorgenvollen Zeiten meine Nachbarn waren.

Der erste Schultag dämmerte verheißungsvoll sonnig, so daß es einem traurig vorkam, ins Klassenzimmer gesperrt zu sein.

Miss Briggs, die wir nun mit Mrs. Richards anreden mußten, war guter Stimmung und erzählte alles über die Arbeit, die sie und Wayne in ihr Cottage steckten. Es lag am Ortsrand von Beech Green, und sie hatten Glück, es gefunden zu haben.

»Das ist das Gute, wenn man beim Baugewerbe ist«, erklärte sie mir. »Man hört öfter von freien Häusern, ehe sie auf dem Markt angeboten werden. Das alte Paar, das vorher drin wohnte, waren entfernte Verwandte von Waynes Dad.«

Ich erkundigte mich nach dem Haus. Es klang, als läge es nicht weit von Miss Clares Heim.

»Das stimmt«, sagte sie. »Wenn wir erst eingerichtet sind, müssen Sie kommen und besichtigen. Im Moment ist es ein rechtes Durcheinander, wir haben auch noch wenig Möbel.«

»Das kommt alles noch«, sagte ich. »Es macht ja viel mehr Spaß, es Stück für Stück zusammenzuholen.«

»Meine Eltern haben nach dem Krieg geheiratet«, sagte sie, »als alles sehr knapp war. Dad hat immer behauptet, daß sie mit zwei Liegestühlen und einer Orangenkiste als Tisch ihre Ehe angefangen haben. Wir haben es ein bißchen besser gemacht, aber nicht viel.«

Sie lachte und ging zu ihren Kleinen. Es war erfreulich, sie so zufrieden zu sehen.

Joseph Coggs erschien an meinem Katheder, den Bleistift in der Hand.

»Bitte, Miss, die Spitze von meinem Blei ist kaputt.«

»Bei mir auch«, sagten drei weitere Kinder.

Das Schuljahr hatte begonnen.

Am Abend kam Amy in einem hypereleganten türkisgrünen Kostüm mit passendem Hut.

»Mein Gott, wie schick du aussiehst«, rief ich. »Warst du auf einer Hochzeit?«

»Nein, auf einem reichlich öden Meeting, aber alle anderen sind immer so piekfein, da wollte ich es lieber auch sein.«

»Sei vorsichtig, wo du dich hinsetzt. Tibby hat letzte Woche eine Maus auf dem Sofa liegenlassen, ich hab sie nur zufällig entdeckt.«

»Du lebst wirklich ein primitives Leben hier draußen«, meinte Amy und staubte eifrig den Sitz eines Sessels ab. »Was macht die Schule?«

»So ziemlich wie immer. Zum Glück ist unsere Miss Briggs, ich meine Mrs. Richards, in guter Form.«

»Wie schön. Ich bin gekommen, um dich zu fragen, ob du nächsten Monat mit mir nach Oxford in die Oper gehen möchtest.«

»Herrlich. Um was zu hören?«

»›La Bohème‹. Paßt dir das?«

»Ausgezeichnet! Ein schöner saftiger Puccini paßt mir immer.«

»Gut. Dann besorg ich uns Karten. James kommt mit, und wir holen dich ab.«

»Ich freu mich schon darauf.«

»Und in der Woche drauf verschwinden James und ich nach Schottland und bleiben ein paar Tage bei Vanessa. Ich muß sagen, er ist jetzt sehr aufmerksam. Vielleicht fürchtet er, daß ich wieder mal allein losziehe.«

»Du hast uns aber auch alle erschreckt, ich muß es zugeben.«

»Unsinn! Und glaub ja nicht, daß ich deswegen ein schlechtes Gewissen hab, ich habe es nämlich keinen Moment bedauert. Es hat mir ungeheuer gutgetan und übrigens James auch. Apropos, was hört man denn von unserem durchtriebenen Gerard? Ich verzeihe ihm nie, daß er dich hat sitzenlassen.«

»Amy, du weißt, daß daran nichts stimmt, und ich bin entzückt, dir mitteilen zu können, daß meines Wissens er und Miriam verlobt sind.«

»Im ›Daily Telegraph‹ hat aber nichts gestanden.«

»Da steht eine Menge nicht drin.«

»Laß es mich wissen, wenn es ein bißchen öffentlicher wird, dann schreib ich ihnen. Sie ist ein nettes Mädel. Wann wohl die Trauung stattfinden wird?«

»Recht bald jedenfalls, wie ich vom Vikar höre.«

»Wenn ich eingeladen werde, muß ich mich neu einkleiden«, meinte Amy nachdenklich.

»Was ist denn verkehrt an deinem jetzigen Ensemble? Hoffentlich werden wir wirklich eingeladen. Mein Hut müßte noch mal an die frische Luft. Aber irgendwie glaube ich, daß es nur eine ganz stille kleine Feier wird.«

»Das ist zu hoffen«, sagte Amy streng, »nach der Art, wie er dich behandelt hat.«

»Also Amy –«, begann ich.

»Wir wär's mit was zu trinken?« sagte sie hastig, um nicht ausgeschimpft zu werden, und wir gingen friedlich-freundlich daran, uns etwas zu suchen.

Am nächsten Tag brach der Sturm los – in mehr als einem Sinne.

Während des Unterrichts ballten sich die Wolken zusammen, und es wurde schwül. In der Ferne hörte man es donnern, aber wir sahen keine Blitze, und glücklicherweise zögerte der Regen.

Wie vorher ließ der plötzliche Entzug des Sonnenscheins uns alle frieren, obwohl das Thermometer ziemlich hohe Temperaturen anzeigte.

Die Kinder gingen noch trocken nach Hause, und Mrs. Richards und ich kehrten in unsere Heime zurück, ehe der Himmel seine Schleusen öffnete.

Um sechs Uhr kam das Grollen näher, und es zuckten Blitze. Tibby kroch vorsichtshalber unters Sofa, und ich wollte eben im oberen Stock die Fenster schließen, da klingelte es an der Hintertür.

Als ich öffnete, stand ich Mrs. Pringle gegenüber. Sie sah äußerst grimmig aus und trug ihren marineblauen Sonntagshut mit dem weißen Entenflügel.

»Kommen Sie doch herein«, sagte ich beklommen. Was hatte die alte Brummbärin bloß aufgeregt? Ihre Miene bedeutete nichts Gutes.

»Ich habe eben mit Bella George gesprochen«, lautete ihr erstes Wort, als sie ihre Fülle in einem Sessel untergebracht hatte.

»Ach ja?«

»Und ich war so überrascht, daß ich geradewegs hierher bin, um darüber zu reden.«

»Worüber reden?«

»Sie wissen schon, was ich meine – wegen meinem Job.« Mrs. Pringles Gesicht war jetzt scharlachrot, und sie lehnte sich kampflustig vornüber. Ich baute meine Verteidigung auf.

»Sie haben mir deutlich gesagt, daß Sie den Job nicht wollen, Mrs. Pringle. Da mußte ich mich natürlich anderswo umsehen.«

Mrs. Pringles stattlicher Busen wogte vor Erregung, und ich fing an zu überlegen, wie ich mich verhalten sollte, wenn sie einen Anfall bekam.

»Diese Minnie Pringle hat behauptet, daß sie hier putzen will, und da hab ich rot gesehen, aber ich habe sie zur Schnecke gemacht. Schon der Gedanke: Du meine Zeit, die versteht doch so wenig vom Putzen wie die Katze da!«

Sie glotzte die arme Tibby böse an, die versuchte, einen würdigen Rückzug anzutreten.

»Selbst wenn Minnie sich beworben hätte, hätte sie den Posten nicht bekommen«, versicherte ich.

Wenn ich gehofft hatte, sie damit zu beschwichtigen, hatte ich mich geirrt. Mrs. Pringle donnerte jetzt so laut wie das Gewitter draußen.

»Und was ist mit Martha Ellis, die ihn auch haben will, wie man hört? Und die Frau von Reg Carter? Was die allerdings in der Schule Gutes ausrichten soll, nachdem sie in Caxley nur herumgegammelt und sich die Hände saubergehalten hat, weiß ich wirklich nicht.«

»Die haben sich noch gar nicht beworben«, warf ich ein, wurde aber niedergeschrien.

»Und da hat doch Bella die Frechheit, mir zu erzählen, daß sich Bob Willet angeboten hat für die Öfen, wenn wir die erst anzünden. Ich sag's Ihnen geradeheraus, ich laß nicht zu, daß der mit seinen Riesenstiefeln über all meinen Böden Koks zerknirscht!«

»Aber es sind doch nicht Ihre Böden«, gelang es mir einfließen zu lassen.

Mrs. Pringle tat einen tiefen Atemzug. Der Entenflügel erzitterte im Takt ihrer vier Kinne, und ihre Augen funkelten wie die einer Walküre.

»Es waren schon mehr Jahre meine, als ich überhaupt noch weiß«, dröhnte sie.

»Wollen Sie damit sagen«, sagte ich so ruhig wie möglich, »daß Sie willens sind wiederzukommen?«

»Aber natürlich! Sie glauben doch nicht, daß ich einen Haufen Pfuscher das ganze Haus verdrecken lasse! Bob Willet bei den Öfen! Einen schönen Sauhaufen wird er anrichten! Warten Sie nur, was ich dem bestelle, wenn ich ihn das nächste Mal treffe!«

»Er wollte ja nur helfen«, betonte ich. »Sie wissen ganz genau, daß Sie uns arg im Stich gelassen haben. Ohne Bella wären wir echt in der Klemme gewesen.«

In Mrs. Pringles flammenden Augen war kein Funken Reue. Insgeheim war ich überglücklich bei der Vorstellung, meine alte Gegnerin aufs Schlachtfeld zurückkehren zu sehen, war aber nicht nobel genug, ihr ganz und gar zu verzeihen.

»Ich werde mir Ihr Angebot überlegen«, sagte ich förmlich.

»Sie können überlegen, solang Sie wollen«, sagte sie. »Aber ich komm am nächsten Montag zur Arbeit, und wenn Bella oder sonst jemand in meiner Schule herumpfuscht, wird er hinausgeschmissen.«

»Wie weiß ich denn«, widersprach ich, »daß Sie wirklich auftauchen. Wir haben lange genug geschwankt. Überhaupt: Was sagt denn der Arzt?«

»Der hat gesagt, es liegt bei mir. Arbeiten Sie, wenn Sie

wollen, und jetzt will ich. Ich komm dann Montag in aller Frühe.«

Sie begann sich aus dem Sessel hochzustemmen, aber ich winkte ihr, sitzen zu bleiben. Sie war, wie ich erkannte, einem Schlaganfall näher denn je. Mir blieb nur übrig, die Situation zu akzeptieren. Es war ja ohnehin das, was ich wirklich wollte.

»Gut. Dann erwarte ich Sie.«

Ein ohrenbetäubender Donnerschlag zerriß uns fast das Trommelfell, und es begann in Strömen zu gießen.

»Ich fahre Sie heim«, sagte ich.

»Ist nicht nötig, daß Sie sich Ungelegenheiten machen«, sagte sie, klang aber besänftigt.

»Wir warten besser noch ein paar Minuten«, ergänzte ich, während Blitze den Himmel zerrissen. »Nehmen Sie ein Glas Sherry, jetzt wo alles vereinbart ist.«

Sie hob abwehrend eine wuchtige Hand.

»Sie wissen doch, ich trinke nie.«

»Entschuldigung, das hatte ich vergessen. Eine Tasse Kaffee?«

»Nein, danke.«

Sie blieb unerschütterlich sitzen und sah sich mit Adleraugen um.

Über meine Decke läuft ein alter Balken, den sie eine Weile prüfend musterte.

»Ich nehm an, den Sparren da hat keiner angerührt?« fragte sie.

»Nein«, erwiderte ich verwirrt.

»Hab ich mir gedacht. Den werde ich jede Woche mal mit einem weichen, in Essig und Leinöl getränkten Lappen abreiben. Und wie Ihr Kupfer und Messing aussieht, ist eine Schande. Ich werde kommen wie immer und putzen, jetzt wo Mrs. John aufgegeben hat.«

»Danke«, sagte ich ergeben.

»Wir sind, soweit ich mich erinnere, noch zu keinem

Frühjahrsputz gekommen. Das ganze Haus gehört von Grund auf gestöbert.«

Sobald der Regen etwas nachließ, fuhren wir über die nasse Dorfstraße zu ihrem Haus. Auf der kurzen Fahrt wurde wenig gesprochen, doch als der Wagen hielt und sie mühsam ausstieg, dankte sie mir.

»Ich seh Sie also dann am Montag«, sagte ich.

»Wie in alten Zeiten«, entgegnete die Dame und nickte huldvoll mit dem Hut, während sie ihr Gartentor öffnete.

Überraschenderweise kam mit der nächsten Morgenpost ein Brief von Miriam Quinn. Er war im Pfarrhaus ihres Bruders verfaßt und drei Seiten lang. Sie war ersichtlich sehr glücklich und hatte ihre Rückkehr ins Büro mit Barneys Segen aufgeschoben, da Gerard an einem Projekt im Norden arbeitete und sie ihren gemeinsamen Urlaub sehr genossen.

»Wir hoffen Anfang nächsten Jahres zu heiraten, natürlich in St. Patrick's. Es wird eine stille Hochzeit, wie es zwei soliden, älteren Leuten ansteht, wir wollen aber unsere engsten Freunde, wie beispielsweise Sie, an diesem Tage außer der Familie dabei haben. Wenn ich erst wieder zu Hause bin, bekommen Sie eine richtige Einladung. Wir hoffen, ein Haus in der Nähe von Caxley zu finden, weil wir in der Gegend so viele Freunde haben, bitte suchen Sie mit!«

Es folgte eine Lobrede auf Gerard, die Amy mit Sicherheit nicht unterschrieben hätte, dann ließ sie ihre Freunde in Fairacre herzlich grüßen.

»Ob mein neuer Hut auch für eine Hochzeit im Winter paßt?« überlegte ich laut.

Tibby äußerte ein langgezogenes, jämmerliches Miau, doch ich lehnte es ab, darin ein abfälliges Urteil zu sehen.

»Da haben wir also unsere Madam Sonnenschein wieder«, bemerkte Mr. Willet. »Jetzt werden Sie sie nie mehr los.«

»Es war der Gedanke, daß Sie die Öfen übernehmen, der alles in die Reihe gebracht hat«, klärte ich ihn auf.

»Ich hätt's schon richtig gemacht«, sagte er standhaft. »Das alte Mädchen ist nur eifersüchtig, daß hier einer reinkommt, und wie sie gehört hat, daß vielleicht ein Andrang für den Posten entstehen könnte, wußte sie, es war Zeit, den ganzen Quatsch zu lassen und fix herzukommen.«

»So ist es nun mal. Besser den Spitzbuben, den man kennt, als den Schurken, den man *nicht* kennt. Mir ist es lieb, daß sie wiederkommt.«

»Sie sind eben viel zu weich. Nach alledem wird sie Sie ärger als je herumkommandieren.«

»Aber das sind wir doch gewöhnt, oder? Überhaupt laß ich mich bei diesem herrlichen Wetter nicht verstimmen.«

»Da haben Sie wieder recht.« Er zog anerkennend die Luft ein. »Der Regen hat unwahrscheinlich gutgetan. Jetzt brauch ich gar nicht nach Ted Bates Ausschau halten. Und den Sprinkler brauch ich jetzt mal paar Wochen überhaupt nicht.«

Wir trennten uns. Ich ging, um Namensappell abzuhalten, und er, um etwas von dem Koks zusammenzukehren, den er künftig nicht in Mrs. Pringles Böden würde treten dürfen.

Es war schön, daß alles wieder ins Lot kam, Mrs. Pringle vor und nach dem Unterricht in der Diele lärmte und den Kindern, die ihr in den Weg gerieten, fürchterliche Drohungen entgegenschleuderte.

Es war sogar auf sonderbare Weise tröstlich, daß mein Haus an Mittwochnachmittagen auf den Kopf gestellt wurde und von den sonderbaren Gegenständen zu hören, die sie unter den Seitenlehnen der Sessel gefunden hatte, und vom jammervollen Zustand meiner Küchengeräte.

»Tja«, sagte mein alter Quälgeist, »manche haben eben den Kopf mit Buchgelehrsamkeit vollgestopft und wissen das eine Ende vom Staubwedel nicht vom andern zu unterscheiden. Aber ich meine, wir sind alle zu einem bestimmten Zweck da. Meiner, scheint mir, ist es, für die Fairacre-Schule zu sorgen – mal ganz abgesehen von der ihrer Lehrerin.«

Die goldenen Tage verstrichen, es wurde kühl. Die Hekken waren jeden Morgen voller Tauperlen, und die Beeren glühten rot. Bald würde der Kampf mit den Öfen beginnen, wie seit vielen Jahren um diese Zeit.

»Die Luft ist schon ein bißchen scharf«, sagte ich zu Mr. Willet eines Morgens auf dem Spielplatz. »Es ist mir unerträglich, daß dieser herrliche Sommer zu Ende sein soll.«

»Schauen Sie doch auf den Kalender«, riet mir mein alter Freund. »Schon 29. September. Michaeli. Da ist der Sommer vorbei, da kann man nichts dran ändern.«

»Aber wir haben so viel wie möglich herausgeholt, nicht wahr? Wir haben ihn richtig gefeiert. Ich werde es nie vergessen.«

»Ja, gefeiert haben wir. Und dabei hat's mit Schnee angefangen. An Mariä Verkündigung, wissen Sie noch? Es war wirklich Feiern angesagt, wenn man bedenkt, daß wir wochenlang zurechtgekommen sind, ohne daß unser alter Sauertopf uns herumkommandiert hat.«

In diesem Moment tauchte Mrs. Pringle in der Tür zur Diele auf.

»Ich hab was mit dir zu reden, Bob Willet«, sagte sie drohend.

»Geht schon los«, sagte er und zwinkerte mir zu.